Franz Kafka

FRANZ KAFKA

O PROCESSO

TEXTO INTEGRAL
EDIÇÃO ESPECIAL DE 100 ANOS

GARNIER
DESDE 1844

GARNIER
DESDE 1844

Fundador: **Baptiste-Louis Garnier**

Copyright desta tradução © IBC - Instituto Brasileiro De Cultura, 2024

Título original: Der Prozess
Reservados todos os direitos desta tradução e produção, pela lei 9.610 de 19.2.1998.

1ª Impressão 2025

Presidente: Paulo Roberto Houch
MTB 0083982/SP

Coordenação Editorial: Priscilla Sipans
Coordenação de Arte: Rubens Martim (capa)
Tradução: Fabio Kataoka
Diagramação: Rogério Pires
Revisão: Suely Furukawa

Vendas: Tel.: (11) 3393-7727 (comercial2@editoraonline.com.br)

Foi feito o depósito legal.
Impresso na China

Dados Internacionais de Catalogação na Publicação (CIP)
de acordo com ISBD

K11m   Kafka, Franz

O Processo - Série Ouro / Franz Kafka. - Barueri :
Garnier, 2024.
192 p. : 15,1cm x 23cm.

ISBN: 978-65-84956-72-8

1. Literatura alemã. 2. Ficção. I. Título.

2024-2320   CDD 833
                                 CDU 821.112.2-3

Elaborado por Odilio Hilario Moreira Junior - CRB-8/9949

IBC — Instituto Brasileiro de Cultura LTDA
CNPJ 04.207.648/0001-94
Avenida Juruá, 762 — Alphaville Industrial
CEP. 06455-010 — Barueri/SP
www.editoraonline.com.br

SUMÁRIO

1. A prisão 5
2. O primeiro interrogatório 29
3. Na sala de audiências vazia 41
4. A amiga da Srta. Burstner 62
5. O algoz 69
6. O tio de K 76
7. O advogado, o industrial e o pintor 95
8. Block, o comerciante 139
9. Na catedral 168
10. O fim 188

1

A prisão

Conversa com a Sra. Grubach;
depois, com a Srta. Burstner

Alguém devia ter caluniado Josef K., pois certa manhã ele foi detido sem que tivesse cometido qualquer crime. A cozinheira da dona da casa onde morava, que todos os dias às oito horas lhe levava o café, não apareceu no quarto de K. nessa manhã. Nunca tinha acontecido isso antes. Recostado em seu travesseiro, K. olhou para a velhinha que morava em frente de sua casa e que o observava com uma curiosidade fora do comum. Depois, sentindo-se ao mesmo tempo faminto e surpreso, tocou a campainha. Imediatamente bateram à porta, e no dormitório entrou um homem que jamais havia visto antes naquela casa. Era um tipo magro, mas de corpo bem definido, que vestia um traje negro e justo, o qual, semelhante a uma roupa de viagem, apresentava diversas pregas, bolsos, abas, botões e um cinto, que conferiam à veste um aspecto prático, sem que se pudesse definir claramente para que serviriam todas aquelas coisas.

– Quem é você? – perguntou K., levantando-se da cama.

Mas o homem ignorou a pergunta, como se se devesse desculpar sua aparição naquela casa, e perguntou:

– Você chamou?

— Ana precisa me trazer o café da manhã — disse K., procurando adivinhar, enquanto permanecia um momento em silêncio, quem seria aquele homem.

Porém o homem não ficou muito tempo exposto aos olhares de K., mas, voltando-se para a porta, que entreabriu um pouco, disse a alguém que certamente estava por trás dela:

— Quer que Ana lhe traga o café da manhã.

No quarto pegado seguiu-se a isso uma gargalhada, que não dava para saber se era de uma pessoa ou mais. Embora essa gargalhada não tivesse dito ao estranho nada que ele ignorasse, este, contudo, disse a K., como um aviso:

— É impossível.

— Ora, esta é muito boa! — exclamou K., saltando da cama para vestir rapidamente as calças.

— Verei que tipo de pessoas são as que estão no cômodo ao lado e como a Sra. Grubach me explica esta intromissão.

No mesmo instante, entretanto, ocorreu-lhe que não devia ter dito isso em voz alta porque assim reconhecia, de certo modo, o direito que o estranho tinha em vigiá-lo; no momento, porém, não deu importância ao fato. De qualquer forma, o estranho já havia entendido assim, pois lhe disse:

— Não acha melhor ficar aqui?

— Não quero nem ficar aqui nem falar com você até que me diga quem é.

— Perguntei-lhe com boa intenção — disse o estranho, abrindo então a porta por iniciativa própria. A sala pegada, onde K. entrou mais lentamente do que teria desejado, tinha à primeira vista quase o mesmo aspecto da noite anterior. Era o salão da Sra. Grubach que talvez, com seus móveis, tapetes e porcelanas, apresentava-se um tanto mais espaçoso que de costume; isso, porém, não se percebia de imediato, tanto mais que a modificação principal era a presença de um homem, sentado à janela, com um livro do qual afastou a vista quando K. se apresentou.

— Você deveria ter ficado em seu quarto. Franz não lhe disse?

— Sim, mas que deseja você? — indagou K., desviando o olhar do novo personagem para fixá-lo em Franz, que permanecia de pé junto à porta. Depois, tornou a dirigir o olhar ao outro.

Através da janela aberta tornava a ver a velhinha vizinha que, apoiada na janela dela, contemplava a cena com curiosidade verdadeiramente senil, como se nada devesse perder dela.

— Desejo falar com a Sra. Grubach — exclamou K.

Fazendo um movimento como para livrar-se dos dois homens que, contudo, encontravam-se a uma considerável distância dele, tentou sair da sala.

— Não, você não pode sair; está detido! — retrucou o homem que estava junto à janela, deixando o seu livro sobre uma mesinha e pondo-se de pé.

— É o que parece — disse K. — e por quê? — ele perguntou em seguida.

— Não nos cabe explicar isso. Volte para seu quarto e espere ali. O inquérito está em andamento, de modo que se inteirará de tudo em seu devido tempo. Saiba que fujo de minhas atribuições ao lhe falar tão amistosamente. Sugiro que apenas ouça Franz, que, igualmente, infringindo todas as regras, mostra-se muito cordial a você. Se continua tendo tanta sorte como na designação de seus guardas, pode alimentar esperanças.

K. quis se sentar, mas percebeu que em todo o salão não havia outro assento senão a poltrona que estava junto à janela.

— Verá logo que é verdade tudo quanto lhe dissemos — disse Franz, adiantando-se para K., em companhia do outro homem.

K. ficou muito surpreso devido especialmente à atitude do último, que amigavelmente lhe deu várias palmadinhas no ombro. Ambos os homens examinaram a camisa do pijama de K., e o aconselharam a vestir uma roupa de qualidade bem inferior. Esclareceram que eles guardariam essa que ele vestia, assim como todas as suas roupas íntimas, que depois lhe devolveriam no caso de o assunto terminar de modo favorável a ele.

— É melhor que nos confie as suas coisas — disseram —, pois frequentemente no depósito acontecem fraudes e além do mais costuma-se ali, depois de certo tempo, vender tudo sem que ninguém se incomode em verificar se o inquérito em questão terminou ou não. E como são demorados os processos deste tipo, especialmente nos últimos tempos! Em última instância, você receberia o dinheiro obtido da venda que certamente seria bem pouca coisa, visto que na operação o preço não é determinado pela importância da oferta, mas pelo montante do suborno. Sem contar que, ao passar de mão em mão, tais somas costumam ficar a cada ano menores.

K. prestou ligeira atenção a tais colocações, pouco se importando com suas próprias coisas. O que ele queria mesmo era enxergar com clareza a situação em que se encontrava, mas diante desses dois homens, nem mesmo podia refletir. A barriga do segundo guarda — provavelmente eram guardas da polícia — encostava discretamente e amigavelmente nele, mas quando K. fitava o rosto do homem via que era seco, ossudo, provido de um nariz forte e torcido, e que não se enquadrava bem a seu corpo robusto e gordo, antes parecia adaptar-se melhor à figura do outro guarda.

Que espécie de homens eram estes? De que estavam falando? A que departamento oficial pertenciam? Entretanto, K. vivia em um estado constitucional no qual reinava a paz, no qual todas as leis estavam em vigor, de modo que quem eram aqueles que se atreviam a invadir a sua casa? K. procurava sempre encarar todas as coisas com leveza e otimismo. Só acreditava no pior quando este se apresentava, não nutria grandes cuidados pelo futuro, mesmo quando tudo tivesse um aspecto ameaçador.

Neste caso, porém, não lhe pareceu conveniente levar o assunto de modo despretensioso, apesar de que até poderia ser uma brincadeira de mau gosto organizada pelos seus colegas de banco para comemorar hoje seu trigésimo aniversário. Dessa forma, deveria cair na gargalhada para que aqueles estranhos também rissem juntos. Talvez aqueles guardas fossem os moços equilibristas da esquina da rua, até se pareciam com eles, contratados pela turma. Contudo, K. estava, desde o primeiro instante em que viu o guarda Franz, formalmente determinado a não ceder a esses homens a menor vantagem sobre a situação. Ao contrário de outras vezes, por ser imprudente e indiferente, K. não queria ser castigado pelos acontecimentos. Isso não podia tornar a acontecer, pelo menos desta vez! Se se tratava de uma comédia, ele também queria representar o seu papel. Ainda estava livre.

– Com a permissão de vocês – pediu, passando rapidamente entre os guardas para dirigir-se a seu quarto.

"Ele parece sensato", ouviu que diziam às suas costas. Já em seu quarto apressou-se a abrir as gavetas da escrivaninha, onde encontrou tudo em perfeita ordem, porém a ansiedade o impediu de encontrar logo os seus documentos de identidade. Achou a licença para andar de bicicleta, mas, como não deveria ser aceita pelos guardas, continuou a procurar outro documento pessoal até que, finalmente, encontrou a certidão de nascimento. Ao chegar à sala contígua, abriu-se exatamente nesse momento a porta de frente pela qual quis entrar a Sra. Grubach. Apenas permaneceu um momento na entrada, pois K. somente teve tempo de reconhecê-la, quando a senhora, visivelmente comovida e desculpando-se, desapareceu fechando com precaução a porta atrás de si.

– Mas, pode entrar – foi tudo o que K. pôde dizer. Ficou ali de pé, em meio à sala, segurando na mão os seus papéis sem afastar o olhar da porta que, porém, não tornou a se abrir. De repente, sobressaltou-se porque os guardas o chamaram, os quais, sentados em uma mesinha junto à janela, estavam prontos para comer o café da manhã do próprio K.

– Por que a Sra. Grubach não entrou? – perguntou K.

– Não o pôde fazer – explicou o maior dos guardas.
– Você está detido!
– Como posso estar detido? E desta maneira?
– Começou outra vez – disse o guarda, enfiando um pedaço de pão untado com manteiga dentro do potinho de mel. – Não respondemos a tais perguntas.
– Vocês têm de responder – retrucou K.
– Aqui estão os meus documentos de identidade. Quero ver o de vocês e, especialmente, a ordem de prisão.
– Oh, céus! – exclamou o guarda.
– Como é difícil para você colocar-se em sua verdadeira situação! Reconheça que nós, provavelmente, somos de todos os seus semelhantes os mais achegados a você.
– É isso mesmo, acredite – disse Franz.
O guarda, em vez de levar à boca a xícara de café que segurava na mão, ficou contemplando K. com um olhar longo, querendo transmitir algo significativo, mas totalmente incompreensível para K. Este se viu envolto, a contragosto, em um diálogo de olhares com Franz, mas por fim, batendo em seus documentos, acabou por expressar:
– Aqui estão os meus documentos de identidade!
– E que importa isso para nós? – indagou o maior dos guardas.
– Você se comporta pior do que uma criança. Que deseja? Por acaso acredita que poderá acelerar o curso de seu maldito processo discutindo conosco, que somos apenas guardas, sobre os seus documentos de identidade e a ordem de prisão? – disse.
E explicou:
– Nós somos apenas empregados inferiores que pouco sabemos de documentos, uma vez que nossa missão neste assunto consiste somente em montar guarda junto a você durante dez horas diárias e cobrar nosso soldo por isso. Aí está tudo o que somos; contudo, compreendemos bem que as altas autoridades a cujo serviço estamos, antes de ordenar uma detenção, examinam muito cuidadosamente os motivos da prisão e investigam a conduta do detido. Não pode existir nenhum erro. A autoridade a quem prestamos serviço, e da qual unicamente conheço os graus mais baixos, não indaga os delitos dos habitantes, senão que, como o determina a lei, é atraída pelo delito e, então, somos enviados, os guardas. Assim é a lei, como poderia haver algum erro?
– Desconheço essa lei – disse K.
– Tanto pior para você – replicou o guarda.

– Sem dúvida, essa lei não existe senão na imaginação de vocês – disse K., tentando induzi-los a seu favor. O guarda, porém, limitou-se a dizer:
– Você logo sentirá o efeito dessa lei.
Então, interveio Franz:
– Observe bem, Willem; por uma parte admite que desconhece a lei e por outra afirma que é inocente.
– Você tem razão, mas não podemos fazer com que ele compreenda isso – disse o outro.
Por um tempo, K. ficou calado e pensativo. "Não devo me intimidar pela conversa destes empregados inferiores, pois eles mesmos admitem que são subalternos. Eles falam de coisas que mal compreendem. A segurança que ostentam apenas é possível devido à sua estupidez. Bastará que eu fale com um representante da autoridade de condição igual à minha para que tudo seja esclarecido." K. percorreu várias vezes de uma extremidade à outra da sala e viu a anciã vizinha que tinha arrastado até a janela um homem ainda mais velho do que ela, ao qual sustentava rodeando-o com um braço. K. precisava pôr fim de uma vez a tal comédia.
– Quero que me levem ao superior de vocês – disse.
– Nós o faremos quando ele solicitar, não antes – retrucou o guarda Willem.
E acrescentou:
– E peço que retorne ao seu quarto, permaneça quieto e aguarde tranquilamente o desenrolar daquilo que diz respeito a você. Nós o aconselhamos que não perca tempo com pensamentos inúteis, mas que reserve suas energias para mais adiante.
E disse mais:
– Você não tem correspondido ao nosso tratamento, esquecendo-se que nós, quem quer que sejamos, ao menos somos homens livres, o que constitui uma vantagem. Ademais, estamos dispostos, se é que você tem dinheiro, a buscar um lanche no café vizinho.
K. ignorou a proposta e ficou de pé um momento, em silêncio. Pensou que talvez pudesse abrir a porta da sala ou a do vestíbulo sem que os guardas conseguissem impedir sua fuga. Porém, ele correria o risco de ser agarrado pelos guardas e ser derrubado ao chão. Nesse caso, perderia toda a superioridade que, de certo modo, ainda conservava sobre eles. Por isso, resolveu esperar que o curso natural das coisas resolvesse o seu caso. Dessa forma, acatou o conselho e voltou a seu quarto sem dizer uma palavra.
Sentou-se na cama e, ao pegar na mesa do toucador uma maçã que, na noite anterior, havia guardado exatamente para seu desjejum, e dar a sua

primeira dentada, percebeu que seu único alimento era muito melhor do que qualquer outra coisa que fosse comprada em algum comércio pelos guardas. Sentiu-se bem e confiante, apesar das limitações.

Nessa manhã, iria faltar ao seu trabalho no banco, mas, em razão do seu cargo, relativamente alto, com certeza seria desculpado. Deveria justificar-se? Se não quisessem acreditar nele, o que seria compreensível, recorreria à Sra. Grubach como testemunha ou mesmo aos dois velhos da casa de frente, os quais viviam a espreitar pela janela defronte a seu quarto.

Ao colocar-se no lugar de seus guardas, K. admirou-se como o deixaram sozinho sem se preocuparem com a possibilidade de suicidar-se. Paralelamente, K. perguntava a si mesmo que motivos ele teria para fazer isso. Ele também estranhava o fato de os dois homens, sentados na sala ao lado do seu quarto, terem tomado o seu café da manhã e ignorarem o perigo de ele matar-se. Chegou à conclusão que seria, de qualquer maneira, uma tremenda insensatez tirar a vida. Resolveu, então, ir até um pequeno armário no qual guardava uma garrafa de aguardente de boa qualidade. Bebeu um copinho, primeiro para substituir o desjejum; o segundo para adquirir coragem, e mais um por prudência, caso precisasse de ter mais coragem para enfrentar o que viria pela frente.

De repente, K. estremeceu-se e bateu com os dentes contra o copo assim que ouviu um berro vindo da sala ao lado.

– O inspetor o chama! – ouviu que lhe diziam. O que o espantou foi apenas o grito, curto, seco e militar, do qual não imaginava que o guarda Franz era capaz de dar. Com respeito à ordem, apressou-se a fechar o armário e, prontamente, entrou na sala ao lado. Lá estavam os dois guardas, os quais o mandaram de volta novamente ao seu quarto.

– O que é que você está pensando? – perguntaram.

– Pretende, porventura, apresentar-se de pijama diante do inspetor?

– Ao diabo! Deixem-me em paz! – exclamou K., que já estava junto ao guarda-roupa.

– Quando vêm me surpreender na cama não se pode esperar que me achem vestido com a roupa adequada.

– Não podemos ajudá-lo – disseram os guardas, que sempre que K. se alterava, recuavam e ficavam um tanto tristes. Esse comportamento o deixava confuso e, de certo modo, o trazia para a realidade.

– Que formalidades ridículas! – falou entredentes, embora já tivesse pego uma jaqueta da cadeira, e a segurou um instante como que aguardasse a aprovação dos guardas. Estes, contudo, abanaram a cabeça.

– Precisa ser uma roupa preta – disseram.

Imediatamente, K. atirou a jaqueta ao chão e disse, sem saber ele próprio o sentido das suas palavras:

— Ainda não se trata da acusação principal. Os guardas riram da sua atitude, mas insistiram:

— Tem de ser uma roupa preta.

— Tudo bem, se isso pode apressar o andamento do inquérito, não me importo – disse K.

Logo abriu o armário e começou a procurar entre seus muitos trajes. Escolheu um preto, o melhor que tinha, uma sobrecasaca elegante e de fino corte que, em sua época, causou sensação entre os seus conhecidos; tirou também da gaveta outra camisa e começou a vestir-se com esmero.

K. esperava que os guardas não se lembrassem de obrigá-lo a tomar banho, pois tinha pressa em se apresentar ao inspetor.

Assim que ficou devidamente vestido, atravessou, acompanhado por Willem, à sala ao lado, agora vazia, para entrar na seguinte, cuja porta já estava aberta. Como era do conhecimento de K., este aposento tinha sido recentemente ocupado pela Srta. Burstner, uma datilógrafa que costumava sair muito cedo para o seu trabalho e que retornava à casa já muito tarde. Eles se falaram poucas vezes, trocando apenas palavras de saudação. A mesinha de cabeceira foi mudada para o centro do quarto para que servisse como escrivaninha; atrás dela estava sentado o inspetor, de pernas cruzadas e um braço apoiado sobre o encosto da cadeira.

Em um canto da sala estavam de pé três jovens que olhavam as fotografias da Srta. Burstner pregadas sobre um painel fixado na parede. Havia uma blusa branca pendurada no puxador da janela. Apoiados ao peitoril da janela de frente estavam, como sempre, os dois velhos. A diferença agora é que o número de espectadores havia aumentado, pois por trás deles estava de pé um homem que os ultrapassava muito em altura e que, exibindo o peito pela abertura da camisa desabotoada, não parava de retorcer entre os dedos a ponta de sua barba avermelhada.

— Josef K.? – perguntou o inspetor, talvez apenas para concentrar sobre si o olhar distraído de K. Este concordou.

— Você deve estar muito surpreso pelo inquérito desta manhã... – disse o inspetor, juntando os poucos objetos que estavam sobre a mesinha-de-centro: a vela, os fósforos, um livro e uma caixa de costura, como se fossem coisas que iria precisar para o interrogatório.

— Certamente – respondeu K., sentindo-se animado por, finalmente, estar diante de um homem razoável, com quem poderia discutir o seu caso.

— Sem dúvida, estou surpreso, porém de modo algum muito surpreendido.

— Então não está muito surpreso? — perguntou o inspetor, enquanto tornava a colocar a vela no centro da mesinha e reunia todos os objetos ao redor dela.

— Naturalmente, não me expliquei direito e o senhor, talvez, não interprete bem o que eu digo — acrescentou K., olhando à sua volta à procura de uma cadeira.

— Posso sentar-me? — perguntou.

— Não é hábito — retrucou o inspetor.

— Senhor inspetor, confesso que fiquei muitíssimo surpreso com os acontecimentos, mas, na minha idade, ou seja, há trinta anos que me viro sozinho neste mundo e parece até que estou imunizado contra as surpresas, como a de hoje.

— Por que a de hoje não o afeta de modo particular?

— Não quero dizer que considero tudo isto uma brincadeira, uma vez que os preparativos que foram feitos me parecem bem elaborados e muitas pessoas foram envolvidas nisso, inclusive o senhor, por isso não creio realmente que se trate de uma brincadeira.

— Certamente — disse o inspetor, contando os fósforos que havia dentro da caixinha.

K. continuou a falar, dirigindo-se para todos que estavam ali presentes e esperava, inclusive, que os três jovens que se achavam junto às fotografias também o escutassem:

— Por outro lado, este assunto não pode igualmente ser muito importante. Uma vez que estou sendo processado sem que seja possível encontrar provas de que eu tenha cometido o menor delito pelo qual se justifique uma acusação. De qualquer maneira, o fundamental é outra coisa: quem me acusa? Que autoridade conduz o inquérito? Vocês são funcionários judiciais? Nenhum de vocês tem uniforme. A não ser que denominem uniforme o que o senhor Franz usa, uma vestimenta que mais parece um traje de viagem. Tais são as questões que eu peço que me esclareçam. Além do mais, estou convencido de que depois dessas explicações haveremos de nos despedirmos do modo mais cordial.

O inspetor deixou cair a caixinha de fósforos sobre a mesa.

— Você encontra-se em erro grosseiro — disse. — Estes senhores e eu desempenhamos um papel completamente acessório em seu caso, do qual, para dizer a verdade, não sabemos quase nada. Mesmo que usássemos nossos uniformes oficiais em nada mudaria a sua causa. Muito menos posso dizer a você que está acusado, ou melhor, não sei se o está. O certo é que está detido! Isto é tudo quanto sei!

E o inspetor disse mais:

– Se os guardas estiveram falando com você e sugeriram outra coisa, não deve encarar isso senão como simples falatórios. Não posso responder às suas perguntas, mas o aconselho que pense menos em nós e naquilo que lhe aconteceu esta manhã e, em vez disso, pense mais em você mesmo. Sugiro também que não se alvoroce tanto com protestos de inocência porque isso causa má impressão, sendo certo que a outros respeitosos você impressiona bem. Procure ser mais moderado em suas manifestações para não agravar a sua situação.

K. ficou olhando fixamente o inspetor. Então esse homem, provavelmente mais jovem do que ele, dava-lhe lições como se estivessem na escola? Castigava a sua franqueza com uma reprimenda? E nada lhe diria, então, a respeito do motivo da detenção e da autoridade que a ordenou? K. ficou nervoso, andando de um lado para outro na sala, atitude que ninguém impediu que fizesse; arrumou os punhos da camisa, passou a mão pelo peito; alisou o cabelo e aproximou-se dos três senhores, dizendo:

– Isto não tem o menor sentido!

Estas palavras fizeram com que os homens se voltassem para K. e o olhassem com ar de desaprovação. Por fim, K. voltou a se dirigir diante da mesa do inspetor.

– Hasterer, o fiscal, é um grande amigo meu. Posso ligar para ele? – quis saber.

– Sim – respondeu o inspetor –, porém não compreendo por que deseja dar o telefonema, a não ser que tenha a intenção de falar com ele a respeito de algum assunto pessoal.

– Não chega a compreender, por quê? – exclamou K., mais confuso do que indignado. – Mas quem são vocês? Pedem que eu seja ponderado, sendo que vocês se comportam de maneira insensata. Não é para ficar irritado? Em primeiro lugar, os senhores invadiram a minha casa, sentam-se ou estão aqui de pé ao redor de mim e me atropelam o tempo todo. Tenho direito ou não de chamar pelo telefone um advogado, já que sou declarado detido?

– Sim – disse o inspetor, apontando com a mão para o vestíbulo onde estava o telefone.

– Telefone!

– Não, já não quero mais telefonar – replicou K., dirigindo-se para a janela. Lá em cima continuava firme em seu posto na janela o grupo de antes; apenas pareceram perturbar-se um pouco na tranquila contemplação a que estavam entregues quando K. se aproximou para olhá-los. Os velhos quiseram afastar-se, mas o homem que estava por trás deles os tranquilizou.

– Vejam só, temos espectadores! – gritou K., dirigindo-se ao inspetor e apontando com o indicador para a janela da frente.

– Afastem-se daí! – gritou. Os três deram logo dois passos para trás. Ambos os velhos até se esconderam por trás do homem, que os cobriu com seu largo corpo e, a julgar pelos movimentos de seus lábios, este disse qualquer coisa que não se pôde perceber devido à distância. Nem por isso os três espectadores desapareceram totalmente. Na realidade, pareciam estar esperando o momento em que, sem que K. os percebesse, pudessem voltar a aproximar-se da janela.

– Essas pessoas são indiscretas; não respeitam nada! – exclamou K., voltando-se para o interior do quarto.

Conforme K. acreditou, atirando um olhar de soslaio, o inspetor estava, de certo modo, de acordo com sua atitude, mas era também possível que o inspetor nem mesmo tivesse percebido o que havia acontecido, pois, tendo posto uma das mãos sobre a mesa, parecia achar-se muito ocupado na comparação da longitude de seus dedos.

Os dois guardas estavam sentados sobre um baú coberto com um tapete e batiam os joelhos. Quanto aos três jovens que mantinham suas mãos nas cadeiras, olhavam ao redor com ar despreocupado. Permaneceu um silêncio como aquele que reina numa repartição abandonada.

– Senhores – começou a dizer K., enquanto por um momento lhe pareceu que carregava sobre os seus ombros todos os presentes –, conforme pode inferir-se da atitude de vocês, meu assunto está terminado. Sou da opinião de que o melhor é não pensar mais a respeito do justificado ou injustificado, do procedimento de vocês, e terminar esta questão amistosamente apertando as mãos. Se estão de acordo, peço-lhes então...

K. aproximou-se da mesa do inspetor, ao qual estendia a mão, mas ele olhou para cima, mordeu os lábios e contemplou a mão estendida de K., o qual continuava acreditando que o inspetor a apertaria. No entanto, o inspetor se pôs de pé, pegou um chapéu duro e redondo que estava sobre a cama da Srta. Burstner e o colocou na cabeça com ambas as mãos, como se estivesse experimentando um chapéu novo.

– Tudo lhe parece muito simples – disse a K.

– Como pode acreditar que deveríamos dar um final amistoso a esta questão? Não, não. Impossível!

– Mas não se desespere! Você está apenas detido, nada mais do que isso. Minha missão era comunicar-lhe a prisão; já o fiz e vi de que modo você reagiu e como se comportou. Por hoje já é suficiente, dessa forma podemos nos despedir temporariamente. Suponho que queira ir ao banco.

– Ao banco? – perguntou K.

– Julgava que estava detido.

K. formulou esta pergunta com certa entonação e altivez, pois, embora tenham recusado o aperto de mãos, sentia-se, especialmente a partir do momento em que o inspetor se levantou da cadeira, cada vez mais independente de todo esse pessoal. Por isso repetiu:

– Como posso ir ao banco se estou detido?

– Ah! – exclamou o inspetor, que já estava junto à porta.

– Você não me compreendeu bem. É verdade que está detido, mas isso não o impede de cumprir as suas obrigações. Você deve manter a sua vida habitual.

– Assim sendo, não tenho que me preocupar com essa detenção – disse K., aproximando-se do inspetor.

– Sim, sempre disse que não há o que temer – replicou.

– Dessa forma, nem mesmo parece necessário comunicar-me tal arresto – disse K., chegando mais perto do inspetor, assim como os outros homens. Todos ficaram agrupados junto à porta.

– Era o meu dever – disse o inspetor.

– Um dever estúpido – retrucou K., sem nenhuma consideração.

– Pode ser – replicou o inspetor –, mas não vamos agora perder tempo com discussões. Pensei que quisesse ir ao banco. E já que presta tanta atenção a todas as palavras, ressalto que não o obrigo a ir ao banco; apenas supus que você desejasse ir. E, caso fosse, trouxe comigo estes três senhores que são seus colegas para que estivessem à sua disposição.

– Como? – exclamou K., espantado, enquanto olhava os três personagens.

Esses jovens anêmicos e sem caráter, vistos somente agrupados e, praticamente, de costas junto às fotografias da datilógrafa, eram mesmo empregados de seu banco, mas não colegas. O inspetor estava muito enganado sobre isso, não poderia jamais afirmar que eram seus colegas, muito menos amigos. Na realidade, eles eram empregados subalternos do banco.

Como K. pôde ignorar isso? Ele esteve muito envolvido e focado com o inspetor e com os agentes de polícia para não ter reconhecido estes três personagens. Sim, um era o estúpido Rabensteiner, que sempre estava mexendo as mãos; outro era o ruivo Kullich, de órbitas profundas; e o terceiro, Kaminer, que sorria involuntariamente o tempo todo por causa de uma distorção crônica de um músculo facial.

– Bom dia – disse K. após um momento, enquanto estendia a mão aos três moços, que se inclinaram corretamente diante dele.

– Não os tinha reconhecido. Bem, agora poderemos ir todos para o trabalho, certo?

Os três confirmaram rindo e com muito zelo, como se estivessem esperando por isso o tempo todo. Porém, K. comentou que tinha esquecido o chapéu em seu quarto. Daí, correram todos, um atrás do outro, para buscá-lo, o que provocou certa confusão. K. ficou de pé, calado, observando os três através das duas portas abertas e comprovou que o último a sair era certamente o indiferente Rabensteiner, que se limitou a correr em elegante trotezinho. Por fim, Kaminer lhe trouxe o chapéu. Nessa hora, K. disse expressamente, assim como fez com frequência no banco, que o sorriso de Kaminer não era intencional; ele sorria porque tinha problema na face.

No vestíbulo, a Sra. Grubach abriu a porta para todo mundo; parecia indiferente a K., que ficou um tanto desolado. Assim que saíram, com o relógio na mão, K. resolveu pegar um automóvel para compensar o atraso de meia hora. Kaminer foi correndo até a esquina chamar o carro. Os outros dois procuravam, visivelmente, distrair K. De repente, Kullich, apontando para a porta de entrada da casa em frente, chamou a atenção sobre o homenzarrão de barba avermelhada que havia acabado de aparecer. Um pouco incomodado, a princípio, por mostrar-se agora em todo o seu volume, o homem apoiava-se e se espremia contra a parede. Os dois velhos ainda deviam estar na escada. K. irritou-se com Kullich porque este fixava sua atenção sobre aquele homem, ao qual ele mesmo já tinha visto e, agora, novamente.

– Não fique olhando! – exclamou, sem perceber que tal modo de se expressar podia parecer surpreendente a homens livres. Contudo, não precisou dar nenhuma explicação, pois exatamente nesse instante chegou o automóvel, que todos ocuparam e que logo começou a andar.

Daí foi que K. refletiu sobre a ausência do inspetor e dos guardas: o inspetor lhe ocultou os três funcionários do banco, e agora estes ocultavam o inspetor. Passou, então, a tentar prestar mais atenção aos fatos. Ele virou a cabeça para ver se ainda poderia avistar, através da janelinha traseira do automóvel, o inspetor e os guardas. Nada viu. Voltou outra vez a cabeça para frente e acomodou-se em um canto do carro. K. sentia necessidade de ânimo, porém aqueles senhores pareciam cansados. Rabensteiner olhava para a direita do automóvel; Kullich para a esquerda, de modo que apenas

Kaminer estava ali à disposição de K., com aquele eterno sorriso, sem chances, por respeito, de fazer qualquer brincadeira.

No começo desse ano, K., que normalmente ficava em seu escritório até nove da noite, costumava, ao deixar o seu trabalho, dar primeiro um passeio sozinho ou em companhia de algum funcionário do banco. Depois ia a uma cervejaria onde, mais ou menos até às onze, ficava sentado numa mesa reservada, na companhia de alguns senhores geralmente mais velhos que ele. Eventualmente, K. era convidado pelo diretor do banco, que muito apreciava a sua capacidade de trabalho e honestidade, a dar um passeio de carro ou para jantar na sua casa de campo.

K. também tinha o hábito de visitar uma vez por semana uma jovem chamada Elsa, a qual durante a noite até a madrugada servia como camareira em uma taverna e, durante o dia, apenas recebia visitas em sua cama.

Aquela noite, porém – a jornada passou muito rapidamente em meio do ativo trabalho e de muitas e cordiais felicitações no dia de seu aniversário –, K. preferiu dirigir-se diretamente para sua casa.

Em todas as pequenas pausas de seu trabalho daquele dia, K. havia pensado no assunto, embora, sem que o soubesse com exatidão, parecia-lhe que os acontecimentos dessa manhã deviam ter provocado grande desordem na pensão da Sra. Grubach e que sua presença era necessária para restaurar a ordem. Mas desde que esta fosse restaurada, desapareceria sem dúvida todo rastro daqueles acontecimentos e a vida voltaria ao normal como antigamente. Com respeito aos três empregados, nada havia a recear: tinham voltado a se confundir entre o numeroso pessoal do banco; além do mais, K., que os fez vir diversas vezes a seu escritório, ora sozinhos, ora juntos, apenas com o intento de observá-los, não percebeu neles a menor mudança, tanto que os dispensou tranquilamente.

Quando por volta das dez da noite chegou à casa em que vivia, deparou na porta de entrada com um rapaz que, de pernas abertas, ali estava de pé a fumar seu cachimbo.

– Quem é você? – quis saber K., aproximando o rosto ao do jovem, pois não se enxergava muito bem na penumbra do saguão.

– Sou o filho do porteiro, senhor – retrucou o jovem, tirando o cachimbo da boca e dando um passo para o lado.

– O filho do porteiro? – perguntou K., batendo impacientemente com a ponta de seu bastão no chão.

– Você quer alguma coisa? Quer que eu chame o meu pai?

– Não, não – disse K., com ar de tolerância, como se o rapaz tivesse feito algo de mal e ele o tivesse perdoado.

— Tudo certo! — disse, seguindo o seu caminho, mas antes de subir pela escada voltou-se ainda uma vez para observar o jovem.

K. poderia ter ido diretamente ao seu quarto; entretanto, queria antes falar com a Sra. Grubach. Encontrou a patroa sentada a uma mesa junto a um montão de meias velhas que estava cerzindo. K. desculpou-se por ter chegado tão tarde, porém a Sra. Grubach, embora muito educada, não quis ouvir qualquer desculpa, mas lembrou-lhe que ele era o melhor, o preferido dos hóspedes. K. olhou em volta e constatou que tudo estava novamente em sua antiga disposição; até havia sido retirada a bandeja do desjejum que nessa manhã esteve sobre a mesinha perto da janela. A propósito, K. pensou como as mãos das mulheres fazem tantas coisas silenciosamente. Provavelmente, ele teria quebrado pratos ou copos. Contemplou, então, a Sra. Grubach com ar de agradecimento.

— Por que a senhora trabalha até tão tarde? — indagou K. Agora estavam ambos sentados à mesa e, de vez em quando, K. enfiava a mão no monte de meias.

— Tenho muito trabalho — justificou a Sra. Grubach.

— Durante o dia tenho de atender aos meus hóspedes, dessa forma somente de noite consigo arrumar minhas coisas.

— Por minha causa a Sra. teve hoje, sem dúvida, um trabalho extraordinário, não é mesmo?

— E por quê? — perguntou a Sra. Grubach, ficando um pouco mais atenta à conversa, enquanto deixava sobre o colo a meia que tinha na mão.

— Refiro-me aos homens que estiveram aqui esta manhã.

— Ah, sim — exclamou, retomando a sua compostura.

K. ficou olhando em silêncio como sua patroa voltava a pegar a meia do colo. E pensou que a Sra. Grubach deve ter ficado admirada por ele mesmo ter tocado no assunto. Acontece que K. sentia necessidade de falar com ela sobre o ocorrido na pensão.

— Certamente o que aconteceu esta manhã lhe trouxe mais trabalho, mas isso não voltará a acontecer — afirmou.

— Não, não pode tornar a acontecer — repetiu ela com um ar tranquilizante e um sorriso um tanto triste.

— A Sra. acredita nisso de verdade? — perguntou K.

— Sim — respondeu a Sra. Grubach em voz mais baixa.

— Não se impressione com isso! O que não acontece neste mundo? Como há confiança entre nós, confesso-lhe que escutei um pouco por trás da porta e sei alguma coisa contada pelos guardas. Trata-se de sua felicidade, um sentimento que toca meu coração, talvez mais do que devia, porque sou mais que a sua patroa. Do pouco que ouvi, não se trata de coisa particularmente grave. Obviamente que o senhor está detido, mas não como um ladrão. Perdoe-me o senhor se digo alguma bobagem, presumo que se trata de algo especial, acadêmico, que não consigo compreender. Mas não cabe a mim essa compreensão.

– A senhora não disse nenhuma bobagem. Aliás, compartilho, em parte, com a sua opinião. Mas ouso levar a minha apreciação sobre tudo isto mais longe que a senhora, uma vez que considero este caso insignificante.

K. desabafou:

– Pegaram-me de surpresa. Se quando despertei não tivesse ficado preocupado pela ausência de Ana, se tivesse levantado e ido diretamente até a senhora sem dar satisfação a ninguém sobre os meus passos, tivesse comido o meu café da manhã na cozinha e pedisse que a senhora levasse as minhas roupas para o meu quarto, nada disto teria acontecido. Em resumo, bastava que eu me comportasse bem. O problema é que eu estava desprevenido!

E explicou mais ainda:

– No banco, por exemplo, sempre estou preparado, de modo que lá seria impossível acontecer algo semelhante. No meu trabalho, sempre tenho um empregado à minha disposição, além dos telefones geral e particular que ficam sobre a minha escrivaninha. Fora isso, a todo instante chegam clientes e circulam empregados. Assim me encontro sempre na engrenagem do trabalho e conservo a minha presença de espírito. Enfim, tudo já se passou e não gostaria de voltar a falar nisso; apenas queria conhecer a opinião da senhora, que é uma mulher ponderada. E fico satisfeito que estejamos de acordo. Agora, só falta o nosso aperto de mãos.

Nesse momento, K. pensou: "Será que ela vai querer apertar minha mão?" E lembrou-se de que o inspetor não estendeu a sua. A Sra. Grubach parecia estar um tanto comovida e perturbada, pois não chegou a entender tudo o que K. disse a ela. Devido a esse conflito, acabou por dizer algo que certamente não era o que queria dizer. Além do mais, um tanto incabível.

– Não leve isto tão a sério, senhor K. – declarou a Sra. Grubach, com a voz embargada. E esqueceu do aperto de mãos.

– Sim, não levo esse assunto demasiadamente a sério – retrucou K., sentindo-se repentinamente cansado e indiferente aos seus comentários.

Quando já estava junto à porta, K. ainda perguntou:

– A Srta. Burstner está em casa?

– Não! – respondeu a Sra. Grubach, sorrindo para atenuar a secura da resposta; mas logo se apressou a explicar, embora tardiamente, com razoável simpatia:
– Está no teatro. O senhor queria falar com ela? Quer que lhe diga alguma coisa?
– Apenas pretendia trocar algumas palavras com ela.
– Infelizmente não sei quando voltará; quando vai ao teatro costuma vir tarde.
– Sem problema – disse K., que já estava próximo da porta para sair.
– Na realidade, queria pedir-lhe desculpas por ter ocupado seu quarto esta manhã.
– Não é necessário, senhor K., o senhor é muito atencioso. A Srta. Burstner nada sabe do que aconteceu. Saiu de casa hoje muito cedo e ainda não voltou; além do mais, já deixei o quarto todo em ordem. Veja-o o senhor mesmo. E foi abrindo a porta do quarto da Srta. Burstner.
– Obrigado, acredito na senhora – retrucou K.
Mesmo assim, K. aproximou-se da porta aberta. A lua iluminava levemente o quarto às escuras. Tudo parecia estar em seu devido lugar, nem a blusa estava mais pendurada no puxador da janela. As almofadas da cama, iluminadas em parte pela luz da lua, pareciam confortáveis.
– A Srta. Burstner volta geralmente muito tarde – disse K., olhando fixamente a Sra. Grubach como se esta fosse responsável por tal fato.
– Como toda pessoa jovem! – retrucou a Sra. Grubach em tom de desculpa.
– Evidente! – exclamou K. – Assim se pode ir longe demais.
– É verdade – concordou a Sra. Grubach. – O senhor tem razão! Não é minha intenção censurar a Srta. Burstner. Ela é uma boa moça, agradável, cordial, ordeira, pontual, trabalhadora, qualidades que admiro muito. Na verdade, precisaria ser mais discreta. Lamentavelmente, neste mês já a vi duas vezes em ruas afastadas acompanhada cada vez por um senhor diferente. Por Deus, asseguro-lhe que somente ao senhor conto sobre essas coisas. Agora, também terei de falar com ela a respeito de seu procedimento, pois tenho outras suspeitas.
– A senhora está totalmente equivocada – retrucou K. muito zangado. E continuou:
– A senhora interpretou mal as minhas observações a respeito da Srta. Burstner, jamais quis dizer isso. Sugiro que se abstenha de falar com ela sobre isso, pois a senhora está caindo em completo erro. Conheço muito bem a Srta. Burstner, o suficiente para discordar da senhora sobre o com-

portamento dela. Talvez eu tenha me excedido, mas não vou impedir a senhora de coisa alguma. Boa noite!

– Senhor K.! – disse a Sra. Grubach em tom de súplica, enquanto saía apressada atrás dele, o qual já havia aberto a porta de seu quarto.

– De modo algum falarei com a Srta. É preciso observar mais seus passos. Somente ao senhor lhe confiei o que sabia. Ademais, esta é uma questão que deveria importar a cada um dos inquilinos, se é que desejam viver em uma pensão respeitável. Todos os meus esforços são nesse sentido.

– Respeitável? – exclamou K. através da abertura da porta.

– Se a senhora quer ter uma pensão respeitável deve começar por dispensar-me.

Em seguida, fechou a porta com força sem mais atender às leves batidas da Sra. Grubach na porta.

Como ainda estava sem sono, resolveu ficar atento para saber a hora que a Srta. Burstner retornava à casa. Pensou até na possibilidade de trocar algumas palavras com ela. Postou-se junto à janela, apertando os olhos já cansados. Nesse momento, também passou pela cabeça em castigar a Sra. Grubach, convencendo a Srta. Burstner a abandonar com ele a pensão. Depois, reconheceu que era ele quem pretendia abandonar a pensão devido aos acontecimentos ocorridos de manhã. Concluiu que seria uma tremenda insensatez.

Cansado de tanto olhar a rua deserta através de sua janela, decidiu esticar-se sobre o sofá depois de ter virado um pouco a porta que dava para o vestíbulo para assim poder, de sua posição, ver quem entrava na casa. Permaneceu ali, fumando um cigarro até perto das onze. Depois se levantou, não para sair à rua, mas para passear pelo vestíbulo como se isso pudesse apressar a chegada da Srta. Burstner.

K. não se sentia particularmente atraído por ela, pois nem mesmo se lembrava que aparência tinha, mas, como queria falar-lhe, irritava-se ao constatar que a moça, ao chegar tão tarde, também contribuía para um fim de dia tão conturbado. Teria ela a culpa, da mesma forma, de que naquela noite K. não tivesse jantado e de que tampouco tivesse ido visitar a Elsa. Obviamente que poderia fazer ambas as coisas se ele agora fosse à taberna onde Elsa servia como camareira. Decidiu ir mais tarde, depois de ter falado com a Srta. Burstner.

Por volta de onze e meia, assim que ouviu passos na escada da casa, K. escondeu-se então atrás da porta. Finalmente, chegava a Srta. Burstner. Ao abrir a porta de seu quarto, colocou, tremendo de frio, um chale sobre os delgados ombros. K. tinha de aproveitar essa ocasião para visitá-la em seu quarto. Acontece que ele tinha esquecido de acender a luz em seu quarto. Como não queria assustar a moça, o jeito foi sussurrar através da abertura de sua porta:

— Srta. Burstner.

Sua voz soou mais como uma súplica do que como um chamado.

— Há alguém aí? — perguntou a Srta. Burstner, olhando assustada ao seu redor.

— Sou eu — disse K., adiantando um passo.

— Ah, é o senhor K.! — exclamou a Srta. Burstner, com um sorriso.

— Boa noite — disse, estendendo-lhe a mão.

— Apenas queria falar-lhe algumas palavras. Poderia ser agora?

— Agora? — indagou a Srta. Burstner.

— Precisa ser agora mesmo? É um pouco estranho, não acha?

— É que eu a espero desde as nove horas.

— Ah, entendi. Eu estava no teatro.

— Preciso contar-lhe sobre os acontecimentos desta manhã.

— Mas não tenho nenhuma observação a fazer, a não ser que estou terrivelmente cansada. Tudo bem, venha um instante ao meu quarto. Aqui de modo algum podemos falar porque acordaríamos todo o mundo, o que seria mais desagradável para mim do que para todos os outros. Espere aqui, assim que eu acender a luz de meu quarto, apague a outra.

K. fez assim e esperou que a Srta. Burstner o convidasse novamente a entrar em seu quarto.

— Sente-se — disse-lhe, apontando uma poltrona. Ela mesma ficou de pé perto de sua cama, apesar do cansaço; nem sequer tirou o chapéu enfeitado com flores.

— O que tem a dizer-me? Estou curiosa — disse, cruzando as pernas com delicadeza.

— Talvez você não considere urgente falarmos disso agora, mas...

— Fale sem discursos de introdução! — pediu a Srta. Burstner.

— Melhor, assim fica mais fácil a minha tarefa — afirmou K.

— Pois bem, esta manhã, em parte por minha culpa, seu quarto foi ocupado por homens que eu não conhecia e, contra a minha vontade, tiraram muita coisa do lugar. O seu quarto ficou todo desarrumado. Por isso, quero apresentar-lhe minhas desculpas.

— Em meu quarto? — perguntou a Srta. Burstner, olhando somente para K. em vez de observar o quarto.

— Isso mesmo — disse K. Nesse momento, entreolharam-se intensamente pela primeira vez.

— A forma como tudo aconteceu não é digna de ser comentada.
— Mas essa história é interessante, não acha? — perguntou a Srta. Burstner.
— Não! — retrucou K.
— Assim sendo — declarou a Srta. Burstner —, não vou insistir e também não quero me envolver em segredos alheios. Aceito as suas desculpas, embora não veja nada em desordem em meu quarto.

Com as mãos na cintura, deu um giro e olhada geral no quarto. Ao aproximar-se do painel com suas fotografias, notou uma mudança.

— Ah, alguém mudou mesmo de lugar as minhas fotografias. Isso não se faz! Quer dizer, então, que pessoas entraram realmente em meu quarto?

K. confirmou com a cabeça e, interiormente, amaldiçoou Kaminer, que trabalhava em seu banco e que estava sempre mexendo em tudo e fazendo muita coisa sem propósito.

— Tudo é muito estranho. Como você não pôde proibir a entrada de estranhos em meu quarto durante a minha ausência? — comentou a Srta. Burstner, inconformada.

— Srta., já expliquei que tudo que aconteceu no seu quarto foi sem meu consentimento — disse K., aproximando-se também das fotografias. Não fui eu quem mudou de lugar as fotografias. Agora, como não acredita em mim, confesso que uma comissão de investigação esteve aqui com três empregados do banco, um deles provavelmente deve ter mexido em suas fotos, pedirei que seja demitido na primeira oportunidade que se apresente. Sim, aqui esteve uma comissão de investigação — acrescentou K. ao ver o olhar intrigado da Srta. Burstner.

— Por sua causa? — perguntou a ela.
— Sim — afirmou K.
— Não! — exclamou a moça, rindo.
— Claro — afirmou K. — Acredita então que sou inocente?
— Inocente? — exclamou a Srta. Burstner. — Não desejo agora me posicionar porque mal o conheço. Apenas sei que quando as autoridades submetem alguém a uma comissão de investigação é porque há suspeitas de crime. Mas como você está calmo e livre (suponho que não tenha fugido da prisão), deduzo que não pode ter cometido nenhum crime.

— Sim — disse K. —, mas a comissão de investigação pode ter reconhecido que sou inocente ou, pelo menos, não tão culpado quanto se supunha.

— É possível! — disse a Srta. Burstner, olhando para K. atentamente.
— Você parece não ter muita experiência em questões jurídicas — comentou K.

— Lamentavelmente, não tenho — concordou a Srta. Burstner. No entanto, confesso que gostaria de conhecer tudo e me interesso, especialmente, por questões jurídicas. Enfim, a justiça me atrai. A propósito, no próximo mês passarei a trabalhar no escritório de um advogado. Assim, poderei aprender tudo sobre leis.

— Muito bem, talvez possa ajudar-me um pouco no meu processo — disse K.

— Pode ser — disse a Srta. Burstner —, por que não? Assim poderei aplicar os meus conhecimentos.

— Estou falando sério — afirmou K.

E acrescentou:

— Meu caso é demasiado insignificante para que precise recorrer a um advogado, mas, sem dúvida, precisarei de um bom conselheiro.

— Sim, mas, para dar a você um conselho, tenho de saber do que se trata — disse a Srta. Burstner.

— Esse é o problema — retrucou K. —, pois eu mesmo não sei do que se trata.

— Como assim? Você está zombando de mim, a esta hora da noite — retrucou a Srta. Burstner, desapontada.

E ela se afastou da parede onde estavam as fotografias e onde haviam ficado juntos por bastante tempo.

— Por favor acredite em mim, senhorita — pediu K. — Contei-lhe tudo o que sei. Na realidade, não se trata de uma comissão de investigação, pois nem houve interrogatório. Não sei, ao menos, como chamar aqueles homens que estiveram aqui. Eu que nomeei essa investida de comissão de investigação, mas não houve nenhuma investigação. Apenas fui informado que estava preso.

A Srta. Burstner sentou-se na poltrona e tornou a rir.

— Como aconteceu? — perguntou.

— Foi terrível — respondeu K., que já nem pensava mais naquele assunto.

K. estava atraído pelo olhar e postura da Srta. Burstner, que segurava o queixo com uma das mãos (seu cotovelo descansava sobre a almofada da poltrona) e com a outra acariciava lentamente seus quadris.

— O que me disse é muito vago — disse a Srta. Burstner.

— O que é muito vago? — retrucou K. Mas depois, compreendendo aquilo a que ela se referia, perguntou-lhe:

— Posso, então, fazer uma demonstração do acontecido.

K. sentia a necessidade de movimentar-se um pouco, mas não queria ir embora.

— Estou muito cansada — justificou a Srta. Burstner.
— Claro, você voltou muito tarde — disse K.
— E agora você me critica. Suponho que mereço, pois não deveria deixá-lo entrar em meu quarto. Nem mesmo era necessário, como ficou evidente.
— Sim, era necessário. Você já vai ver — disse K.
— Posso tirar esta mesa da sua cabeceira e colocá-la aqui?
— Obviamente que não!
— Nesse caso, não lhe poderei mostrar nada — disse K., muito aborrecido.
— Tudo bem, se você precisa demonstrar o que quer dizer, pode trocar a mesa de lugar, sem fazer barulho — avisou a Srta. Burstner.
Após uma pausa, acrescentou com voz fraca:
— Estou tão cansada que permito a você fazer mais do que deveria.
K. colocou a mesinha no meio do quarto e sentou-se atrás dela.
— Tente imaginar bem a disposição dos personagens; é muito interessante. Eu sou o inspetor. Ali, sobre esse baú, estão sentados dois guardas, e, próximo ao painel das fotografias, estão de pé três jovens. No puxador da janela está pendurada uma blusa branca, que apenas menciono como dado acessório. E agora começa a cena. Ah, falta o personagem mais importante: estou aqui em pé, parado na frente da mesa. O inspetor está sentado bem confortável, com as pernas cruzadas e o braço por trás do encosto da cadeira com um ar bem grosseiro. E agora sim, realmente a coisa começa. O inspetor grita como se tivesse que me acordar. Sim, dá um grito, e para que você compreenda é preciso que eu também grite. Aliás, é apenas meu nome que o inspetor grita.

A Srta. Burstner, rindo enquanto o ouvia, colocou o dedo indicador na boca para impedir que K. gritasse, mas era tarde demais. K. estava tão absorto em seu papel que gritou:
— Josef K.!
Contudo, não foi tão alto quanto ele havia ameaçado. Mesmo assim, a voz pareceu espalhar lentamente por toda a casa.
Em seguida, ocorreu uma série de batidas fortes, curtas e regulares na porta da sala ao lado. A Srta. Burstner empalideceu e pôs a mão no coração. K. ficou impressionado, pois por um momento era incapaz de pensar em outra coisa senão nos acontecimentos daquela manhã e na moça para quem os representava. K. mal tinha se recomposto e logo pegou a mão da Srta. Burstner.
— Não tenha medo — sussurrou.

– Vou consertar tudo. Mas quem pode ser? Aqui ao lado é apenas a sala de estar, ninguém dorme lá.
– Você está enganado – disse a Srta. Burstner. E sussurrou no ouvido de K.:
– Um sobrinho da Sra. Grubach, um capitão do exército, está dormindo lá desde ontem porque não há outro quarto disponível. Eu tinha me esquecido disso. Por que você teve de gritar desse jeito? Você me deixou aborrecida.
– Não fique assim – disse K., beijando-a na testa.
– Vá embora, vá embora – pediu. – Por favor, saia daqui. Que pretende? Não percebe que ele está ouvindo na porta; ele pode escutar tudo. Você me atormenta!
– Não irei embora até que se acalme. Venha, vamos para o outro canto do quarto; ali ele não conseguirá nos ouvir.
Por fim, a Srta. Burstner concordou em ir até lá.
– Embora esta situação a desagrade, de modo algum a compromete. Não há perigo! – disse K. – Você sabe o quanto a Sra. Grubach me considera. Ela acredita em tudo o que digo sem questionar. Ela é quem vai tomar todas as decisões, especialmente porque o capitão é seu sobrinho. Além do mais, ela me emprestou uma grande soma de dinheiro, o que a torna dependente de mim. Confirmarei tudo o que você disser para explicar a minha presença aqui, em seu quarto. Garanto que, por mais inapropriado que seja, a Sra. Grubach não somente dirá em público que acredita na explicação que dermos, mas acreditará de verdade. Você não precisa se preocupar comigo e nem me considerar de forma alguma. Se quiser, diremos que eu a ataquei. Certamente, a Sra. Grubach acreditará nisso sem perder, porém, sua confiança e o respeito por mim.
A Srta. Burstner olhou para o chão e ficou absorta em seus pensamentos.
– Por que a Sra. Grubach não acreditaria que eu a assediei? – K. quis saber.
Ele olhou para os cabelos ruivos da moça, que estavam repartidos e bem presos em dois coques. K. pensou que ela fosse olhar para ele, mas continuou olhando para o chão. Ainda pensativa, a Srta. Burstner afirmou:
– Perdoe-me, mas o que me assustou foi a repentina e intensa batida na porta, mais do que propriamente a presença do capitão no salão. Tudo ficou tão quieto depois que você gritou que aquela batida me apavorou, sem contar que eu estava sentada bem perto da porta. Agradeço as suas sugestões, mas não posso aceitá-las. Posso perfeitamente assumir a responsabilidade diante de qualquer pessoa por tudo que ocorra em meu quarto.

Estou perplexa que você não perceba quão ofensivas são suas propostas e consequências. No entanto, reconheço suas boas intenções. Agora, por favor, vá embora, deixe-me em paz, preciso ficar sozinha. Você me pediu uns poucos minutos de conversa, que se transformaram em mais de meia hora.

K. segurou-a pela mão e depois pelo braço.

– Você está zangada comigo? – perguntou. A Srta. Burstner puxou a mão e retrucou:

– Não, não; jamais me aborreço com qualquer coisa.

K. agarrou o seu braço mais uma vez. Desta vez ela consentiu-lhe e assim se deixou levar até a porta. K. estava pronto para sair. Mas ao chegar à porta, parou. A Srta. Burstner se antecipou e abriu a porta, indo até o corredor, de onde, em voz baixa, chamou K.:

– Agora venha, por favor. – Veja, apontando para a porta do quarto do capitão, de onde brilhava uma luz. – Ele acendeu uma luz e certamente está nos vigiando.

– Tudo bem, estou indo – disse K.

Ele, então, avançou, abraçou-a, beijou-a na boca e seguiu acariciando-a por um longo tempo. Nem sequer abriu os olhos até que ouviu um barulho vindo da sala do capitão.

– Agora eu irei – disse, desejando chamar a Srta. Burstner por seu primeiro nome, mas não sabia. Ela acenou com a cabeça cansada, estendeu-lhe a mão para que ele a beijasse e, enquanto se virava como se não soubesse o que estava fazendo, voltou para o quarto cabisbaixa. Pouco depois, K. estava deitado em sua cama. Antes de se entregar ao sono, pensou um pouco sobre seu comportamento. Primeiramente, ficou satisfeito, mas logo passou a ficar preocupado com a Srta. Burstner por causa do capitão.

2

O primeiro interrogatório

K. foi avisado por telefone de que no próximo domingo haveria uma pequena audiência sobre seu caso. Informaram que esses exames cruzados seriam feitos regularmente e minuciosamente. Como era do interesse de todos chegar rapidamente à conclusão do processo, decidiu-se realizar uma série de exames breves, um após o outro, sem grandes intervalos. O domingo também foi escolhido como o dia das audiências para não atrapalhar o seu trabalho profissional. Supunha-se que K. concordaria com isso, mas também ele poderia escolher outra data e até se apresentar à noite nas audiências. Obviamente, ele não poderia faltar a nenhuma audiência. K. seria informado sobre o endereço do prédio onde deveria se apresentar, que ficava numa rua de um bairro bem afastado do centro da cidade, jamais visitado por ele.

Assim que ouviu o recado, K. desligou o telefone sem responder. Decidiu que compareceria à audiência já naquele domingo. Afinal, o processo havia começado e tinha de enfrentá-lo. Para ele, seria o primeiro exame e, provavelmente, o último. K. ainda permaneceu pensativo ao lado do telefone quando ouviu a voz do subgerente do banco, que queria telefonar, mas a quem K. impedia a passagem.

– Más notícias? – perguntou o subgerente do banco, sem intenção de descobrir o teor do telefonema, mas para afastar K. do aparelho.

– Não, não – disse K., afastando-se um pouco do telefone.

Enquanto esperava a comunicação telefônica, o subgerente fez um convite a K.:

– Você gostaria de me dar o prazer, no domingo de manhã, de acompanhar-me a um passeio de barco? Reunirei várias pessoas amigas. Certamente, algumas delas você deve conhecer. Uma delas é Hasterer, o procurador do Estado. Anime-se, venha!

Para K. tal atitude do subgerente era bem significativa, visto que o convite dele, com quem nunca se deu muito bem, representava uma tentativa de aproximação e a importância do cargo que ele havia conquistado no banco. Mostrava até que ponto K. havia se tornado importante no banco e quão valiosa parecia ao segundo funcionário da instituição a sua amizade ou, pelo menos, sua imparcialidade. Além do mais, esse convite significava, até certo ponto, uma humilhação por parte do subgerente, por mais que o tivesse feito enquanto aguardava que se estabelecesse a comunicação telefônica, pondo de lado a cabeça e afastando-a do fone. Mas K. lhe infligiu outra, ao responder:

– Muito obrigado, mas lamentavelmente não terei tempo no domingo, pois tenho outro compromisso.

– Que pena! – disse o subgerente. E passou a conversar por muito tempo ao telefone assim que o sinal da comunicação foi estabelecido. Porém, K., confuso e distraído, não saiu do lugar. Ele somente se afastou quando o subgerente desligou o aparelho, desculpando-se por ter permanecido ali sem motivo.

– Acontece que recebi agora há pouco um telefonema, avisando que preciso ir a um lugar, mas não foi informado o horário.

– Ligue de volta e pergunte! – sugeriu o subgerente.

– Não é tão importante – replicou K.

O subgerente continuou a falar sobre outras coisas. K. se esforçou para manter a conversa, mas só pensava naquele domingo. Decidiu que seria melhor apresentar-se às nove da manhã, pois era a hora em que os tribunais abriam nos dias úteis.

O domingo chegou com o tempo nublado e sombrio. K. estava muito cansado porque tinha passado a noite de sábado bebendo até tarde com alguns amigos num restaurante, quase perdendo a hora. Vestiu-se rapidamente, sem tempo para pensar sobre os planos que havia traçado durante a semana. Saiu sem comer e correu para o subúrbio indicado. Apesar da pressa, durante o trajeto, K. se deparou com os três funcionários do banco envolvidos em seu caso, Rabensteiner, Kullich e Kaminer. Os dois primeiros viajavam em um bonde que cruzava o seu caminho. Kaminer estava sentado no terraço de um café e, na hora em que K. passou, inclinou-se curioso sobre a parede. Os três pareciam estar olhando para ele, surpresos com a pressa de seu superior.

K. resolveu ir a pé a seu destino, sem tomar qualquer transporte ou pedir ajuda a ninguém, para evitar que estranhos ficassem a par do seu processo. Fez de tudo para chegar ao lugar combinado às nove horas, embora não tivesse horário marcado. Ele esperava reconhecer o prédio de longe por algum tipo de placa ou pelo movimento de pessoas na entrada. O prédio ficava na rua Julius, mas, ao chegar na entrada da rua, K. só viu em ambos os lados blocos altos de apartamentos precários ocupados por pessoas pobres.

Nessa manhã de domingo, na maior parte do peitoril das janelas havia homens em mangas de camisa, fumando ou segurando crianças no colo. Em outras havia roupas de cama penduradas, acima das quais, de vez em quando, aparecia a cabeça desgrenhada de alguma mulher. Os moradores conversavam e gritavam de uma janela à outra. Os comentários eram ouvidos até do outro lado da rua. Um deles se referia a K., que provocou gargalhada geral.

A rua era comprida e havia pequenas lojas abaixo do nível da rua, ligadas por alguns degraus, por onde entravam e saíam mulheres. Algumas ali ficavam conversando ou comprando alimentos. De repente, um vendedor de frutas, que levava suas mercadorias às janelas de cima, estava tão distraído quanto K. e quase o derrubou com a sua carroça. Justamente nesse momento, um gramofone começou a tocar uma melodia assassina.

K. avançou lentamente pela rua, como se tivesse tempo de sobra, ou como se o juiz de instrução o estivesse olhando de uma das janelas e, portanto, soubesse que K. já havia chegado. Passava um pouco das nove. O prédio ocupava uma área enorme e tinha um portal amplo e alto. Evidentemente se tratava de um grande depósito de mercadorias de armazéns, que lotavam o grande pátio e traziam rótulos com o nome de empresas, algumas das quais K. conhecia pelo seu trabalho no banco.

Contrariando o seu costume, K. prestou grande atenção a todas estas coisas e até ficou um bom tempo de pé à entrada do pátio. Próximo dele, havia um homem descalço sentado numa caixa de madeira e lendo um jornal. Dois rapazes balançavam-se sobre um carrinho de mão. Havia também uma jovem com aparência fraca, de colete, diante de uma bomba d'água. Enquanto ela enchia sua lata de água, olhava para K. Em um canto do quintal, havia um pedaço de corda esticado entre duas janelas com algumas roupas penduradas para secar. Ao longe, um homem gritava para que fizessem o serviço direto no varal improvisado.

K. subiu a escada para chegar à sala onde seria a audiência, mas parou mais uma vez, pois ficou confuso ao ver outras três escadas que saíam do pátio, além de um pequeno corredor que levaria a um segundo quintal. K. irritou-se por não ter recebido instruções precisas de como chegar à sala do tribunal e por ser tratado com negligência ou indiferença. Pretendia reclamar contra esse abuso. Por fim, resolveu subir pela primeira escada, lembrando-se do guarda Willem, que havia dito a ele que a justiça é atraída pela culpa, logo a sala da audiência devia ficar no caminho daquela escada que K. escolheu ao acaso.

Ao subir incomodou um grupo de crianças que brincavam na escada. E todos os meninos fizeram cara feia para ele. K. pensou:

"Da próxima vez que vier aqui, trarei doces para que gostem de mim ou um pedaço de pau para bater neles."

Ao chegar ao primeiro andar, teve de esperar porque uma bola das crianças rolou entre suas pernas. Dois meninos mais crescidos o seguraram pelas calças. K. pensou até em sacudi-los para se livrar deles. Mas teve paciência, evitando que gritassem.

No primeiro andar, começou sua busca de verdade. Como não podia perguntar pela comissão de investigação, inventou a existência de um marceneiro chamado Lanz. K. deu esse nome porque era o do capitão, o sobrinho da Sra. Grubach. A ideia era perguntar em cada apartamento se morava um tal marceneiro chamado Lanz para, assim, poder olhar o interior dos quartos. Contudo, não foi preciso todo esse trabalho porque quase todas as portas foram deixadas abertas pelos meninos, que entravam e saíam toda hora. Em geral eram cômodos pequenos de uma só janela, onde os moradores também cozinhavam. A maioria era de mulheres que seguravam bebês em um braço e trabalhavam no fogão com o outro. Adolescentes, vestidas apenas com aventais, realizavam diversas tarefas, correndo de um lado para o outro. Em todos os quartos havia camas, ocupadas por doentes ou por pessoas que ainda dormiam ou que simplesmente estavam deitadas vestidas. Naqueles quartos, cujas portas estavam fechadas, K. chamava e perguntava se vivia ali o marceneiro Lanz. Geralmente era uma mulher que abria a porta, ouvia a pergunta e se dirigia a alguém no quarto que se levantava da cama.

— Este senhor quer saber se o marceneiro Lanz mora aqui.

— O marceneiro Lanz? — perguntava o que estava na cama.

— Sim — dizia K., constatando que esse não era o local da comissão de investigação, portanto nada tinha mais a fazer ali.

Muitos acreditavam que deveria ser muito importante para K. encontrar o marceneiro Lanz. Na ânsia de ajudarem K. na busca do tal marceneiro, uns moradores se lembraram de um homem que, embora não se chamasse Lanz, tinha um nome parecido com Lanz. Outros foram, de porta em porta, junto com K., perguntar aos moradores vizinhos ou distantes se conheciam ou tinham notícias sobre o marceneiro Lanz.

Na realidade, K. se arrependeu de seu plano inicial, que, a princípio, parecia muito prático. Ao chegar ao quinto andar, desistiu da busca, despediu-se de um jovem operário cordial que insistiu em continuar acompanhando-o pelos andares acima, e desceu. De novo, em vão. K., irritado pela perda de tempo, voltou a subir e bateu na primeira porta do quinto andar. De cara viu na sala um grande relógio na parede que já marcava dez horas.

– O marceneiro Lanz mora aqui? – perguntou.

– Adiante – atendeu uma mulher jovem, de olhos negros e resplandecentes, que nesse momento estava lavando em uma bacia roupa branca de crianças, ao mesmo tempo em que apontava com a mão molhada a porta aberta da sala ao lado.

K. teve a impressão de ter entrado em uma reunião. Uma sala de tamanho médio, com duas janelas, estava lotada de pessoas. Ninguém pareceu ter percebido sua presença. Logo abaixo do teto, a sala era cercada por uma galeria também totalmente ocupada. As pessoas só podiam ficar de pé, espremidas umas nas outras, com a cabeça e os ombros encostados no teto. K., que sentiu o ar muito abafado, saiu e voltou a falar com a jovem, que, provavelmente, não havia entendido a sua pergunta.

– Perguntei a você se mora aqui um certo marceneiro Lanz.

– Sim – respondeu a mulher.

– Por favor, entre!

K. talvez não a teria seguido se a mulher não tivesse ido até ele, agarrado a maçaneta da porta e dito:

– Vou ter de fechar a porta assim que entrar. Depois, ninguém mais poderá entrar.

– Tudo bem, pois a sala já está lotada – concordou K.

Ao entrar na sala, K. não via nada além das costas das pessoas que falavam somente com as do lado. A maioria delas estava vestida de preto, em sobrecasacas velhas, longas e que caíam frouxamente ao redor delas.

A única coisa que intrigava K. era essa vestimenta, pois, de outra forma, teria considerado essa reunião como um comício político local.

O jovem de baixa estatura e de faces vermelhas que, logo na entrada, havia agarrado K. pelo braço, o conduziu para a outra extremidade da sala, onde havia uma pequena mesa colocada em sentido transversal sobre um pódio muito baixo, tão superlotado como em todos os outros lugares. Atrás da mesinha, perto do pódio, estava sentado um homem baixo, gordo e ofegante que falava com outro atrás dele. Este segundo homem estava de pé com as pernas cruzadas e os cotovelos apoiados no encosto da cadeira, dando muitas gargalhadas.

 O jovem que estava guiando K. teve bastante trabalho para apresentá-lo. Por duas vezes tinha ficado nas pontas dos pés tentando anunciar K. sem que, porém, o homem o tenha visto. Foi somente quando uma das pessoas no pódio chamou sua atenção para o jovem que o homem se virou para ele e se abaixou para ouvir o que estava dizendo em voz baixa. Em seguida, puxou o relógio e olhou rapidamente para K.

 – Você devia estar aqui há uma hora e cinco minutos – disse.

 K. pensou em retrucá-lo, mas não teve tempo, pois mal o homem havia falado, um murmúrio generalizado surgiu do lado direito do salão.

 – Você deveria estar aqui há uma hora e cinco minutos – repetiu o homem, desta vez levantando a voz. O murmúrio ficou mais alto, mas, como o homem não disse mais nada, foi diminuindo até o silêncio absoluto, mais do que no momento em que K. havia entrado. Apenas as pessoas na galeria continuaram a fazer comentários. O pessoal que estava na parte de cima, apesar da pouca luz, poeira e neblina, parecia estar menos bem-vestido do que o pessoal de baixo. Muitos tinham travesseiros entre a cabeça e o teto para não se machucarem.

 K. decidiu observar mais do que falar, por isso não justificou seu suposto atraso e disse apenas:

 – Talvez eu tenha chegado tarde, o fato é que eu estou aqui agora.

 Em seguida, fortes aplausos foram ouvidos procedentes do pessoal do lado direito do corredor, agradando K. No entanto, K. ficou incomodado com o silêncio da turma do lado esquerdo, logo atrás dele. Foram dados alguns aplausos isolados.

 K. pensou no que poderia dizer para ganhar o apoio de todos ou, se não fosse possível isso, ao menos conquistar por um momento também o dos que ainda não tinham tomado partido.

 – Sim – disse o homem –, mas agora não tenho mais a obrigação de interrogá-lo.

 Houve mais uma vez um murmúrio, mas o homem conseguiu conter o povo e prosseguiu:

 – Contudo, como uma exceção, ouvirei o seu caso. Não volte a chegar atrasado. E agora, dê um passo à frente.

Alguém saltou do pódio para dar um lugar livre para K. Ele subiu e ficou pressionado contra a mesa, enquanto o juiz sentou-se confortavelmente em sua cadeira. Depois de dizer umas palavras ao homem que estava em pé atrás dele, pegou um livro de registros, o único objeto que havia sobre a mesa. Tratava-se de uma espécie de caderno escolar velho, bastante deformado pelo muito uso.

Ao folhear o livro, o juiz de instrução, com o tom de quem quer comprovar alguma coisa, perguntou:

— Você é pintor de paredes?

— Não! Sou gerente em um grande banco — respondeu.

A turma da ala da direita no corredor logo reagiu calorosamente, rindo muito e contagiando K., que riu junto. Algumas pessoas da galeria também riram. O juiz de instrução ficou bem irritado, mas parecia não ter poder sobre os presentes que estavam abaixo dele no corredor. Levantou-se zangado e ergueu suas sobrancelhas, até então pouco notáveis, grandes, pretas e grossas.

A metade esquerda da sala continuava quieta. As pessoas estavam dispostas em fileiras com seus rostos olhando para o pódio e ouvindo calmamente o que estava sendo dito. A turma da facção esquerda não era apenas menos numerosa do que a da direita e, provavelmente, não era mais importante, mas tinha um comportamento mais sério e calmo. Quando K. começou a falar acreditava que todos compartilhariam de suas opiniões.

— Sua pergunta, senhor juiz, se eu sou pintor de paredes (embora em rigor e verdade não me perguntou nada, mas simplesmente o afirmou), é característica de todo processo que vem sendo conduzido contra mim. Talvez o senhor refute que, em última instância, não há nenhum processo contra minha pessoa. O senhor terá toda razão porque só haverá processo se eu o reconhecer como tal, mas no momento apenas o reconheço, de certo modo, por compaixão. Impossível não observar todo esse negócio sem sentir pena. Não digo que as coisas estão sendo feitas com negligência, mas gostaria de deixar claro que sou eu quem faz o reconhecimento.

K. parou de falar e olhou para a sala. Ele havia se exaltado e falado mais rispidamente do que pretendia, mas estava certo. Era de se esperar que houvesse algum sinal de aprovação, mas tudo permanecia silencioso. Parecia que todo mundo estava à espera do que viria em consequência das palavras e atitudes de K. Exatamente naquele momento a porta no final do corredor se abriu e entrou a jovem lavadeira, que devia ter terminado o seu trabalho. Apesar de cautelosa, ela desviou a atenção de algumas pessoas. Apenas o juiz de instrução, segundo acreditou K., teria ficado perturbado com suas palavras. Até esse instante permaneceu de pé, impressionado com o discurso de K., desde o momento em que havia se levantado para ameaçar os espectadores da galeria. Agora, durante a pausa, voltou a sentar-se bem devagar, a fim de que ninguém percebesse. E pegou novamente o livro.

– Tudo isto não vale nada – prosseguiu K. – Inclusive o seu livrinho, senhor juiz, só vai confirmar aquilo que eu acabo de dizer.

K., além de se contentar em ouvir somente as suas próprias palavras em meio a pessoas estranhas, ousou tomar das mãos do juiz de instrução o caderno e o levantou para o alto, segurando apenas com as pontas dos dedos uma das páginas do meio como se fosse algo repugnante. As outras páginas escritas, manchadas e amareladas, ficaram soltas no ar.

– Essas são as notas oficiais do juiz de instrução – disse K. deixando cair o caderno sobre a mesa. – Continue a trabalhar com essas anotações, senhor juiz; na verdade não temo de modo algum o que possa estar escrito nesse livrinho acusador. Aliás, nem tenho acesso a ele, mal posso segurá-lo com dois dedos.

A situação ficou humilhante para o juiz de instrução, que teve de estender a mão para pegar de volta o caderno caído sobre a mesa e colocar as folhas em ordem.

O olhar das pessoas na primeira fila era tenso e curioso. K. ficou uns instantes observando a expressão delas. A maioria era homens velhos, alguns deles de barba branca. Eles poderiam ser o grupo crucial que poderia influenciar a assembleia para um lado ou para o outro.

Com menos ênfase, mas sem deixar de observar os rostos dos ouvintes da primeira fila para sentir o impacto de suas palavras, K. continuou a se expor:

– O que aconteceu comigo não é senão um caso isolado, e como tal não teria muita importância, pois eu mesmo não o levo muito a sério, embora me incomode os procedimentos executados contra muitos outros. Para representá-los estou aqui, não somente pela minha causa.

Involuntariamente, ele elevou o tom da voz. Alguém levantou as mãos e o aplaudiu, gritando:

– Bravo! Por que não? Bravo! De novo digo, Bravo!

Alguns dos homens da primeira fileira passavam as mãos em suas barbas, mas nenhum deles se preocupou em saber quem gritava. Nem mesmo K. deu importância a isso, embora tenha levantado seu ânimo. Ele não esperava aplausos de todos. Para ele, bastava que a maioria passasse a refletir sobre o assunto e que, ao menos, conseguisse persuadir um deles.

– Não é um êxito de orador que eu desejo – disse K., revelando o que pensava nesse momento –, êxito que por outro lado não alcançaria. Provavelmente, o senhor juiz de instrução fale muito melhor do que eu, como é devido a sua profissão. O que eu pretendo é simplesmente tornar pública uma evidente situação de injustiça.

K. prosseguiu, descrevendo como tudo aconteceu:

– Senhores, há cerca de dez dias fui informado que estava preso; eu mesmo rio deste fato, mas não é próprio que eu o faça aqui. Uma manhã bem cedo fui surpreendido em minha própria cama. Talvez se tivesse determinado a ordem de detenção (pois conforme o que o juiz de instrução acaba de dizer não fica excluída essa possibilidade) contra algum pintor de paredes, que provavelmente seja tão inocente como eu, mas o caso é que escolheram a mim. Dois grosseiros guardas de polícia ocuparam a sala ao lado do meu quarto. Se eu fosse um bandido perigoso, não teriam tomado tantas precauções. Além do mais, os tais guardas eram dois malandros sem moralidade que me encheram a cabeça de histórias. Eles queriam as minhas roupas brancas e meus trajes, me pediram dinheiro para levar um café da manhã ao meu quarto, enquanto eles descaradamente já haviam tomado o meu próprio desjejum.

Inconformado, K. continuou a falar:

– Mas isso não é tudo, depois fui levado a uma terceira sala onde estava o inspetor. Tratava-se do quarto de uma moça por quem tenho muito respeito. Eu fui forçado a ficar olhando o supervisor e os policiais mexerem em tudo por minha causa, embora não por minha culpa. Confesso que foi difícil manter a calma nessas circunstâncias. Contudo, perguntei tranquilamente ao inspetor (caso ele estivesse aqui, haveria de confirmar o que eu digo) qual era o motivo de minha detenção. Eu posso vê-lo agora, com ar de arrogância estúpida sentado na cadeira pertencente àquela moça que mencionei. Na realidade, o inspetor não respondeu nada de essencial; talvez ele verdadeiramente não soubesse nada. Ele se deu por satisfeito somente por comunicar a minha prisão. Na realidade, trouxe três empregados subalternos do banco que bagunçaram as fotografias dessa mulher, que estavam na parede. Certamente, a presença desses empregados tinha outra finalidade, ou seja, eles, assim como a dona da pensão e sua empregada, deveriam espalhar a notícia da minha prisão e prejudicar a minha reputação pública e, particularmente, comprometer a minha posição no banco. Nada disso eles conseguiram. Até mesmo a minha senhoria, uma pessoa modesta (devo revelar aqui seu nome em total respeito, ela se chama Sra. Grubach), foi sensata e compreensiva o suficiente para entender que uma prisão como esta não tem cabimento. Repito que tudo isto não foi para mim senão um incidente desagradável e um desgosto passageiro, mas não poderia também ter tido consequências muito piores?

Ao chegar a este ponto de seu discurso, K. parou e olhou para o juiz, que não disse nada. Ele teve a impressão de ver o juiz dar sinais com o olhar a alguém da multidão. K. sorriu e disse:

– O senhor juiz de instrução acaba de dar a algum de vocês um sinal secreto. Parece que há alguém entre vocês que está recebendo instruções de cima. Não sei se o sinal significa que vocês têm de vaiar ou aplaudir. Realmente, não me interessa. Permito, sim, ao senhor juiz de instrução que, em público, em vez de recorrer a sinais secretos, dê suas ordens em voz alta a seus empregados assalariados e que diga com toda a clareza: "Agora assobiem; agora batam palmas".

O juiz de instrução, irritado ou impaciente, não parava de se mexer na cadeira. O homem atrás dele, com quem ele esteve conversando antes, inclinou-se novamente para a frente, visando encorajá-lo ou dar algum conselho específico. Abaixo deles, no corredor, as pessoas conversavam em voz baixa, mas animadamente. A princípio, os dois partidos pareciam ter opiniões opostas, mas agora começaram a se misturar, alguns homens apontaram para K., outros para o juiz de instrução. O ar na sala estava abafado e opressor. Mal podia-se ver com nitidez aqueles que estavam mais distantes. Certamente essa circunstância devia ser mais incômoda para os visitantes da galeria, que foram obrigados a perguntar em voz baixa às pessoas da assembleia o que exatamente estava acontecendo. As respostas que receberam foram igualmente silenciosas e dadas sob a proteção de uma mão levantada.

– Quase terminei o que tenho a dizer – disse K., batendo com o punho sobre a mesa, já que ali não havia nenhuma campainha, e assustando o juiz de instrução e o seu conselheiro.

– Toda esta questão não me preocupa, por isso posso fazer uma avaliação tranquila. E, supondo que este chamado tribunal seja de real importância, será muito vantajoso para o senhor ouvir o que tenho de dizer. Como não tenho tempo a perder e logo irei embora, por favor deixe para mais tarde as suas objeções.

A isto sobreveio um grande silêncio, o que mostrou como K. dominava a multidão. Não houve gritos de desaprovação nem aplausos em sinal de aprovação, mas pareciam estar quase todos persuadidos pelo seu discurso.

K., satisfeito com a atenção de toda a assembleia que o ouvia, calmamente prosseguiu com seu discurso:

– Não há dúvida de que existe uma enorme organização determinando o que é dito por este tribunal. No meu caso, isso inclui minha prisão e o exame, ou melhor, o interrogatório que está sendo realizado aqui hoje. Por trás disso, há uma organização que emprega policiais subornáveis, supervisores e juízes arrogantes. Além disso, mantém um corpo de juízes de alta hierarquia que conta com numerosos servidores, escreventes, policiais e auxiliares, que podem ser até algozes e torturadores. Sim, não tenho medo empregar essas palavras. E qual é a finalidade desta grande organização, meus senhores? Consiste em prender pessoas inocentes e mover processos judiciais insensatos contra elas, que, no meu caso, não levam a nenhum resultado. Como evitar que todos que fazem parte desta organização se tornem profundamente corruptos quando tudo é destituído de significado? Isso é impossível, nem mesmo o juiz supremo seria capaz de acabar com essa corrupção. Dessa forma, os policiais tentam roubar a roupa daqueles que prendem e os supervisores invadem as casas de pessoas que eles não conhecem. Pior que isso é que pessoas inocentes são humilhadas diante de uma multidão em vez de serem julgadas. Os guardas falaram apenas dos armazéns para onde são levados os objetos pessoais do detido.

O discurso de K. foi interrompido por um chiado vindo do outro lado da sala. Ele colocou as mãos acima dos olhos para protegê-los de uma fumaça esbranquiçada que entrou no recinto e para ver se conseguia saber do que se tratava. Era a lavadeira que K. reconheceu como uma provável fonte de perturbação assim que ela entrou. Entretanto, era impossível saber agora se ela era culpada ou não do distúrbio. K. somente pôde ver que um homem a puxou para um canto perto da porta e a apertou fortemente, mas não era ela quem gritava. O homem, de boca aberta, olhou para o teto. Um pequeno círculo se formou ao redor dos dois. As pessoas da galeria, que estavam próximas do casal, pareciam satisfeitas com a quebra da seriedade da assembleia. K. tentou tirar o casal da sala para restabelecer a ordem, mas foi impedido pela primeira fila de pessoas, que não saíram do lugar. Ninguém deixou K. passar. Pelo contrário, uns velhos estenderam os braços a sua frente e alguém o segurou pelo braço e o apertou pelo pescoço.

Na verdade, K. já não pensava mais no casal, mas sim na condição em que estava, ou seja, impedido de se defender. Ao perceber que sua liberdade estava sendo limitada, deduziu que sua prisão era efetiva, por isso saltou do pódio. Agora ele estava cara a cara com a multidão. Ele julgou as pessoas corretamente? Ele confiou demais na influência do seu discurso? Será que as pessoas fingiram o tempo todo e agora estavam cansadas de fingir? Que rostos eram aqueles que o rodeavam por todos os lados? Aqui e ali brilhavam olhinhos escuros, bochechas caídas como em bêbados; as longas barbas eram finas e ralas. Mas por baixo daquelas barbas – e esta foi a verdadeira descoberta de K. – havia emblemas de vários tamanhos e cores brilhando nas golas de seus casacos. Até onde ele podia ver, cada um deles usava um desses emblemas. Todos eles pertenciam ao mesmo grupo, embora parecessem estar divididos à direita e à esquerda dele. Ao virar-se repentinamente, K. viu o mesmo emblema no colarinho do juiz de instrução, que estava tranquilamente sentado com as mãos no colo e olhando para baixo.

K. ergueu os braços como se essa repentina percepção precisasse de mais espaço e gritou:

– Então todos vocês trabalham para esta organização! Agora, vejo que todos fazem parte da corrompida quadrilha contra a qual dirigi o meu discurso. Vocês se reuniram aqui para me ouvir e me bisbilhotar; passaram a impressão de pertencerem a diferentes facções. Um de vocês foi mais longe, me aplaudindo para me testar e aprender como prender um homem inocente. Bem, espero que você não tenha vindo aqui por nada, que tenha se divertido um pouco com alguém que esperava a defesa da sua inocência. – Saia, me deixe em paz, ou lhe dou um murro! – gritou a um velho trêmulo que dele havia se aproximado excessivamente.

Rapidamente, K. pegou o chapéu da beira da mesa e, em meio ao silêncio geral, abriu caminho até a saída. No entanto, o juiz de instrução foi mais ligeiro do que K., pois já o esperava na porta.

– Um momento! – disse o juiz. Queria apenas chamar a sua atenção para o fato de que hoje (evidentemente você ainda não tomou consciência disso) você mesmo frustrou a vantagem que um interrogatório sempre representa para o detido. K. riu sem deixar de olhar a porta. – Velhacos! – exclamou.

– Respondi a todos os interrogatórios. Foi um presente para todos vocês – comentou.

Então abriu a porta e desceu depressa pelas escadas. Às suas costas voltou a ressoar o murmúrio daquela assembleia, que novamente voltava a discutir o acontecido nessa manhã, provavelmente como se faria em uma sala de aula.

3

Na sala de audiências vazia

O estudante
As repartições

Durante todos os dias da semana seguinte, K. esteve à espera de uma nova intimação. Não podia acreditar que tivesse sido aceita sua decisão de renunciar aos interrogatórios e, como havia esperado em vão até a noite do sábado uma comunicação nesse sentido, supôs que ele havia sido convocado para ir no dia seguinte ao mesmo lugar e hora. Assim, no domingo, voltou lá. Desta vez, subiu diretamente pelas escadas e seguiu pelos corredores. Algumas pessoas se lembravam dele e o cumprimentavam de suas portas, mas ele não precisava mais perguntar a ninguém o caminho. Logo chegou à porta certa e bateu, sendo atendido pela mesma mulher da primeira vez. Mas ele nem prestou atenção na mulher e foi indo direto para a sala ao lado.

– Hoje não é dia de sessões! – disse a mulher, impedindo a sua passagem.

– O que você quer dizer; nenhuma sessão? – quis saber K., sem conseguir acreditar em tal coisa. Prontamente, a mulher abriu a porta que dava para a sala ao lado. Estava realmente vazia. Sobre a mesa, que estava no mesmo lugar como antes, havia alguns livros.

– Posso olhar estes livros? – perguntou K., não por curiosidade, mas para aproveitar o tempo gasto até chegar a esse lugar.

– Não – disse a mulher, voltando a fechar a porta. – Não é permitido. Estes livros pertencem ao juiz de instrução.

– Ah, sim – concordou K., acenando com a cabeça. – Estes livros devem ser jurídicos. Este tribunal julga pessoas inocentes sem que elas saibam do que estão sendo acusadas.

– Talvez você tenha razão – disse a mulher, que não havia entendido exatamente o que ele queria dizer.

– É melhor eu ir embora – disse K.

– Quer que diga alguma coisa ao juiz de instrução? – perguntou a mulher.

– Você o conhece? – quis saber K.

– Claro que o conheço; meu marido é o porteiro do tribunal.

Somente nessa hora que K. percebeu que o quarto, que antes não tinha nada além de uma bacia para lavar roupa, havia sido montado como uma sala de estar. A mulher, ao notar seu espanto, disse:

– Sim, este é o quarto que nos dão; somente temos de sair nos dias de sessão. O trabalho de meu marido tem muitas desvantagens.

– Não me surpreendo tanto por causa do quarto – disse, olhando-a aborrecido –, mas pelo fato de que você seja casada.

– Está por acaso pensando no incidente que ocorreu na sessão passada e pelo qual tive de interromper seu discurso? – indagou a mulher.

– Naturalmente – retrucou K. –, mas isso já passou, faz parte do passado. Naquele momento, fiquei furioso. E agora você vem me dizer que é uma mulher casada!

– Não acredito que você saiu prejudicado quando interrompi sua fala. Assim que você foi embora, os comentários sobre seu discurso e atitudes foram péssimos.

– Pode ser – disse K., evitando falar de tal assunto –, mas isso não a desculpa.

– Todos aqueles que me conhecem me desculpam – replicou a mulher.

– Aquele homem que me abraçou me persegue há muito tempo. Posso não ser muito atraente para a maioria das pessoas, mas para ele eu sou. Não tenho como me livrar dele, até meu marido teve de aceitar isso para poder conservar seu emprego, uma vez que esse homem é um estudante que, sem dúvida, será muito poderoso mais tarde. Ele está sempre atrás de mim. Um pouco antes de você chegar, ele tinha acabado de sair.

– Isso está conforme todo o restante – declarou K. –, não me surpreende de modo algum.

– Porventura você pretende melhorar um pouco as coisas aqui? – perguntou a mulher pausadamente, como se estivesse dizendo algo que fosse tão perigoso para ela como para K. – Ao ouvir o seu discurso, que me agradou muito, já deduzi isso. Pena que só ouvi uma parte, perdi o começo porque não estava presente e o final porque fiquei deitada no chão com o estudante. – É tão horrível o que acontece aqui! – acrescentou após uma pausa e segurou uma das mãos de K.

– Você acredita que realmente será capaz de tornar as coisas melhores?

K. sorriu e apertou um pouco sua mão entre as mãos delicadas dela.

– Para dizer a verdade – retrucou K. –, não me empenho absolutamente em obter aqui alguma melhora, para usar sua própria expressão; além do mais, se por acaso você dissesse isso ao juiz de instrução, ele riria de você ou a puniria. Na realidade, não teria me envolvido neste assunto se pudesse ter evitado nem jamais perderia meu sono pensando nas necessidades de reforma neste tribunal. Mas fui obrigado a me envolver nisto tudo porque fui informado de que fui preso e, de fato, estou preso. De qualquer forma, se eu puder ser útil a você, farei o que for preciso, naturalmente com muito prazer, não apenas por amor ao próximo, mas, além disso, porque você também poderia me ajudar.

– Como eu poderia ajudá-lo? – quis saber a mulher.

– Por exemplo, me deixe ver estes livros que estão sobre a mesa.

– Tudo bem – exclamou a mulher, arrastando K. apressadamente atrás de si.

Eram livros velhos, muito usados. Metade da capa de um deles estava quase toda destruída; as folhas estavam presas por apenas alguns fios.

– Tudo está muito sujo aqui! – disse K., balançando a cabeça.

A mulher apressou-se a limpar os livros com o avental, ao menos para tirar o pó. K. abriu o livro que estava em cima de todos e, ao folheá-lo, apareceu um desenho grosseiro. Tratava-se de um homem e de uma mulher nus e sentados em um sofá. Faltou talento ao desenhista para expressar o que queria. K. parou de folhear esse livro. Abriu o segundo volume e leu somente o título. Tratava-se de um romance: O que Grete foi atormentada por seu marido, Hans.

– Estes são os livros jurídicos que os homens estudam aqui! – disse K.

– E são estes os homens que me julgam!

– Eu posso ajudá-lo – disse a mulher.

– Você quer?

– Você poderia realmente me ajudar sem correr qualquer perigo? Você disse antes que seu marido depende totalmente de seus superiores.

– Apesar dos riscos, quero ajudá-lo. Venha, temos de conversar. Não fale mais sobre os perigos que eu possa correr; unicamente temo o perigo quando eu quero. Venha!

Em seguida, apontou para o pódio e o convidou a sentar-se no degrau com ela.

– Você tem lindos olhos negros – disse a mulher assim que se sentaram, olhando o rosto de K. – As pessoas também dizem que tenho olhos bonitos, mas os seus são muito mais. Eles me agradaram desde o primeiro momento em que o vi pela primeira vez. Essa foi a razão, também, pela qual depois eu vim à sala da assembleia, coisa que antes nunca havia feito e nem tenho permissão.

A propósito da atitude da mulher, K. pensou:

Isto explica tudo; agora se oferece a mim. Está tão corrompida como todos os daqui. Já está farta dos funcionários da justiça, o que é compreensível, e saúda com prazer qualquer estranho, elogiando seus olhos.

K. se levantou sem dizer nada, como se tivesse dito em voz alta seus pensamentos e como se, portanto, a mulher não precisasse de mais explicações sobre a sua atitude.

– Não creio que você possa me ajudar – disse K.

– Para isso seria necessário ter relações com funcionários superiores. Certamente, você conhece apenas a multidão de funcionários subalternos que circula por aqui. Sem dúvida, esses você conhece muito bem e dos quais poderia conseguir muitas coisas. Mas o máximo que você conseguiria obter deles não teria qualquer influência no resultado final do processo. Por outro lado, você perderia a amizade de alguns desses senhores, e não desejo isso. Continue mantendo as relações com essas pessoas, que me parecem ser indispensáveis a você. Não me arrependo de dizer isso, pois, em retribuição ao seu elogio, saiba que você também me agrada muito, especialmente quando a vejo como agora, com um ar tão triste para o qual, entretanto, não há motivo. Você pertence à organização que eu tenho de combater e se sente bem nela. Inclusive está apaixonada pelo estudante e, se não o ama, pelo menos o prefere a seu marido. Isso é facilmente notável ao interpretar suas palavras.

– Não! – gritou a mulher, que continuava sentada, voltando a segurar a mão de K., que não foi rápido o suficiente para se afastar dela.

– Você não pode ir embora agora. Não deve ir embora, pensando mal assim de mim. Você realmente é capaz de ir embora neste momento? Eu sou tão insignificante a ponto de não querer ficar mais um pouco comigo?

– Você me entendeu mal – disse K., voltando a se sentar.

– Se é muito importante para você que eu fique aqui, farei isso com gosto, pois tenho tempo. Vim aqui hoje com a esperança de que o juiz voltasse a me ouvir. Quanto a você, simplesmente pedi que não fizesse nada com relação ao meu processo. Não me importo absolutamente qual seja o resultado deste processo e vou rir seja qual for o veredicto. Isso supondo-se que o tal processo chegue realmente a ter um fim, o que eu duvido muito. Aliás, acredito que este processo, seja por preguiça, negligência, esquecimento ou, talvez, receio dos funcionários, foi interrompido e, logo, será abandonado. Provavelmente até finjam continuar com o processo na esperança de obter um enorme benefício, embora eu diga agora que isso será em vão, pois não pago suborno a ninguém. De qualquer forma, você pode me fazer o favor de comunicar ao juiz de instrução, ou a qualquer outro funcionário, que nunca, quaisquer que sejam os meios usados por esses senhores, poderei ser levado a propor um suborno. Todo empenho nesse sentido seria inútil; pode dizer isso abertamente. Além do mais, talvez eles mesmos já tenham percebido, e mesmo que não tenham, esse caso não é realmente tão importante para mim quanto eles pensam. Esses senhores podem me causar alguns aborrecimentos, contudo fico feliz em suportar se eu souber que cada desagrado para mim é um golpe contra eles. Eu farei de modo que assim seja. Você realmente conhece o juiz de instrução?

– Claro que conheço – afirmou a mulher.

– Ele foi o primeiro em quem pensei quando me ofereci para ajudá-lo. Eu não sabia que ele era apenas um funcionário subalterno, mas se você o diz, deve ser verdade. Todavia, acredito que o relatório que ele faz a seus superiores deve ter alguma influência. E ele escreve muitos relatórios. Você diz que esses funcionários são preguiçosos, mas com certeza não são todos, especialmente este juiz de instrução, ele escreve muito. No domingo passado, por exemplo, a sessão continuou até a noite. Todo mundo tinha ido embora, mas o juiz de instrução permaneceu na sala. Tive de levar para ele uma lamparina de cozinha porque não tinha outra; mas ele agradeceu e imediatamente começou a escrever. Enquanto isso, o meu marido chegou, ele estava de folga naquele domingo; colocamos a mobília de volta e arrumamos nosso quarto. Logo depois vieram alguns vizinhos, sentamos e conversamos um pouco à luz de uma vela. Por fim, esquecemos tudo sobre o juiz de instrução e fomos para a cama. De repente, deve ter sido bem tarde da noite, desperto e vejo que junto à minha cama está o juiz de instrução, com uma das mãos na frente da lamparina para que sua luz não despertasse o meu marido. Na verdade, esta era uma precaução desnecessária porque meu marido tem um sono tão profundo que a luz não o teria acordado. Levei um susto tão grande que quase gritei, mas o juiz de instrução foi discretamente gentil e me avisou que fosse prudente. Ele sussurrou que tinha ficado até aquela hora escrevendo e me devolveu a lamparina. E disse, ainda, que nunca vai esquecer o meu aspecto quando me viu dormindo. Contei tudo isto a você para que saiba que o juiz de instrução escreve muitos relatórios, especialmente sobre você. Sem dúvida, as suas declarações constituíram um dos assuntos fundamentais da sessão de domingo passado. Se ele escreve relatórios tão extensos é porque são importantes. Além disso, você pode ver pelo que aconteceu que o juiz de instrução está atrás de mim. Justamente agora que ele passou a me notar, posso exercer uma grande influência sobre ele. Outra prova de que ele quer me conquistar é o presente que ontem me mandou pelo estudante, aquele que ele confia e com quem trabalha. Recebi umas meias de seda, provavelmente como recompensa porque limpo a sala de sessões. Mas isso é uma desculpa, pois esse trabalho faz parte de minhas obrigações, sendo pago ao meu marido. As meias são lindas, veja! Ela estendeu as pernas, levantou a saia até os joelhos e ficou olhando, ela mesma, para as meias. Na realidade, são meias muito boas, finas até demais para mim. Acredito que posso ter muita influência sobre ele.

De repente, ela pôs a sua mão sobre a de K., como se quisesse tranquilizá-lo, e sussurrou:

– Fique quieto, Bertold está nos observando.

Discretamente, K. procurou olhar para a sala de sessões. Encostado na porta da sala, estava de pé um jovem, de baixa estatura e de pernas tortas, que passava o dedo na barba ruiva, curta e rala com a qual esperava parecer digno.

K. olhou para ele com certa curiosidade. Esta era a primeira vez que se encontrava pessoalmente frente a um estudante de ciências jurídicas, um homem que, provavelmente, um dia desempenhará um alto cargo. O estudante, ao contrário, parecia não prestar a menor atenção a K. Ele se limitou a fazer à mulher um sinal com o dedo, que por um momento afastou de sua barba, e dirigiu-se para a janela. A mulher se aproximou de K. e sussurrou:

– Não fique zangado comigo; por favor, também não pense mal de mim. Agora preciso seguir este homem horrível. Veja que pernas tortas tem, mas logo estarei de volta e, então, irei com você para onde quiser me levar, poderá fazer comigo tudo quanto desejar. Ficarei feliz se puder permanecer o maior tempo possível afastada daqui e muito mais, certamente, se fosse para sempre.

A mulher acariciou a mão de K., mais uma vez, deu um pulo e correu para a janela. Involuntariamente K. fez um movimento no vazio como para segurar a mão da mulher. Essa mulher o atraía verdadeiramente e, apesar de todas as suas reflexões, K. não via nenhuma razão pela qual não pudesse entregar-se a essa tentação. Por um breve momento, ele pensou que a mulher pretendia prendê-lo em nome do tribunal, mas logo repeliu essa ideia. De que maneira ela poderia prendê-lo? Por acaso não continuaria livre para poder desmascarar toda essa corte, ao menos no que dizia respeito a ele? Ele não poderia ter tanta confiança em si mesmo? E o seu interesse em ajudá-lo parecia ser sincero e sua ajuda, talvez, não fosse insignificante. Além disso, provavelmente não haveria melhor vingança contra o juiz de instrução e todos os seus comparsas do que K. conquistar essa mulher só para ele.

Depois de ter passado horas redigindo incansavelmente relatórios mentirosos sobre K., o juiz poderia encontrar, tarde da noite, vazia a cama dessa mulher. Ele não a encontraria porque ela estava com K. Afinal, aquela mulher que estava junto à janela, de corpo exuberante, flexível e fogoso, escondido em suas roupas escuras de tecido grosseiro e pesado, era unicamente dele.

Depois de todos esses pensamentos em relação à mulher, K. se deu conta de que a conversa silenciosa na janela estava demorando muito. Resolveu, então, bater no pódio com os nós dos dedos e depois até com o punho. O estudante olhou rapidamente para K. por cima do ombro da mulher, mas não se incomodou. Ao contrário, aproximou-se mais dela e a abraçou. A mulher baixou a cabeça como se o ouvisse com atenção. O estudante aproveitou a posição e a beijou bem no pescoço, mal interrompendo o que dizia. K. reconheceu um sinal da tirania que o estudante exercia sobre a mulher e que confirmava as suas queixas. Ele se levantou e caminhou pela sala de um lado para o outro. Ao observar o estudante, K. pensou qual seria o melhor jeito de se livrar dele, de modo que não o tratou mal.

Visivelmente perturbado pelo ir e vir de K., o estudante disse:

— Se você está tão impaciente, pode ir embora. Ademais, já deveria ter ido, ninguém teria sentido a sua falta. Deveria ter partido imediatamente após a minha chegada.

Esse comentário poderia ter causado estresse entre os dois, mas K. se conteve, lembrando que o estudante era um arrogante candidato a oficial do tribunal que falava com um réu desfavorecido.

K. permaneceu bem perto dele e disse, sorrindo:

— Você tem razão, estou impaciente, mas o melhor modo de vencer minha impaciência é que você nos deixe a sós. Contudo, se você veio aqui estudar (dizem que você é estudante), com muito prazer deixarei esta sala em companhia desta senhora. Com certeza você ainda terá muito que estudar para chegar a ser juiz. Ainda não estou familiarizado com o seu ramo de jurisprudência, mas suponho que você não se contentará unicamente em pronunciar grosseiros discursos que certamente já sabe compor com toda falta de vergonha.

– Ele não deveria estar em liberdade – disse o estudante, como se quisesse explicar à mulher os insultos de K. – Foi um erro! Eu alertei o juiz de instrução. Pelo menos, deveria ter sido detido em seu quarto enquanto durassem as audiências. Às vezes é impossível entender o que se passa na cabeça do juiz de instrução.

– Seus discursos são inúteis – disse K., estendendo a mão para a mulher.
– Vamos, venha comigo!
– Ah, não! – retrucou o estudante. – De jeito nenhum você a levará.

E com uma força que ninguém esperava, ergueu a mulher com um dos braços e, encurvado, olhou-a ternamente e correu com ela até a porta. Mostrava assim que o estudante tinha certo medo de K. Contudo, ousou provocá-lo, acariciando com a mão livre o corpo da mulher e apertando-a contra si. K. correu atrás dele, mas quando estava prestes a agarrá-lo e, se fosse preciso, estrangulá-lo, a mulher afirmou:

– Não adianta, foi o juiz de instrução que me mandou buscar; não posso ir com você. Este pequeno monstro – prosseguiu dizendo enquanto passava a mão pelo rosto do estudante – não me deixará.

– E você não quer se ver livre dele! – gritou K., segurando firme o estudante e batendo forte no seu ombro.

– Não! – exclamou a mulher, empurrando K. com as mãos. – Não, não faça isso! O que você está fazendo? Isso seria o meu fim. Solte-o, por favor, deixe-o ir! Ele está apenas cumprindo ordens do juiz de instrução; agora vai me levar à presença dele.

– Está certo, ele que a leve. Porém, não quero mais vê-la – disse K., furioso e decepcionado, empurrando o estudante, que se desequilibrou, mas não chegou a cair. Ele apressou o passo, arrastando a mulher como se fosse uma carga.

Enquanto os seguia devagar, K. percebeu que esta foi a primeira derrota que tinha sofrido por parte dessas pessoas. Nem por isso iria ficar preocupado porque tinha sido ele mesmo quem havia provocado a luta. Se tivesse ficado em casa e continuasse com sua rotina, seria mil vezes superior a essas pessoas e poderia afastá-las de seu caminho com um simples pontapé.

K. chegou a imaginar uma cena muito ridícula envolvendo esse estudante desprezível, raquítico, barbudo, encurvado e ajoelhado na cama de Elsa, torcendo as mãos e implorando por perdão. K. se divertiu só de pensar nessa situação e, caso tivesse oportunidade, levaria o estudante à casa de Elsa.

A curiosidade levou K. até a porta para saber para onde o estudante estava levando a mulher. Provavelmente, o estudante não a carregaria nos braços pelas ruas. K. descobriu que o caminho era mais curto do que imaginava. Exatamente em frente do quarto havia uma estreita escada de madeira que levava ao sótão e que, formando uma curva, era impossível enxergar onde terminava. O estudante subiu com a mulher por essa escada e, após o esforço de correr com ela, começou a gemer e a andar mais devagar porque estava sem fôlego. A mulher acenou para K. e, levantando e abaixando os ombros, tentou mostrar que ela era inocente nesse rapto, embora os gestos não demonstrassem muito descontentamento. K. a observava de modo inexpressivo, como se se tratasse de uma estranha; não queria nem que ela percebesse o seu desencanto nem tampouco que podia vencer com facilidade sua desilusão.

Já era impossível avistar os dois, mas K. permaneceu parado na porta. Ele teve que admitir que a mulher não somente o havia enganado, mas também mentiu quando disse que estava sendo levada ao juiz de instrução. Certamente, o juiz de instrução não estaria sentado esperando no sótão da casa. A existência dessa escadinha de madeira não representaria nada. No entanto, K. encontrou um cartão de aviso no começo da escada, escrito com caligrafia infantil e pouco praticada, com a seguinte inscrição: Entrada do Tribunal. Então, as repartições do tribunal ficavam aqui, no sótão deste cortiço? Sem dúvida, essas instalações não despertavam muito respeito. Isso poderia indicar quão pouco dinheiro essa justiça dispunha a ponto de ser obrigada a ter escritórios num bairro tão pobre, onde os inquilinos do prédio jogavam todo tipo de lixo pelas janelas. Por outro lado, possivelmente os funcionários tinham dinheiro suficiente, mas eles o empregavam em benefício próprio, em vez de usá-lo para os fins do tribunal. Conforme a experiência que K. teve com esses funcionários até agora, essa hipótese era bem provável.

K. também passou a entender o porquê de a justiça fazer o primeiro interrogatório do acusado em sua própria casa, e não num sótão de um prédio. Seria uma vergonha para o tribunal convocar os acusados para a audiência inicial num lugar desses.

Em que posição estava K. frente àquele juiz que exercia suas funções em um sótão, enquanto que ele mesmo no banco dispunha de um grande escritório com antessala, e através das grandes janelas podia ver o movimento que acontecia na praça mais animada da cidade! Obviamente não tinha rendas suplementares derivadas de suborno e fraudes e, tampouco, podia exigir a um empregado que levasse ao seu escritório uma mulher nos braços. K., ao contrário, renunciava tranquilamente a tudo isso, pelo menos nesta vida.

K. ainda continuava de pé diante do cartão de aviso quando um homem subiu as escadas e olhou pela porta aberta para a sala de estar onde também era possível ver a sala do tribunal e, finalmente, perguntou a K. se ele tinha visto uma mulher por ali.

– Você é o porteiro do tribunal, não é mesmo? – perguntou K.

– Sim – respondeu o homem.

– E você é o acusado K.; agora o reconheço. Prazer em vê-lo!

E estendeu a mão a K., que não esperava por isso.

– Mas não há nenhuma audiência planejada para hoje –acrescentou o porteiro.

– Sei disso! – retrucou K., enquanto observava o casaco de civil do porteiro que como única insígnia oficial apresentava, junto a alguns botões comuns, dois dourados que pareciam ter sido tirados de um casaco velho de oficial de exército.

– Agora pouco falei com sua mulher. Ela não está mais aqui. O estudante a encaminhou ao juiz de instrução.

– Ouça isto: eles sempre a levam para longe de mim – explicou o porteiro.

E continuou:

– Hoje é domingo, de modo que não tenho obrigação de fazer nenhum trabalho. Entretanto, apenas para me afastar daqui me mandam fazer alguma comunicação insignificante. Então saio correndo o mais rápido que posso, grito a mensagem pela fresta da porta do escritório para o qual fui enviado. Então, sem fôlego, eles dificilmente conseguem entender, corro de volta aqui, mas o estudante sempre é mais rápido do que eu porque tem menos distância a percorrer, ele só tem que descer os degraus.

Se eu não precisasse tanto de meu cargo, há muito tempo que eu teria esmagado o estudante contra a parede. Aqui mesmo, contra a parede onde está este cartão. Sempre sonho com isso. Bem aqui, um pouco acima do piso, vejo-o arrebentado, com os braços abertos, os dedos separados, com as pernas torcidas formando um círculo, e tudo em volta dele manchado de sangue. Isto é apenas um sonho!

– E não haveria outro meio? – perguntou K., sorrindo.

– Não sei de nenhum outro – retrucou o porteiro.

– E agora a coisa ficou pior. Antes se limitava a levá-la com ele; agora a leva ao juiz de instrução.

– A sua mulher, então, não tem nenhuma culpa do que se passa? – perguntou K., sofrendo, pois ele também sentia ciúmes.

– Claro que sim – disse o homem –, acho até que a culpa é mais dela do que deles. Foi ela quem se apaixonou por ele. Quanto ao estudante, está sempre correndo atrás de todas as mulheres. Somente neste prédio já foi expulso de cinco departamentos. Minha mulher é, sem dúvida, a mais formosa de todo o prédio, mas não posso me defender.

– Se as coisas são assim, então realmente não tem remédio – disse K.

– Por que não? – quis saber o porteiro. – Seria preciso dar uma boa surra nesse estudante covarde para que nunca mais se atrevesse a se aproximar de minha mulher. Mas não posso castigá-lo, nem ninguém ousa fazer esse favor, pois todo mundo tem medo do seu poder. A única pessoa que pode fazer isso é um homem como você.

– O quê? Como posso fazer isso? – perguntou K., espantado.

– Ah, porque você está sendo acusado – replicou o porteiro.

– Sim – disse K. –, mas isso é mais uma razão para eu ter medo. Mesmo que ele não tenha nenhuma influência no resultado do processo, provavelmente tem alguma no exame inicial.

– Sim, exatamente – disse o porteiro, como se a opinião de K. fosse tão correta quanto a sua –, mas, geralmente, não ouvimos julgamentos aqui sem esperança alguma.

– Discordo da sua opinião – disse K. –, embora isso não me impeça de um dia encarar o estudante.

– Eu ficaria muito grato a você – disse o porteiro do tribunal, com um tom cerimonioso, não parecendo realmente acreditar que seu maior sonho pudesse ser realizado.

– Talvez haja – prosseguiu K. – muitos outros funcionários, ou todos, que mereçam o mesmo tratamento.

– Oh sim, sim – afirmou o homem, como se isso fosse normal.

Em seguida, olhou para K. com confiança. Apesar de toda a sua cordialidade, o porteiro ainda não havia demonstrado essa segurança.

O porteiro pareceu ficar incomodado com a conversa, porque a interrompeu de repente, declarando:

– Agora tenho de me apresentar no escritório. Quer me acompanhar?

– Não tenho nada a fazer lá – respondeu K.

– Poderá ver os escritórios. Ninguém se incomodará com você.

– Vale mesmo a pena ver? – indagou K., hesitante, embora tivesse muita vontade de acompanhá-lo.

– Pensei que você iria se interessar por isso – disse o porteiro do tribunal.

– Tudo bem, vou com você! – aceitou K.

E subiu a escada ainda mais rápido do que o porteiro. Na entrada, ele quase caiu, pois atrás da porta havia outro degrau.

– Eles não têm nenhuma consideração com o público. Olhe só para esta sala de espera – o porteiro se queixou.

Era um longo corredor para o qual davam portas rústicas que levavam a departamentos separados do sótão. Embora não houvesse nenhuma entrada direta de luz, a passagem não estava totalmente às escuras, pois muitos dos departamentos, em vez de paredes sólidas, tinham apenas barras de madeira que iam até o teto para separá-los do corredor. A pouca luz permitiu que eles também vissem alguns empregados que escreviam sentados em uma mesa ou que ficavam de pé nas estruturas de madeira a observar as pessoas no corredor através das aberturas.

Havia poucas pessoas no corredor, talvez porque fosse domingo. Todos se vestiam de maneira descuidada, embora as expressões do rosto, o estilo da barba e outros detalhes indicassem que pertenciam às classes altas.

Não havia ganchos para pendurar os trajes, então eles colocaram os chapéus debaixo do banco, cada um provavelmente seguindo o exemplo dos outros. Os que estavam sentados perto da porta, ao verem chegar K. e o porteiro do tribunal, levantaram-se para cumprimentá-los e, quando os outros viram isso, também passaram a fazer o mesmo. Nenhum deles ficava de pé direito, as costas estavam arqueadas, os joelhos dobrados, pareciam mendigos. K. esperou pelo porteiro, que o seguia logo atrás, e disse:

– Todos parecem muito desanimados. Imagino quantas humilhações eles têm sofrido!

– Sim – disse o porteiro do tribunal –, eles são acusados; todos os homens que aqui estão foram acusados.

– É mesmo, então são meus companheiros – disse K.

E ele se virou para um homem franzino, alto e de cabelo grisalho, que estava perto dele, e perguntou, educadamente:

– O que você está esperando aqui?

A inesperada pergunta de K. deixou o homem perturbado; o que era ainda mais lamentável era ver que se tratava de um homem que tinha alguma experiência do mundo e, sem dúvida, ocupava uma posição dominante que não podia facilmente esquecer a superioridade que havia conquistado sobre muitos outros. Aqui, porém, não sabia responder a uma pergunta tão simples e olhou para os demais à espera de ajuda. Nessa hora, interveio o porteiro, que procurou tranquilizar e animar aquele homem:

– Este senhor só perguntou o que você está esperando. Você pode dar a resposta.

A voz do porteiro, mais familiar do que a de K., surtiu melhor resultado.

– Estou... estou esperando... – começou a dizer o homem sem poder prosseguir.

Certamente, ele escolheu esta primeira palavra para responder com toda a precisão à pergunta, mas não soube como continuar. Alguns dos presentes se aproximaram e ficaram em volta do grupo, mas o porteiro pediu que se afastassem e deixassem o corredor livre.

Eles recuaram um pouco, embora sem tornar a ocupar seus lugares anteriores. Enquanto isso, o homem abordado por K. se recompôs e até respondeu com um sorriso:

– Há cerca de um mês apresentei a este tribunal alguns pedidos de provas referentes ao meu caso e espero o resultado da tramitação.

– Parece que você se esforça demais – disse K.

– Sim! Afinal, é problema meu – afirmou o homem.

– Nem todos pensam como você – replicou K.

– Eu também fui indiciado, mas não apresentei provas nem fiz nada nesse sentido. Você acha mesmo que isso é necessário?

– Não o sei ao certo – respondeu o homem, voltando a ficar inseguro.

Provavelmente, o homem pensava que K. estava brincando com ele, por isso preferiu repetir sua resposta anterior, a fim de evitar cometer novos erros. Ao perceber o olhar impaciente de K., limitou-se a dizer:

– No que me diz respeito, apresentei provas e solicitei que eu seja ouvido.

– Você não acredita que eu seja um acusado? – perguntou K.

– Oh, sim. Eu o creio! – exclamou o homem, afastando-se um pouco para o lado. Havia mais temor do que convicção em sua resposta.

– Você não acredita em mim? – K. voltou a perguntar e segurou levemente o seu braço, como se pedisse ao homem que realmente acreditasse nele.

Ele não o machucou, mas o homem gritou como se K. não o tivesse segurado apenas com dois dedos, mas com uma pinça em brasa. Esse ridículo grito acabou por incomodar muito K. Talvez o homem pensasse que ele fosse, em vez de um réu, um juiz. Então, para se despedir, K. voltou a segurar o homem por um braço, desta vez efetivamente com força, empurrou-o sobre o banco e saiu andando.

– A maior parte dos acusados é extremamente sensível – disse o porteiro.

Atrás de K. e do porteiro reuniram-se ao redor do homem, que já havia parado de gritar, quase todos os que estavam esperando, pois queriam saber o que realmente havia acontecido. Ao sair pelo corredor, K. foi abordado por um guarda, identificável especialmente por seu sabre, cuja bainha parecia ser de alumínio. K. se surpreendeu e até se atreveu a segurar com uma das mãos o guarda, que apareceu por causa do grito. O porteiro do tribunal procurou acalmá-lo com algumas palavras, mas o guarda declarou que ele mesmo tinha de se apresentar no local da ocorrência, fez uma saudação e seguiu seu caminho com passos muito curtos, provavelmente porque padecesse de gota.

K. pouco se preocupou com o guarda e com aquelas pessoas, especialmente porque viu uma saída do corredor, a meio caminho do lado direito, onde não havia porta que o impedisse de seguir por ali. Ele perguntou ao porteiro se era aquele o caminho que devia tomar. Ao confirmar, K. seguiu por esse caminho. Sentia-se incomodado de ter de caminhar um ou dois passos adiante do porteiro porque, ao menos nesse lugar, podia dar a impressão de que era um detido a quem se conduzia sob vigilância. Por isso detinha-se frequentemente para esperar o porteiro, que, entretanto, sempre ficava para trás. Por fim, disse K. para terminar com essa situação incômoda:

– Agora que vi como é aqui, gostaria de ir embora.

– Você ainda não viu tudo! – retrucou naturalmente o porteiro do tribunal.

– Não quero ver tudo – disse K., que além do mais se sentia realmente cansado. – Quero sair. Como se chega à saída?

– Não estará perdido, não é mesmo? – perguntou o porteiro, com surpresa. – Você deve ir até aquela curva e dobrar depois o corredor que está à direita, que o levará exatamente à porta de saída.

– Venha comigo! – pediu K. – Mostre-me o caminho certo. Sem dúvida, posso me perder; existem aqui tantos caminhos!

— Este é o único caminho — replicou o porteiro, com tom já cheio de censura. — Não posso continuar acompanhando você. Tenho de levar uma comunicação; já perdi muito tempo com você.

— Venha comigo! — repetiu K., com voz mais enérgica, como se tivesse surpreendido o porteiro em uma mentira.

— Não fale alto assim!— advertiu o homem.

E sussurrou:

— Aqui por todas as partes estão os escritórios. Se não quiser voltar sozinho, venha um pouquinho comigo ou espere aqui até que tenha cumprido a minha função; depois o acompanharei com muito prazer.

— Não, não — disse K. — Não vou esperar. Tem de me acompanhar agora.

K. ainda não havia olhado em volta além da sala em que estava. Somente quando uma das muitas portas de madeira ao seu redor se abriu é que ele percebeu a presença de uma mulher.

Uma jovem, talvez atraída pela voz de K., entrou e perguntou:

— O que é que o senhor quer?

Atrás dela, à distância, via-se na penumbra um homem que também se aproximava. K. olhou para o porteiro, que havia dito que ninguém se importaria com ele e, agora, havia dois funcionários chegando. Logo todo o pessoal da repartição iria pedir explicações sobre o motivo de sua presença. A única coisa compreensível e aceitável seria declarar que ele era um acusado que desejava conhecer a data de sua próxima audiência. Mas esta era uma explicação que não queria dar, especialmente porque não era verdade. Ele tinha apenas ido ao tribunal por curiosidade. Outra explicação, menos recomendável, era descobrir se o tribunal era tão repugnante por dentro quanto por fora. E parecia que ele estava certo nessa suposição; não queria ir mais a fundo, pois contentava-se com o que já tinha visto. Além disso, estava sem condições de enfrentar um alto funcionário tal como pode aparecer por trás de qualquer porta. O que queria era ir embora com ou sem a companhia do porteiro.

Mas K. deve ter parecido muito estranho parado ali em silêncio, e a jovem e o porteiro estavam realmente observando tudo como se pensassem que ele iria passar por alguma metamorfose importante a qualquer momento. E eles não queriam deixar de ver.

Perto da porta estava o homem que K. havia visto antes, à distância. Ele estava de pé, apoiado firmemente junto à portinhola e balançando-se um pouco sobre as pontas dos pés como se fosse um espectador impaciente.

A moça foi a primeira a reconhecer que o comportamento de K. era causado por ligeiro mal-estar que certamente sentia; levou uma cadeira e perguntou:

– Você não gostaria de se sentar?

K. sentou-se imediatamente e apoiou os cotovelos nos braços da cadeira para se firmar melhor.

– Você está com tontura, é isso? – perguntou a moça. K. tinha agora o rosto da jovem muito perto do seu e notou nele uma expressão severa, muito comum nas mulheres no auge da juventude.

– Não há nada que se preocupar – disse a jovem.

E explicou:

– Quase todo mundo que vem aqui pela primeira vez sente essas vertigens. É a primeira vez que você vem aqui, certo? Está claro, não há nada de extraordinário em seu mal-estar. O sol esquenta muito a armadura do teto, e as vigas de madeira também quentes são as que fazem com que este ar seja tão denso e pesado. Por isso, este não é um lugar muito apropriado para escritórios, por maiores que sejam as vantagens que, à margem dessa circunstância, oferece. O ar é insuportável e quase irrespirável nos dias de grandes audiências que, normalmente, acontecem aqui diariamente. Além disso, muita roupa é colocada aqui para secar. Naturalmente, não podemos impedir que os inquilinos façam isso. Dessa forma, não se surpreenda por sentir um pequeno mal-estar. Mas com o tempo acaba se acostumando a este ar. Quando você voltar aqui pela segunda ou terceira vez, nem perceberá como o ar é opressor. Está se sentindo melhor agora?

K. não respondeu. Era difícil para ele aceitar os cuidados dessa gente por causa da sua repentina fraqueza. O fato de saber as causas de seu mal-estar não o fez sentir-se melhor. Pelo contrário, se sentia pior do que antes. A jovem percebeu logo o seu estado. Com a intenção de propiciar a K. um pouco de alívio, apanhou um pau que estava apoiado contra a parede e com ele empurrou uma claraboia que se abria ao ar livre exatamente sobre o local onde estava K. Porém, ao fazer isso, caiu sobre K. tanta fuligem que a moça precisou tornar a fechar imediatamente a claraboia e com seu lenço limpar as mãos de K., que estava cansado demais para fazer isso sozinho. Teria apreciado ficar ali sentado tranquilamente até ter recobrado forças suficientes para ir embora, o que conseguiria sem dúvida mais depressa quanto menos cuidassem dele. Mas ali estava a moça, que disse:

– Você não pode ficar aqui. Está atrapalhando o trânsito.

K. perguntou, apenas com olhares, que espécie de trânsito era o que ele estava atrapalhando.

– Se você quiser, posso levá-lo à enfermaria.

K. virou-se para o homem que estava apoiado na porta e disse:

– Por favor, ajude-me.

Acontece que K. não queria ir à enfermaria; justamente desejava evitar que o levassem mais longe, pois quanto mais permanecesse ali tanto pior se sentiria.

– Já posso ir embora – disse, levantando-se hesitante e sentindo-se como paralítico por ter ficado tanto tempo acomodado na cadeira. Mas ele não conseguiu manter-se em pé.

– Não posso andar – disse, balançando a cabeça e voltando a se sentar.

Ele se lembrou do porteiro que, apesar de tudo, teria sido capaz de tirá-lo de lá, mas que parecia ter partido há muito tempo. K. olhou entre o homem e a jovem que estava diante dele, mas não conseguiu encontrar o porteiro.

– Eu acho – disse o homem, que além do mais se vestia com extrema elegância e trazia um traje no qual se destacava particularmente o casaco cinzento terminado em duas grandes pontas agudas – que o mal-estar deste senhor se deve ao ambiente daqui. Por isso me parece que o melhor que podemos fazer é tirá-lo destes escritórios.

– É isso mesmo! – exclamou K. com tanta alegria que quase interrompeu a fala do homem.

– Com toda certeza logo me sentirei melhor; além disso não sou tão fraco. Só preciso de um pouco de apoio embaixo dos braços. Não vou dar muito trabalho; o caminho é curto. Basta que me leve até a porta. Ali me sentarei um pouco na escada e logo me recuperarei desta fraqueza. Para dizer a verdade, nunca me senti tão mal assim. Eu mesmo estou surpreso disso. Também eu sou funcionário e estou acostumado ao ar dos escritórios, mas este daqui parece demasiadamente pesado. Vocês mesmos confirmaram isso. Por favor, tenha a gentileza de me ajudar um pouco no caminho. Sinto vertigens. Creio que não conseguirei ficar de pé sozinho.

Então ergueu os braços para que os outros também pudessem segurá-lo com maior facilidade; mas o homem, longe de atender a esse pedido, ficou tranquilamente com as mãos enfiadas nos bolsos de suas calças e começou a rir alto.

– Está vendo? – disse, dirigindo-se à jovem –, quer dizer que eu estava certo. Este senhor apenas se sente mal aqui, mas em geral não. A moça também sorriu, mas bateu de leve sobre o braço do homem, como se ele estivesse se divertindo demais com K.

– Então, o que você acha? – perguntou o homem, ainda rindo. – Realmente vou ajudar a tirar este homem daqui.

– Está bem! – disse a jovem, enquanto inclinava por um momento a delicada cabeça.

E acrescentou:

– Não dê importância à risada dele – advertiu a K., que novamente assumiu um aspecto triste e que, olhando fixamente diante de si, não parecia precisar de nenhuma explicação.

– Este senhor... me permite que o apresente? (o homem permitiu com um aceno de mão).

– Este senhor é o secretário de informação. É ele quem dá às partes em litígio todas as informações de que precisam, e como nosso tribunal e escritórios são pouco conhecidos do público, as pessoas frequentemente pedem orientações. Para todas as perguntas, há respostas. Você pode testá-lo, se quiser. Contudo não é este seu único mérito. Outro mérito possui em sua elegante indumentária. Nós, quer dizer, todos os empregados, decidimos que o encarregado de dar informações, que continuamente está em contato com as partes, e que além disso é o primeiro ao qual estas ocorrem, precisava vestir-se elegantemente para causar boa impressão no público.

Os outros, como você mesmo pode observar, andam muito malvestidos, com roupas antiquadas. Apesar de que não teria muito sentido que prestássemos alguma atenção em nosso modo de vestir, visto que estamos quase que permanentemente nos escritórios; até dormimos aqui. Mas, como já disse a você, consideramos que era necessário que o secretário de informações tivesse roupas elegantes. Com tudo isso, como a administração, que a este propósito é um tanto estranha, não quis encarregar-se dos gastos, tivemos de fazer nós mesmos uma coleta, na qual além disso participaram algumas partes litigantes, de modo que pudemos comprar para ele este formoso traje e ainda outros. Já estava preparado para que produzisse, por seu aspecto, uma boa impressão, mas sua risada põe tudo a perder, porque amedronta a gente.

– É verdade – disse o homem zombando dela –, mas não entendo por que você conta a este senhor todas as nossas intimidades, já que, para dizer a verdade, ele nada pretende saber. Basta olhar para ele sentado ali, para comprovar que evidentemente apenas está preocupado com suas próprias coisas.

K. não sentia a menor vontade de o contradizer; a intenção da moça podia ter sido boa; talvez quisesse distraí-lo ou dar a ele a oportunidade de se recuperar, mas a tentativa não funcionou.

– Tive de explicar a ele por que você estava rindo – disse a jovem –, pois foi muito ofensivo.

– Acho que ele perdoaria ofensas piores se eu, finalmente, o levasse para fora daqui.

K. não replicou nada. Nem mesmo ergueu os olhos; tolerou que o tratassem como um objeto e até preferia assim. Repentinamente, sentiu a mão do secretário de informação sobre um de seus braços e a da moça sobre o outro.

– Levante-se, então, fracote! – disse o secretário de informação.

– Muito obrigado a vocês dois – disse K. surpreso e satisfeito, enquanto se levantava lentamente e dirigia as mãos deles para aqueles lugares de seu corpo onde mais precisava de apoio.

Ao se aproximarem do corredor, a moça disse baixinho no ouvido de K.:

– Considero importante apresentar o secretário de informação sob uma luz favorável; mas, acredite como quiser, o meu único propósito é dizer a verdade. Não é homem de coração duro. Não está obrigado, de modo algum, a ajudar a sair daqui as partes litigantes enfermas. No entanto, como você vê, faz isso. Talvez nenhum de nós tenha o coração duro. Acredito que todos nós gostamos de socorrer os acusados; apenas que como funcionários da justiça muito facilmente assumimos a aparência de insensíveis e egoístas. Lamento! Isso me deixa muito triste.

– Não quer se sentar aqui um pouquinho? – perguntou o encarregado das informações quando se encontraram já na passagem de espera e exatamente frente àquele acusado com o qual K. havia conversado ao entrar. Agora este quase se sentia envergonhado diante dele, antes se mostrava tão seguro e erguido. Agora, tinha de se apoiar em duas pessoas, enquanto que o seu chapéu era seguro pelo secretário de informação que o balançava nas pontas dos dedos. Ele estava descabelado e uma mecha de cabelo pendia em sua fronte suada. Porém, o acusado em questão não pareceu perceber nada; permanecia de pé em atitude humilde diante do secretário de informação, que passou sem olhar para ele, procurando apenas se desculpar pela sua presença.

– Bem sei – disse – que hoje não poderá dar resposta às minhas provas. De qualquer modo vim pensando que poderia esperar aqui. Como é domingo, tenho tempo, e aqui não incomodo ninguém.

— Não precisa se desculpar tanto — disse o encarregado de informação. Toda a sua preocupação não é senão digna do maior elogio. É certo que você está ocupando aqui desnecessariamente um lugar, mas, apesar disso, e enquanto não me incomode, de modo algum impedirei que continue você, nos menores detalhes, o curso de seu assunto. Quando se vê gente que descuida vergonhosamente dos seus deveres, aprende-se a ter paciência com gente como você. Sente-se!

— Vê como sabe falar com os acusados? — sussurrou a moça. K. assentiu com um movimento de cabeça. Mas no mesmo instante se sobressaltou quando ouviu que o secretário de informações voltava a perguntar a ele:

— Não quer se sentar aqui um instantinho?

— Não! — respondeu K. Não quero descansar agora.

Embora tenha dito essas palavras com a maior decisão possível, teria sido muito bom poder se sentar. Sentia-se enjoado como se estivesse no mar, parecia que estava a bordo de um barco em meio a um mar agitado, e sentia que a água se precipitava contra as paredes de madeira. A sensação era de que do fundo do corredor vinha um ruído como de água que batesse com força; parecia que todo o corredor se balançava de um lado para o outro, e que as partes em juízo, de ambos os lados, subiam e desciam no balanço. Por isso, tanto mais incompreensível era a tranquilidade da atitude da moça e do homem que o levavam.

K. estava entregue a eles; se o soltassem, cairia como uma tábua. Dos olhos pequenos de seus acompanhantes partiam olhares agudos dirigidos aqui e ali. K. sentia que não podia acertar seu passo pelo caminhar regular que aqueles tinham e que o levavam quase de rastros. Por fim, percebeu que falavam com ele; porém não compreendeu o que diziam. Apenas ouviu o ruído que invadia todo esse espaço e que, com um tom invariavelmente alto, parecia soar como uma sirene.

— Falem mais alto — murmurou, mantendo a cabeça baixa e sentindo-se envergonhado porque bem sabia que eles tinham falado suficientemente alto, por mais que para eles suas palavras tivessem sido incompreensíveis. Por último, como se diante dele se tivesse rompido a parede, passou pelo seu rosto uma corrente de ar fresco; então ouviu que diziam junto dele:

— Primeiro, ele diz que quer ir embora; depois, mesmo repetindo cem vezes que aqui está a saída, ele não se move.

K. percebeu que estava diante da porta de saída que a moça havia aberto. De repente, parece que havia recuperado todas as suas forças, de modo que, para gozar de antemão a sua liberdade, desceu alguns degraus da escada e se despediu de seus acompanhantes, que se curvaram a ele.

– Muito obrigado – repetiu diversas vezes enquanto apertava mais uma vez as mãos de ambos. Ele não os soltou até que percebeu que eles achavam difícil suportar o ar relativamente fresco da escada, depois de tanto tempo acostumados com o ar dos escritórios. Quase não conseguiram responder. A jovem poderia até ter caído se K. não tivesse fechado a porta rapidamente.

K. permaneceu ainda um instante de pé, penteou o cabelo com a ajuda de um espelhinho de bolso, recolheu o chapéu na escada seguinte, que deve ter sido atirado ali pelo secretário de informações. Depois, K. apressou-se a descer os degraus em grandes saltos. Nem parecia a mesma pessoa, ele mesmo se surpreendeu com tal mudança. Seu estado de saúde, normalmente equilibrado, nunca tinha oscilado tanto e causado semelhantes surpresas. Seu corpo queria se revoltar e causar a ele um novo processo, já que ele havia suportado o anterior com tão pouco esforço? Ele admitiu que deveria consultar um médico o mais breve possível. Além disso, estava decidido a consultar a si mesmo e, futuramente, a passar todas as manhãs de domingo bem melhor do que nestas últimas duas vezes.

4

A amiga da Srta. Burstner

Alguns dias depois, K. tentou de diversas formas se encontrar com a Srta. Burstner. Em vão, nem ao menos conseguiu trocar algumas palavras. K. voltava direto do banco para casa, ficava em seu quarto, sem acender a luz, sentado no sofá e ocupado unicamente em vigiar o vestíbulo. Se a empregada percebia que o quarto dela estava vazio, fechava a porta. Logo depois, K. se levantava e a abria novamente. Diariamente, ele acordava uma hora mais cedo do que o normal, com a esperança de se encontrar a sós com a Srta. Burstner na hora que saísse para o trabalho. Essa estratégia também não deu certo.

K. resolveu, então, escrever duas cartas; uma dirigida ao escritório da jovem, a outra à sua própria casa. Nas cartas, tentou mais uma vez justificar o seu comportamento, dando várias satisfações. Prometeu jamais ultrapassar os limites que ela mesma indicasse e implorou apenas a chance de poder falar com ela por algum tempo, especialmente tendo em consideração que ele, antes que ambos estivessem de acordo, não poderia dizer nada à Sra. Grubach. Por fim, ele a informou que no próximo domingo pretendia ficar durante todo o dia em seu quarto esperando por um sinal dela de que aceitasse o seu pedido ou, pelo menos, explicasse o motivo de seu afastamento, embora K. não visse nenhuma razão para isso, visto que tinha prometido concordar com qualquer condição que a jovem impusesse.

As cartas não foram devolvidas, mas K. também não teve resposta. Em compensação, no domingo percebeu, pelo buraco da fechadura, algo novo. Bem cedo houve um singular movimento no corredor, que explicou tudo. Uma professora de francês, que era alemã e se chamava Montag, moça de aparência fraca, pálida e que mancava um pouco, que até então morou em seu próprio quarto independente, estava mudando para o quarto da Srta. Burstner. Por várias horas foi vista arrastando os pés pelo corredor, carregando uma peça de roupa, um cobertor, um tapete ou um livro que certamente tinha esquecido de levar para a nova casa.

A Sra. Grubach, que passou a prestar alguns serviços no lugar da empregada, levou o café da manhã para K. Ele não teve escolha a não ser falar com ela pela primeira vez depois de cinco dias.

– Por que hoje há tanto barulho no vestíbulo? – perguntou enquanto ela servia seu café. – Esse alvoroço não poderia ser evitado? Essa limpeza tem que ser feita justo em um domingo?

Embora K. não tivesse olhado para a Sra. Grubach, percebeu que ela parecia sentir algum alívio. Visivelmente, a mulher aceitava as duras perguntas de K. como sinal de perdão ou começo de perdão.

– Não se trata de limpeza, Sr. K. – disse a Sra. Grubach. Acontece que a Srta. Montag está de mudança para o quarto da Srta. Burstner e está levando suas coisas para lá.

Não disse nada mais, mas ficou esperando para ver como K. reagiria e se poderia continuar falando. Ele, por sua vez, permaneceu calado e pensativo, mexendo o café com a colherinha.

Depois, olhou para ela e disse:

– A Sra. já renunciou às suas antigas suspeitas a respeito da Srta. Burstner?

De mãos postas, ela desabafou:

– Acabei de fazer um comentário casual e você o recebeu tão mal. Não tinha a menor intenção de ofender ninguém, nem você nem ninguém. Você me conhece há muito tempo, Sr. K., tenho certeza de que você está convencido disso. Você não sabe o quanto tenho sofrido nos últimos dias! Que eu deveria contar mentiras sobre meus inquilinos! Ia caluniar eu mesma meus próprios inquilinos? E você, Sr. K., você acreditou! E disse que deveria avisá-lo! Avisei-o!

Nesta última expressão, a Sra. Grubach se afogou em lágrimas; ergueu o avental até o rosto e soluçou alto.

— Não chore, Sra. Grubach — disse K., olhando pela janela e pensando apenas na Srta. Burstner e no fato de ela ter acolhido em seu quarto outra moça.

— Não chore — repetiu K. quando se voltou outra vez e viu que a Sra. Grubach continuava chorando. — Eu também não recebi a coisa tão a sério como a senhora pensa. Foi simplesmente um mal-entendido entre nós. Às vezes, isso pode acontecer até mesmo entre velhos amigos.

A Sra. Grubach puxou um pouco o avental até abaixo dos olhos para ver se K. estava realmente tentando uma reconciliação.

— Isso acontece, é assim mesmo — disse K.

E se arriscou a acrescentar, visto que a atitude da Sra. Grubach permitia a ele deduzir que o capitão nada havia dito sobre os acontecimentos daquela noite:

— A senhora acredita realmente que eu poderia me desgostar por causa de uma jovem que mal conheço?

— Isso mesmo era o que eu pensava, senhor K. — disse a Sra. Grubach, que já se sentia mais à vontade para falar e, até ser inconveniente ao fazer perguntas. — Não cansava de me perguntar: mas por que importará tanto ao senhor K. a Srta. Burstner? Por que discute comigo por causa dela, embora ele bem saiba que qualquer palavra dura de sua parte me tira o sono? Além do mais, eu nada disse dessa jovem que não tivesse visto com os meus próprios olhos.

K. não respondeu uma palavra. Devia tê-la expulsado do quarto assim que abrira a boca, coisa que não queria fazer. Ele se contentou em tomar seu café e ignorar a presença da Sra. Grubach. Lá fora, os passos arrastados da Srta. Montag ainda podiam ser ouvidos enquanto ela ia de um lado para o outro do corredor.

— Está ouvindo? — perguntou K., apontando para a porta.

— Sim! — respondeu a Sra. Grubach, com um suspiro.

— Eu quis ajudá-la e até ofereci os serviços da empregada, mas é muito teimosa; ela mesma quer fazer toda a mudança. A atitude da Srta. Burstner me surpreendeu. Frequentemente, sinto que é um fardo para mim ter a Srta. Montag como inquilina, mas a Srta. Burstner até a instala em seu quarto.

— Não há com o que se preocupar — disse K., dissolvendo o resto do açúcar na xícara. — Por acaso essa mudança prejudica a senhora?

— Não! — respondeu a Sra. Grubach.

— Na realidade, é muito conveniente porque assim disponho de uma moradia vaga que poderei oferecer ao meu sobrinho, o capitão. Desde que ele passou a dormir no salão, sempre temi que pudesse incomodar o senhor, uma vez que meu sobrinho não é muito atencioso e pouco se importa com as pessoas.

— Quantas coisas a senhora imagina! — exclamou K., levantando-se.

— Não vamos mais falar disso!

K. voltou a ficar incomodado com o barulho no corredor e comentou:

— Pelo visto, a senhora acha que sou um homem sensível demais porque não posso suportar esse entra e sai da Srta. Montag. A senhora está ouvindo? Já retorna novamente.

A Sra. Grubach parecia bastante impotente.

— O senhor quer que eu diga a ela que faça o resto da mudança mais tarde? Posso falar com ela imediatamente, se assim o deseja.

— Mas ela precisa se mudar para o quarto da Srta. Burstner — disse K.

— Sim — confirmou a Sra. Grubach, que ficou sem saber exatamente o que o Sr. K. queria.

— Então — prosseguiu K. —, é necessário que leve para lá as suas coisas.

A Sra. Grubach apenas acenou com a cabeça. Essa sua silenciosa impotência irritou ainda mais a K., que começou a andar pelo quarto desde a janela até a porta e desta para aquela, privando assim a Sra. Grubach de ir embora, o que ela já teria feito se não ocorresse essa situação.

Na hora que K. chegou mais uma vez à porta, alguém bateu. Era a empregada para dizer que a Srta. Montag gostaria de falar com o senhor K. Pediu, portanto, que fosse à sala de jantar, onde ela o esperava. K. escutou pensativo o recado e, depois, olhou para a Sra. Grubach, que parecia estar chocada.

Pela reação da Sra. Grubach, parecia que ela desconfiava que K. há muito esperava aquele convite da Srta. Montag e que isso estava perfeitamente de acordo com todas as amolações que K. teve de suportar naquela manhã de domingo por parte dos pensionistas da Sra. Grubach.

K. mandou a empregada de volta com a resposta de que estava a caminho. Foi até o guarda-roupa para trocar o caso e, em resposta às queixas da Sra. Grubach contra a Srta. Montag, K. pediu à sua hospedeira que retirasse a bandeja do café da manhã.

— Mas o senhor mal tocou nele! — exclamou a Sra. Grubach.

— Não importa! Já disse, leve embora — ordenou K.

Parecia que a Srta. Montag estava, de algum modo, envolvida em tudo, o que o deixava irritado.

Ao atravessar o corredor, olhou para a porta fechada do quarto da Srta. Burstner, mas não foi para lá que foi convidado, mas para a sala de jantar, onde escancarou a porta sem bater.

A sala era comprida, mas estreita, com uma janela. Só havia espaço suficiente para colocar dois armários em um canto ao lado da porta, e o resto do cômodo estava totalmente ocupado com a longa mesa de jantar que começava pela porta e chegava até a grande janela, que se tornou quase inacessível. A mesa já estava posta para um grande número de pessoas, pois aos domingos quase todos os inquilinos jantavam ali ao meio-dia.

Quando K. entrou, a Srta. Montag, afastando-se da janela, foi ao seu encontro caminhando por um dos lados da mesa. Ambos se cumprimentaram com um gesto sem dizer uma palavra. Depois, a Srta. Montag, que, como sempre, mantinha a cabeça bem ereta, disse:

– Não sei se você me conhece.

K. olhou para ela, franzindo as sobrancelhas.

– Claro que sim! Você já mora aqui com a Sra. Grubach há algum tempo – afirmou K.

– Sim, mas ao que parece o senhor não se preocupa muito com as coisas da pensão – disse a Srta. Montag.

– Tem razão! – disse K.

– Não quer se sentar? – perguntou a Srta. Montag.

Em silêncio, ambos afastaram duas cadeiras de uma extremidade da mesa e sentaram-se frente a frente. Mas a Srta. Montag tornou a se levantar, pois havia deixado sua pequena bolsa no parapeito da janela e foi buscá-la, tendo de arrastar os pés para atravessar toda a sala. Quando voltou, balançando levemente a bolsa, disse:

– Eu gostaria apenas de trocar algumas palavras com você em nome da minha amiga. Ela mesma teria vindo, mas está se sentindo um pouco indisposta hoje. Talvez você seja compreensível o suficiente para perdoá-la e me escutar. De qualquer forma, não há nada que ela pudesse ter dito que eu não. Pelo contrário, na verdade, acho que posso dizer ainda mais do que ela porque sou relativamente imparcial.

– O que tem para me dizer? – perguntou K., que já estava incomodado de ver que a Srta. Montag mantinha os olhos fixos em seus lábios. Com tal atitude, ela parecia ter o domínio da conversa.

– Pelo visto, a Srta. Burstner não quis me conceder uma entrevista que eu pedi a ela.

– É verdade – replicou a Srta. Montag. Ou melhor dizendo, de nenhum modo isso é verdade. Você se expressa de um modo estranho e forte. Em geral, nem se concedem entrevistas nem acontece o contrário; mas pode acontecer que se considere desnecessária uma entrevista, como acontece precisamente neste caso. Agora, depois da observação que acaba de fazer, posso falar abertamente. Por escrito ou verbalmente você pediu uma entrevista à minha amiga. Pois bem, minha amiga conhece, pelo menos imagino, o tema da conversação que você propõe e, por razões que desconheço, ela está convencida de que não há necessidade de haver um encontro pessoal. Além do mais, apenas me falou deste assunto ontem e muito rapidamente. Ainda que não haja nenhuma explicação especial, minha amiga espera que você reconheça a falta de bom senso de todo este assunto. Concordei com tudo quanto ela dizia, mas também disse a ela que era benéfico que fizesse chegar até você uma resposta categórica para o fim dessa situação. Depois de algumas hesitações, minha amiga aceitou que eu falasse com você. Espero ter agido no sentido de remover incertezas e evitar sofrimentos.

– Muito obrigado! – agradeceu. Ele se levantou devagar, olhou para Srta. Montag, depois para o outro lado da mesa e viu, através da janela, a casa de frente, que estava toda iluminada pelo sol, e foi direto para a porta.

Logo, a Srta. Montag também se dirigiu à porta. Ambos tiveram de recuar, pois nesse exato momento entrou na sala de jantar o capitão Lanz. Era a primeira vez que K. o via de perto. Tratava-se de um homem alto, de uns quarenta anos, de rosto moreno e gordo. Ao entrar, fez uma leve reverência que se estendeu também a K., e se aproximou da Srta. Montag, beijando respeitosamente a sua mão. Seus movimentos eram elegantes e seu jeito cortês com a Srta. Montag contrastava com a maneira como ela foi tratada por K. Apesar disso, a Srta. Montag não parecia ressentida com K. porque, como este julgou perceber, até parecia querer apresentá-lo ao capitão. Mas K. não desejava que o apresentasse, visto que não tinha interesse em manter uma relação amistosa nem com o capitão nem com a Srta. Montag.

Esse beijo que o capitão deu na mão da Srta. Montag fez com que K. a considerasse como membro de um grupo que, com aparência mais inofensiva e desinteressada, pretendia mantê-lo afastado da Srta. Burstner. E K. acreditou reconhecer não somente tal coisa, mas também que a Srta. Montag havia escolhido um bom meio para alcançar seus propósitos, arma que, contudo, era de dois gumes. Afinal, exagerava a importância da relação que havia entre a Srta. Burstner e K. E, sobretudo, exagerava a importância da entrevista que este havia solicitado, procurando, ao mesmo tempo, ao apresentar as coisas sob tal aspecto, que parecesse que era

K. quem tudo exagerava. K. não desejava exagerar nada; bem sabia que a Srta. Burstner era uma simples datilógrafa que não resistiria por muito tempo. Além disso, deliberadamente, não levou em consideração o que a Sra. Grubach havia contado sobre a Srta. Burstner. Todas essas coisas passaram por sua mente quando ele saiu da sala de jantar sem dizer uma palavra educada.

K. pretendia ir direto para seu quarto, mas uma risadinha da Srta. Montag, que ele ouviu atrás de si na sala de jantar, o levou a pensar que poderia preparar uma surpresa para os dois, o capitão e a Srta. Montag. Ele olhou em torno e ficou atento para ver se de alguma daquelas casas poderia sair alguém que o atrapalhasse em suas intenções, mas tudo estava quieto; apenas se ouvia a conversação que vinha da sala de jantar, e no corredor que levava à cozinha unicamente se ouvia a voz da Sra. Grubach.

A ocasião parecia propícia, K. se aproximou da porta do quarto da Srta. Burstner e bateu levemente. Como não houve qualquer resposta, tornou a bater, mas tudo continuou silencioso. Ela estaria dormindo? Ou ela estava realmente mal? Ou ela fingia não ouvir ao perceber que só poderia ser K. batendo com tanta delicadeza?

K. presumiu que ela estava dissimulando e bateu mais forte. Por fim, ele abriu a porta com cuidado, já que seus chamados não eram atendidos, embora soubesse que isso era incorreto e, talvez, inútil. No quarto não havia ninguém. Além do mais, não se parecia em nada com o quarto que K. havia conhecido antes. Contra a parede agora havia duas camas, uma atrás da outra, roupas empilhadas em três cadeiras perto da porta e um guarda-roupa aberto.

Provavelmente, a Srta. Burstner deve ter saído enquanto a Srta. Montag falava com ele na sala de jantar. K. não ficou muito desconcertado por isso, pois, no fundo, não esperava se encontrar tão facilmente com a Srta. Burstner. Na realidade, ele queria mesmo era se opor aos propósitos da Srta. Montag. Mais difícil e embaraçoso para K. foi quando, ao tornar a fechar a porta, percebeu que a Srta. Montag e o capitão estavam conversando tranquilamente perto da porta aberta da sala de jantar. Talvez estivessem já nesse lugar desde o momento em que K. havia aberto a porta do quarto da Srta. Burstner. Ambos procuravam aparentar que não observavam K., falavam em voz baixa e seguiam os movimentos de K. com olhares distraídos para o lado, como os que são dados durante uma conversa. O problema é que tais olhares pesavam inquietantes sobre K., que tratou de sair apressadamente para logo chegar ao seu quarto.

5

O algoz

Alguns dias se passaram até que, numa noite, K., ao voltar para casa depois do trabalho – ele tinha sido um dos últimos funcionários a deixar o banco, ficando apenas alguns empregados do departamento de despacho – viu uma cena impressionante. Ele caminhava por um dos corredores que separavam seu escritório da escadaria principal quando ouviu um suspiro atrás de uma porta que ele mesmo nunca tinha aberto, mas achava que levava a um depósito de lixo. Ele ficou atento até que ouviu novamente. Por um momento houve silêncio, depois ouviu mais alguns suspiros.

Primeiramente, pensou em chamar um dos empregados para que servisse de testemunha, mas depois ficou tão curioso que sozinho mesmo escancarou a porta. Formulários antigos e inutilizáveis e frascos de tinta de pedra vazios estavam espalhados atrás da entrada. Na própria sala, parecida com um armário, estavam três homens agachados sob o teto baixo. Havia uma vela fixada em uma prateleira que os iluminava.

– O que você está fazendo aqui? – perguntou K. baixinho, mas irritado e sem pensar.

Um dos homens estava evidentemente no comando e atraiu a atenção por estar vestido com uma espécie de traje de couro escuro que deixava seu pescoço, peito e braços expostos. Ele não respondeu.

No entanto, os outros dois gritaram:

– Senhor K.! Vamos apanhar porque você fez uma reclamação sobre nós ao juiz de instrução.

K. percebeu finalmente que eram na verdade os dois policiais, Franz e Willem, e que o terceiro homem segurava uma bengala para espancá-los.

– Bem – disse K. olhando para eles – eu não fiz nenhuma reclamação. Eu apenas disse o que aconteceu em minha casa. Convém reconhecer, contudo, que vocês não se portaram de modo irrepreensível.

– Senhor K. – disse Willem, enquanto Franz claramente tentava se manter seguro atrás dele como proteção contra o terceiro homem –, se soubesse como somos mal pagos, não pensaria tão mal de nós.

E continuou:

– Eu tenho uma família para alimentar, e o Franz aqui queria se casar, você só tem que conseguir mais dinheiro onde puder, você não pode fazer isso apenas trabalhando duro, não, por mais que tente. Fiquei muito tentado com suas roupas finas. Concordo que policiais não podem fazer esse tipo de coisa, claro que não, e não foi certo da nossa parte. Mas é tradição que as roupas vão para os policiais, é assim que sempre foi, acredite em mim; e é compreensível também, não acha? O que coisas assim podem significar para alguém azarado o suficiente para ser preso? Mas se ele começar a falar abertamente sobre isso, a punição terá que vir em seguida.

– Eu não sabia de nada disso que você tem me contado e não fiz nenhum tipo de pedido para que você fosse punido, estava simplesmente agindo por princípio – explicou K.

– Franz – exclamou então Willem, voltando-se para o outro guarda –, eu não dizia que este senhor não tinha pedido a nossa punição? Agora você pode ouvir por si mesmo. Nem ele mesmo sabia que seríamos punidos.

– Não deixe que o persuadam falando assim – disse o terceiro homem, dirigindo-se a K. – O castigo é tão justo quanto inevitável! – afirmou.

– Não dê ouvidos a ele – disse por sua vez Willem, interrompendo-se apenas para levar rapidamente à boca a mão na qual acabava de levar uma forte pancada com a bengala.

– Estamos sendo castigados apenas porque você nos denunciou; de outro modo não nos aconteceria nada, mesmo que soubessem o que fizemos. Será que se pode chamar isso de justiça? Nós dois fomos sempre guardas muito zelosos (você mesmo sabe que o vigiamos bem), estávamos em vias de progredir e, certamente, logo teríamos chegado a ser também açoitadores como este, que teve a sorte de que ninguém o denunciou. Na realidade, raramente surge uma denúncia como a que nos atinge.

Willem continuou a lamentar:

– E agora, senhor, tudo perdemos. Nossa carreira fica frustrada; teremos de realizar serviços ainda de menor importância que a de vigiar os detidos e, como se isso fosse pouco, recebemos agora, por acréscimo, este açoite tão horrivelmente doloroso.

– Será que realmente essa bengala pode produzir tanta dor? – perguntou K., examinando a bengala que o açoitador agitava diante de si.

– Mas agora temos de tirar toda a roupa – disse Willem.

– Ah! – exclamou K., olhando com maior atenção o açoitador, de pele bronzeada como a de um marinheiro, que mostrava um rosto fresco e selvagem.

– Não existe nenhuma possibilidade de livrar estes dois do chicote? – perguntou.

– Não – disse o homem-chicote, balançando sorridente a cabeça –; tirem a roupa! – ordenou aos guardas.

Depois, dirigindo-se a K., disse:

– Você não precisa acreditar em tudo o que eles dizem. O medo que eles têm dos chicotes os tornam um tanto insensatos. Por exemplo, tudo o que este contou a você (e apontou para Willem) a respeito de sua possível carreira é absolutamente ridículo. Olha essa gordura. Certamente os primeiros golpes de minha bengala vão se perder na banha. Você sabe por que ele está tão gordo? Porque tem o costume de comer todos os cafés da manhã dos detidos. Por acaso, ele não comeu o seu desjejum? Claro que sim! Um homem com semelhante barriga jamais, mas jamais poderá chegar a ser um açoitador, sem chance.

– Existem também alguns açoitadores assim – afirmou Willem, que estava desapertando o cinto da calça.

– Não – disse o açoitador, passando a bengala sobre o próprio pescoço, de modo que o outro começou a tremer –; você não tem de ficar aí escutando, mas sim tirando a roupa.

– Posso dar a você um bom dinheiro para deixar a coisa sem efeito – disse. K., tirando, sem olhar para o açoitador (é preferível fazer tais negócios mantendo a vista baixa, e isso de ambas as partes), sua carteira do bolso.

– Para depois você me denunciar e me punirem também com chicotadas. Não, não! – disse o homem-chicote.

– Seja razoável – retrucou K. –, se eu quisesse que esses dois fossem punidos, não estaria agora procurando salvá-los. Simplesmente, fecharia a porta aqui atrás de mim, não ouviria mais nada e iria para minha casa. Mas estou aqui propondo que os livre dessa punição. Se eu soubesse que iam ser chicoteados ou até mesmo punidos, jamais teria mencionado os seus nomes. Eles não são os únicos responsáveis. Para dizer a verdade, não os considero muito culpados. A culpa é da organização, os altos funcionários são os culpados.

– É isso mesmo! – gritaram os guardas, que imediatamente receberam outras pancadas nas costas, que já estavam expostas.

– Se você tivesse um dos juízes superiores aqui embaixo de sua bengala – disse K., pressionando a bengala enquanto falava para impedir que fosse levantada mais uma vez, eu realmente não faria nada para impedi-lo, pelo contrário, eu até pagaria você para bater com mais força.

– Sim, tudo isso é muito plausível, o que você está dizendo aí – disse o homem-chicote. Só que não sou o tipo de pessoa que você pode subornar. É meu trabalho açoitar as pessoas, então eu as açoito.

O guarda Franz, que esperava um resultado favorável pela intervenção de K. e que se manteve afastado e muito quieto, avançou até a porta, vestindo apenas as calças, ajoelhou-se, segurou no braço de K. e sussurrou:

– Mesmo que você não consiga perdoar a nós dois, pelo menos tente me libertar. Willem é mais velho do que eu e menos sensível em todos os sentidos. Além disso, há alguns anos ele levou uma leve surra. Enquanto a minha ficha ainda está limpa. Só fiz as coisas do jeito que fiz porque Willem me levou a isso. Ele tem sido meu professor tanto para o bem como para o mal.

Willem disse ainda, chorando:

– Minha pobre noiva está esperando por mim na porta de entrada do banco. Lamentável tudo isto, estou tão envergonhado! E enxugou as lágrimas com o casaco de K.

– Eu não vou esperar mais – disse o homem-chicote, pegando a bengala com as mãos para acertá-la em Franz, enquanto Willem se encolhia em um canto e olhava com cuidado, sem ousar virar a cabeça. Repentinamente, Franz deu um grito longo e ininterrupto. Não parecia provir de um ser humano, mas de um instrumento que estava sendo torturado. Ressoou em todo o corredor. Certamente, todos do prédio devem ter ouvido o grito.

– Não grite assim! – exclamou K., sem se conter. E, enquanto olhava tenso na direção por onde viria o empregado, deu um empurrão em Franz, não tão forte, mas o suficiente para ele cair inconsciente, arranhando o chão com as mãos por reflexo. Nem por isso escapou das pancadas. A bengala o derrubou ao chão; a ponta da bengala balançava regularmente para cima e para baixo, enquanto ele rolava de um lado para outro sob seus golpes. E agora um dos empregados apareceu ao longe enquanto o outro estava alguns passos atrás dele. K. fechou rapidamente a porta, foi até uma

das janelas que davam para o pátio e a abriu. Os gritos pararam completamente. Para impedir que os empregados se aproximassem, K. gritou:
– Sou só eu!
– Boa noite! – responderam. – Aconteceu alguma coisa de errado?
– Não, não – respondeu K.
– Era apenas um cachorro que estava ganindo no pátio.
Como não houve som, K. acrescentou:
– Podem voltar ao trabalho de vocês!

Ele queria evitar uma conversa com eles, por isso inclinou a cabeça para fora da janela. Um pouco depois, tornou a espiar o corredor, os empregados já haviam sumido. Contudo, K. ficou apoiado na janela; não se atrevia a voltar ao quarto de despejo nem tampouco queria ir para casa. Permaneceu contemplando o pátio, que era pequeno e estreito. Ao redor havia escritórios; agora todas as janelas estavam às escuras e somente aquelas no topo eram iluminadas pela lua.

K. se esforçou para enxergar um canto do pátio, onde havia alguns carrinhos de mão encostados um atrás do outro. Ele se sentia angustiado por não ter conseguido evitar o açoitamento dos dois guardas, embora não fosse por sua culpa. Se Franz não tivesse gritado, apesar da intensa dor, talvez K. teria dado um jeito de persuadir o homem-chicote.

Como todos os empregados subalternos eram desprezíveis, por que justo o homem-chicote, que cumpria as funções mais desumanas, seria uma exceção? Além disso, K. bem que percebeu como os olhos dele brilharam na hora que ele tirou da carteira as notas de dinheiro. Com certeza, o açoitador havia castigado mais severamente os guardas apenas para conseguir aumentar o valor do suborno. K. não tinha sido mesquinho porque realmente ele queria que os guardas fossem libertados.

Se K. já havia começado a lutar contra a corrupção desse sistema de justiça, obviamente também iria lutar neste caso particular. A partir do momento que Franz começou a gritar, naturalmente, tudo estava perdido. K. não podia correr o risco de os empregados, especialmente o pessoal mais novo do banco, virem até ali e o surpreenderem em companhia dos que estavam no quarto dos despejos. Ninguém poderia esperar de K. um sacrifício desse tipo. Se assim fosse, o próprio K. teria se despido e se oferecido aos golpes do açoitador em substituição aos guardas. Sem dúvida, o homem-chicote não teria aceitado semelhante troca, pois dessa forma ele teria violado gravemente seu dever sem obter qualquer benefício. Aliás, provavelmente teria violado seu dever duas vezes, já que os funcionários do tribunal deveriam estar sob ordens de não causar nenhum dano a K.

enquanto ele enfrentava o processo, embora possa ter havido condições especiais em vigor aqui. De qualquer maneira, K. não poderia fazer nada senão fechar a porta, mesmo assim estaria correndo algum risco. K. lamentava ter dado um empurrão em Franz, levado pela emoção do momento.

Ao ouvir, ainda distante, os passos dos empregados, K. tratou de fechar a janela e caminhou para a escada principal do prédio. Na porta da sala de sucata, ele parou e ouviu por um tempo. Tudo estava em silêncio. Aquele homem podia ter espancado os guardas até a morte.

K. pegou na maçaneta da porta e a puxou bruscamente. Ele não estava mais em posição de ajudar ninguém, e os empregados logo estariam de volta. No entanto, prometeu a si mesmo que levantaria o assunto novamente com alguém e veria que, na medida em que estava em seu poder, aqueles que realmente eram culpados, os altos funcionários que ninguém tinha até agora ousado apontar para ele receberiam sua devida punição.

K. desceu a escada principal na frente do banco e passou a observar atentamente todos os transeuntes, mas à sua volta não havia nenhuma moça que aparentasse estar aguardando alguém. Assim sendo, a afirmação de Franz de que a sua noiva o esperava era uma tremenda mentira, que visava apenas a obter mais simpatia e despertar maior compaixão.

Durante todo o dia seguinte, K. continuava a pensar nos guardas. Ele não conseguia se concentrar no trabalho, tanto que teve de ficar um pouco mais no escritório para cumprir suas obrigações. No caminho para casa, ao passar novamente pelo depósito de lixo, ele abriu a porta como se fosse seu hábito. O que viu, então, em lugar da escuridão que esperava, foi algo que escapou à sua razão. Tudo estava ali como na noite anterior em que havia aberto essa porta pela primeira vez. Ali estavam os impressos e os tinteiros amontoados atrás da porta, o açoitador com a sua bengala e chicote, os dois guardas ainda despidos, a vela na prateleira. Assim que os dois guardas viram K., gritaram queixosos:

– Senhor K.!

Imediatamente K. bateu a porta com violência e até bateu sobre ela com os punhos fechados, como se quisesse fixá-la mais firmemente. Quase chorando, ele correu para onde estavam os empregados que trabalhavam silenciosamente na copiadora e que, interrompendo sua tarefa à chegada de K., olharam para ele surpresos.

– Limpem aquele depósito de lixo! – ordenou K.

– Não se pode entrar ali de tanta sujeira!

E ressaltou:

– Isso deveria ter sido feito há muito tempo, estamos afundando na terra!

Os empregados disseram que o fariam no dia seguinte. K. concordou, pois já era tarde demais para obrigá-los a fazer a limpeza, como pretendia inicialmente. Sentou-se por um instante para observar o que faziam os empregados, folheou algumas cópias para dar a impressão de que está examinando o trabalho. Depois, acreditando que eles não se atreveriam a sair ao mesmo tempo que ele, levantou-se e foi embora para casa, cansado e com a mente entorpecida.

6

O tio de K.

Uma tarde – era a hora em que se despachava a correspondência e, claro, K. estava muito ocupado – o seu tio Karl, um pequeno proprietário de terras, entrou na sala e abriu caminho entre dois funcionários que traziam alguns papéis. K. há muito esperava que seu tio aparecesse, mas vê-lo agora o surpreendeu muito menos do que a perspectiva de há cerca de um mês. Já havia imaginado o tio ligeiramente curvado, com o chapéu panamá surrado na mão esquerda, a direita já estendida sobre a escrivaninha muito antes de chegar perto o suficiente, enquanto corria despreocupado em direção a K. batendo na porta. O tio de K. sempre tinha pressa porque era vítima do desgraçado pensamento de que no único dia (nunca ficava na cidade mais do que esse tempo) de sua permanência na capital devia despachar todos os assuntos que o traziam a ela. Além disso, não podia renunciar a qualquer conversa, negócio ou diversão que pudesse aparecer por acaso. O tio Karl era o antigo tutor de K. Portanto, ele tinha o dever de ajudá-lo em tudo isso, bem como acomodá-lo em sua casa durante a noite. Costumava chamá-lo de "o fantasma do campo".

Assim que se cumprimentaram – K. o convidou a sentar-se na poltrona, mas tio Karl não teve tempo para isso –, Karl disse que queria falar um pouco com ele em particular.

– É necessário – disse, com o gesto de quem engole algo com sacrifício –, é necessário para a minha paz de espírito.

Imediatamente K. mandou os empregados saírem da sala, ordenando que não deixassem entrar nenhuma pessoa.

– Mas o que foi que chegou ao meu conhecimento, Josef? – exclamou o tio quando ficaram a sós, enquanto se sentava sobre a mesa e dispersando assim diversos papéis nos quais nem sequer reparou.

K. nada disse, sabia o que estava por vir, mas, repentinamente aliviado do esforço do trabalho que vinha realizando, cedeu a um agradável descanso e olhou pela janela do outro lado da rua. De onde K. estava sentado, ele podia ver apenas um pequeno espaço triangular, uma parte das paredes vazias das casas entre duas vitrines.

– Você está olhando pela janela! – gritou o tio, erguendo os braços.

– Pelo amor de Deus, Josef, me dê uma resposta! É verdade, pode mesmo ser verdade?

– Querido tio – disse K., afastando de seus devaneios –, realmente não sei o que você quer de mim.

– Josef! – replicou o tio, em tom de advertência – Pelo que eu sei, você sempre disse a verdade. Terei de interpretar suas últimas palavras como um mau sinal?

– Na verdade, pressinto o que você quer me dizer – disse K., respeitosamente –, sem dúvida alguma, você ouviu falar do meu processo.

– Isso mesmo – afirmou o tio, confirmando com lenta inclinação de cabeça –, soube do seu processo.

– Mas quem falou dele? – perguntou K.

– Erna é quem me escreveu, contando sobre o seu processo – revelou o tio.

– Há tempos que vocês não se veem, porque você, infelizmente, pouco se interessa por ela. Hoje mesmo recebi a carta e, claro, vim imediatamente para cá. Não tinha nenhum outro motivo para fazer a viagem, mas este me parece mais do que suficiente. Posso ler a parte da carta que diz respeito a você.

Tirou, então, a carta do bolso e começou a ler:

"Faz muito tempo que não vejo Josef, estive no banco na semana passada, mas Josef estava tão ocupado que não me deixaram passar. Esperei quase uma hora, mas depois tive de ir para casa porque tinha aula de piano. Eu gostaria de ter falado com ele, talvez haja uma chance em outro momento. No dia de meu aniversário, ele me mandou uma caixa grande de chocolates, um gesto muito atencioso e carinhoso de sua parte. Tinha esquecido de contar a você naquela ocasião e somente agora me lembrei porque você me perguntou por Josef. Como você sabe, nesta pensão o chocolate desaparece rápido, quase que no mesmo instante em que é entregue. Quanto a Josef, queria comunicar algo a você. Como disse, não pude falar com ele no banco porque naquela hora Josef estava negociando com um senhor. Depois de ter esperado bastante tempo em silêncio, perguntei a um dos funcionários se faltava muito para aquela reunião acabar. Ele respondeu que, provavelmente sim porque se tratava do processo que se empreendia contra o senhor gerente. Eu perguntei que tipo de processo judicial estava sendo conduzido e se ele não estaria enganado, mas o funcionário reafirmou que se tratava mesmo de um processo. E que se tratava de algo bastante sério, só isso que sabia a respeito. Pessoalmente, ele gostaria muitíssimo de ajudar o senhor gerente, pois ele era, na verdade, um homem justo, bom e honesto, mas não sabia o que fazer, de modo que se limitava a desejar que interviessem no processo senhores de influência. Acreditava que, sem dúvida, isso não deixaria de acontecer, e que tudo havia de terminar bem. Contudo, por enquanto, como bem se podia deduzir do mau humor do gerente, as coisas não caminhavam muito bem. Evidentemente, não dei muita importância a tal conversa, e até fiz o possível para tranquilizar o funcionário do banco, um homem bem simples. Pedi a ele que não falasse do assunto com mais ninguém, pois considerava tudo isso um boato. Apesar de tudo, acho que seria bom que você, querido pai, investigasse o caso na próxima viagem que fizer à cidade. Procure saber do que se trata. Acredito que será fácil descobrir mais detalhes e, se for realmente necessário, você poderá recorrer às suas poderosas e influentes amizades. Se o caso não exigir tanto, o que é o mais provável, sua filha, ao menos, logo terá a oportunidade de abraçá-lo, o que a deixará muito feliz."

– Ela é uma boa filha – disse o tio de K., quando terminou de ler a carta, enquanto enxugava algumas lágrimas.

K. confirmou. Como consequência das diferentes perturbações que havia sofrido nos últimos tempos, havia esquecido completamente de Erna, até o aniversário dela e a história do chocolate que sua prima contava havia sido evidentemente inventada para evitar as reprovações de seus tios. O gesto era muito comovente e, certamente, não podia ser retribuído com as entradas de teatro que desde esse momento em diante se propunha a mandar regularmente. Porém, agora não se sentia com ânimo para ir visitá-la na pensão, para conversar com ela, uma pequena colegial de dezoito anos.

— E o que você tem a dizer sobre isso? — perguntou o tio, que havia esquecido toda a pressa e excitação e parecia ler carta mais uma vez. Pensava até em ler a carta novamente.

— Sim, tio, é verdade — disse K.

— Que verdade é essa? Como isso pode ser verdade? Que espécie de processo é esse? Não é um processo por crime, espero?

— Sim, trata-se de um processo criminal — retrucou K.

— E você fica aqui tranquilamente sentado enquanto existe um processo criminal enrascado no seu pescoço? — gritou o tio, cada vez mais exaltado.

— Quanto mais calmo eu estiver, tanto melhor será o resultado — disse K. com voz cansada. — Não se preocupe!

— Como posso evitar a preocupação? — disse o tio. — Josef, querido Josef, pense em você, em sua família, em nosso bom nome!

— Até agora, você sempre foi nosso orgulho, agora não se torne nossa desgraça. Não gosto do seu comportamento — disse o tio, olhando para K. com a cabeça inclinada.

E alertou:

— Não é assim que um inocente se comporta quando é acusado de alguma coisa, não se ainda tem força. Apenas me diga do que se trata para que eu possa ajudá-lo. Tem a ver com o banco, suponho que sim.

— Não — disse K. ao se levantar — e você está falando muito alto, querido tio, e algum dos funcionários pode estar escutando por detrás da porta. Isso é algo que me desagrada. Prefiro que conversemos em outro lugar, então poderei responder a todas as suas perguntas o melhor que puder. Reconheço que devo dar algumas explicações à família.

— Está bem! Então, Josef, ande logo!

— Ainda tenho alguns documentos que preciso preparar e dar algumas ordens — disse K.

Ele chamou pelo telefone seu ajudante, que se apresentou em pouco tempo. O tio, ainda zangado e nervoso, gesticulou com a mão para mostrar que K. o havia chamado, atitude totalmente desnecessária. K. parou em frente da escrivaninha e explicou ao jovem mostrando diferentes papéis; explicou ao jovem, que o ouvia com calma e atenção, o que devia ser despachado em sua ausência. A atitude do tio era incômoda porque, abrindo muito os olhos e mordendo nervosamente os lábios, estava ali de pé com o olhar fixo. Por certo que não escutava, mas somente a sua presença era um tanto incômoda. Depois começou a andar para cima e para baixo na sala, parava de vez em quando na janela ou ficava na frente de um quadro, sempre fazendo vários comentários como:

– Isso é totalmente incompreensível para mim!

Ou então:

– O que poderá resultar de todo esse assunto?

O jovem fingiu não notar nada e continuou a ouvir as instruções de K. até o fim, fez algumas anotações, curvou-se para os dois e saiu da sala. Mal o funcionário fechou a porta, o tio gritou:

– Finalmente, o boneco parou de pular e foi embora. Agora também podemos ir.

Infelizmente, K. não tinha como evitar que seu tio fizesse perguntas a respeito do processo enquanto atravessavam o grande vestíbulo do banco, cheio de funcionários, nem sequer quando se cruzaram com o subgerente da instituição.

– Agora, Josef – disse o tio, enquanto respondia com ligeiras saudações aos cumprimentos dos presentes –, fale francamente que espécie de processo é esse.

K. fez algumas observações sobre coisas insignificantes, soltou algumas risadas e, somente quando chegou à escadinha, explicou a seu tio que não queria falar abertamente sobre o processo diante das pessoas.

– Perfeitamente – disse o tio –, mas agora fale.

Com a cabeça inclinada para o lado e fumando seu charuto em tragadas curtas e impacientes, ele ouviu.

– Em primeiro lugar, tio – disse K. –, não se trata de uma investigação como a de um tribunal normal.

– Isso é ruim – disse o tio.

– Como assim? – indagou K., olhando firmemente o seu tio.

– Eu quero dizer que isso é pior – explicou.

Eles estavam parados nos degraus da frente do banco. Como o porteiro parecia escutar a conversa, K. puxou o tio mais para baixo, onde foram envolvidos pelo movimento da rua. O tio, encostado ao braço de K., parou de fazer perguntas sobre o processo. Eles até passaram um tempo sem que nenhum dos dois dissesse alguma palavra.

– Mas como tudo isso aconteceu? – por fim, o tio quis saber, parando repentinamente a ponto de assustar as pessoas que estavam andando atrás dele. – Coisas assim não acontecem de repente, começam a ser preparadas muito tempo antes; deve ter havido sinais de alerta. Por que você não me escreveu? Você sabe que farei qualquer coisa para ajudá-lo. Afinal, ainda sou o seu tutor, e sempre me orgulhei de sê-lo. Naturalmente, você pode continuar contando comigo. Lamentavelmente, o processo está em andamento, o que torna a situação mais difícil.

O melhor a fazer agora é você tirar umas férias, ficando conosco uma temporada no campo. Percebo que você emagreceu um pouco. No campo, você vai recuperar as energias. Vai fazer bem a você, sem contar que terá muito trabalho pela frente. Além disso, será uma forma de afastá-lo do tribunal, até certo ponto. Aqui a justiça dispõe de todos os meios possíveis de ação que necessariamente aplica de uma maneira automática contra você. Ao passo que, estando no campo, teriam de enviar delegados ou apenas tentarem se comunicar com você por carta, telegrama ou por telefone. Isso vai enfraquecer, por uma parte, a influência que possam ter sobre você. É certo que você não ficará livre deles, mas ganhará um tempo para respirar.

– Mas poderiam impedir que eu partisse – disse K., que se sentia um pouco atraído pelo modo de pensar do tio.

– Não creio que o façam – declarou o tio, com expressão pensativa.

– Não perdem tanto poder sobre você, como imagina, ao deixarem que se ausente por uns dias.

– Eu julguei – disse K., passando um braço por baixo do de seu tio, a fim de poder impedi-lo de se deter – que você atribuía menor importância do que eu a todo este assunto e, agora, vejo que você o considera muito a sério.

– Josef – exclamou o tio, tentando se livrar do braço de K. para poder deter-se. Mas K. não o soltou –, você está mudado! Você sempre julgou corretamente todas as coisas e justamente agora perde essa faculdade. Você quer perder o processo? Você sabe o que isso significa? Isso significaria que você seria simplesmente destruído. E que todos que você conhece seriam puxados para baixo com você ou, no mínimo, humilhados, desonrados até o chão. Josef, controle-se! O jeito como você fica tão indiferente a respeito está me deixando louco. Olhando para você, quase posso acreditar naquele velho ditado: *"Ter um processo como esse significa perdê-lo"*.

– Querido tio – retrucou K. –, você fica nervoso desnecessariamente. O desespero é inútil tanto de sua parte como também da minha. Com nervosismo não se ganham processos. Deixe que proceda um pouco conforme a experiência prática que eu tenho, assim como sempre escutei os seus conselhos derivados da sua experiência, até mesmo quando em certas ocasiões me surpreendem. Você diz que a família também será afetada pelo processo, uma coisa que não consigo entender inteiramente, mas, de qualquer forma, trata-se de uma questão acessória. Pretendo seguir, de boa vontade, tudo o que você me aconselhar, apenas não vejo o lado vantajoso de me transferir para o campo, porque isso poderia ser interpretado como uma fuga e o reconhecimento de culpabilidade. Além disso, embora eu esteja mais sujeito a perseguições se ficar na cidade, também posso levar melhor o assunto adiante estando aqui.

— Você está certo! — disse seu tio em um tom como se finalmente tivessem chegado a um acordo.

Só fiz a sugestão porque, a meu ver, se você ficar na cidade, o caso será colocado em perigo por sua indiferença a ele, e achei melhor se eu fizesse o trabalho para você. Mas você mesmo vai empurrar as coisas para a frente com todas as suas forças, se for assim, naturalmente será muito melhor.

— Estamos de acordo, então — disse K. E você tem alguma sugestão sobre o que devo fazer a seguir?

— Ainda não tive tempo suficiente para refletir sobre o assunto — declarou o tio.

— Você deve recordar que faz uns vinte anos que vivo no campo, quase sem pausa. Já não tenho a sagacidade de antes para lidar com questões como esta. As diferentes relações que me ligavam a importantes pessoas, que talvez estejam mais a par destas coisas do que eu, foram se perdendo pouco a pouco. Como vivo um pouco afastado no campo, percebo essas coisas somente em ocasiões como esta. Além disso, tomei conhecimento do seu caso inesperadamente, embora já na carta de Erna presumi algo deste gênero e hoje o seu aspecto me confirma completamente. O importante agora é não perder tempo.

Enquanto falava, o tio de K. ficou nas pontas dos pés e fez sinal para um táxi e, ao mesmo tempo que dava o endereço para o motorista, arrastou o sobrinho para o interior do carro.

— Agora vamos ver o advogado Huld — disse. — Estudamos juntos. Certamente você também o conhece pelo nome, não é? Não? Bem, me surpreende. Ele tem um grande renome como advogado e defensor dos pobres. Particularmente, é um homem que me inspira confiança.

— Por mim, tudo bem — disse K., embora se sentisse incomodado com o modo apressado e aflitivo com que o tio tratava o caso. Não era muito encorajador ser levado a um advogado dos pobres.

— Não sabia — declarou — que se pudesse recorrer a um advogado para semelhante causa.

— Mas é claro — disse o tio. Por que não, afinal? E agora conte tudo para que eu conheça exatamente os pormenores de tua causa. Conte tudo o que aconteceu.

K. começou imediatamente a relatar o que tinha acontecido a ele sem esconder nada, porque sua completa franqueza era a única coisa que podia opor em sua defesa à opinião do tio, o qual acreditava que o processo era uma grande desgraça. Apenas mencionou uma vez e muito fugazmente o nome da Srta. Burstner, mas isso não diminuiu sua franqueza porque, para dizer a verdade, ela não tinha nenhuma relação com o processo. Enquanto falava, olhava pela janelinha do carro e comprovava que estavam se aproximando dos subúrbios da cidade, precisamente do bairro em que se localizavam os escritórios do tribunal. O automóvel parou em frente de uma casa escura. O tio de K. bateu imediatamente na primeira porta. Enquanto aguardavam, ele sorriu, mostrando seus grandes dentes, e sussurrou:

– São oito horas. Não é hora apropriada para procurar um advogado, mas Huld não deve se importar com isso.

Na vigia da porta manifestaram-se dois olhos grandes, negros, que olharam um instante os visitantes e depois desapareceram; a porta, porém, não foi aberta. Tio e sobrinho confirmaram um ao outro o fato de terem visto dois olhos.

– Deve ser uma empregada nova que se assusta com os estranhos – declarou o tio, chamando novamente. Voltaram a aparecer aqueles olhos, que pareciam tristes. Ou talvez fosse apenas uma ilusão provocada pela chama de gás que ardia fortemente por cima da cabeça dos visitantes, embora irradiasse pouca luz.

– Por favor, abra a porta – exclamou o tio, batendo com o punho contra a porta.

– Somos amigos do senhor advogado. – O senhor advogado está doente – sussurrou alguém atrás deles. No outro extremo do pequeno corredor, junto a uma porta, estava de pé um senhor com roupão, o qual, com voz extremamente baixa, havia dado essa declaração. O tio, que devido à longa espera já estava tenso, voltou bruscamente e gritou:

– Enfermo? Você diz que ele está doente?

E avançou então para o homem com ar ameaçador, como se esse senhor fosse a própria enfermidade.

– Já abriram – avisou, apontando para a porta do advogado. Depois, puxou o roupão e desapareceu.

Realmente a porta tinha sido aberta, e através dela podia se ver uma jovem (K. reconheceu os olhos escuros ligeiramente saltados), de pé no corredor, vestida com um longo avental branco e com uma vela na mão.

– Da próxima vez, abra mais cedo! – disse o tio de K. em vez de cumprimentá-la, enquanto a moça fazia uma leve reverência.

– Venha, Josef – disse depois a K., que se aproximava lentamente da moça.

– O senhor advogado não está bem – disse a jovem enquanto o tio de K., sem parar, correu para uma das portas. K. ficou um instante olhando a jovem, que nesse momento se tinha voltado para fechar a porta de entrada; tinha rosto redondo, como de boneca, e não somente as pálidas faces e o queixo eram redondos, como também a fronte.

– Josef! – tornou a chamar o tio de K. E dirigindo-se novamente à moça perguntou:

– É um problema com o coração?

– Creio que sim – respondeu a moça, que teve tempo de avançar com a vela na mão para abrir a porta da sala. Em um canto da sala, a luz da vela não chegava, erguia-se de uma cama um rosto de barba comprida.

– Leni, quem está entrando? – perguntou o advogado, que não reconhecia seus visitantes porque a luz da vela o deslumbrava.

– Sou Albert, seu velho amigo – disse o tio de K.

– Ah, Albert! – exclamou o advogado, caindo de costas no travesseiro, como se não tivesse de dissimular nada diante desse visitante.

– O seu estado de saúde está tão mal assim? – perguntou o tio de K., enquanto se sentava na beirada da cama. – Acredito que não. Deve ser uma recorrência do seu problema de coração e vai passar como das outras vezes.

– É possível – replicou o advogado, em voz baixa –, mas este é pior que os de outras vezes. Respiro com dificuldade, não durmo e dia a dia vou perdendo forças.

– Entendo – exclamou o tio de K., oprimindo contra o joelho, com sua enorme mão, o chapéu de panamá. Que péssima notícia. Suponho que estejam tratando bem de você. Este lugar é tão triste, tão escuro. Há muito tempo já que não venho por aqui. Antes me parecia mais acolhedor. Até a jovem cuidadora não parece muito feliz, a menos que ela esteja fingindo.

A moça continuava de pé junto à porta, segurando a vela. Ela observava mais K. do que o tio, mesmo quando este estava falando dela. K. se encostou a uma cadeira que havia empurrado para perto da jovem.

– Quando você está tão doente quanto eu – disse o advogado –, você precisa ter paz. Este lugar não me parece triste.

Após um momento de silêncio, acrescentou:

– Leni cuida muito bem de mim. É uma moça muito amável.

O tio de K., porém, não estava convencido disso. Evidentemente, estava predisposto contra a enfermeira. Mesmo assim, não contestou o amigo enfermo. Mas continuava perseguindo a moça com olhares duros. Ela, por sua vez, foi até a cama para colocar a vela sobre o criado-mudo. A moça se inclinou sobre o enfermo e, enquanto acomodava o travesseiro, cochichou com ele. Deixando de lado o advogado, o tio de K. se levantou e seguiu todos os movimentos da enfermeira, daqui para ali, de tal modo que K. não se espantaria se seu tio a agarrasse pela saia para afastá-la violentamente da cama. Quanto a K., olhava tudo aquilo com tranquilidade. Admitia até com satisfação a enfermidade do advogado, uma vez que desviou um pouco o zelo excessivo do tio em relação ao seu caso. Nesse momento, seu tio disse, talvez apenas com a intenção de ofender a enfermeira:

– Senhorita, peço que nos deixe a sós por um momento. Tenho de falar com meu amigo de um assunto particular.

A jovem, que ainda estava muito inclinada sobre o enfermo, ocupada em arrumar a roupa de cama junto à parede, limitou-se a virar um pouco a cabeça e a dizer com muita calma o que contrastava com a raiva e as palavras duras do tio de K.:

– Como o senhor vê, o dr. Huld está bem doente; não poderá falar de nenhum assunto.

Sem dúvida, a jovem havia repetido as palavras do tio de K. unicamente por comodismo. Qualquer um podia interpretar tal réplica como uma resposta irônica. Naturalmente que o tio de K. interpretou assim, pois pulou como se o tivessem mordido.

– Maldita jovem! – exclamou furioso. K. se espantou com a fúria do tio, embora já esperasse algo nesse estilo. Ele correu para o tio para fechar a sua boca com as mãos. Felizmente, nesse exato momento, o doente se levantou detrás da moça. O tio de K. fez cara feia como se estivesse engolindo algo altamente desagradável e terminou por dizer serenamente:

– Certamente, ainda não perdemos a razão. Se o que eu pedi não fosse algo possível, não o teria pedido; por favor peço, portanto, que se vá.

A enfermeira continuou de pé, junto do leito, e, ao voltar-se completamente para o tio, K. julgou perceber que a jovem acariciava a mão do advogado.

– Na presença de Leni você pode dizer tudo – declarou o enfermo, com tom de súplica.

– O assunto não se refere a mim – explicou o tio de K. –; não é um segredo que me pertença!

Então voltou-se com o gesto de quem já não quer discutir nenhum assunto. Contudo, parecia ainda dar tempo ao outro para que refletisse.

— E a quem concerne, portanto? — perguntou o advogado, com voz apagada, reclinando-se novamente sobre o travesseiro.

— A meu sobrinho — declarou o tio de K.

— Ele veio comigo. E assim dizendo, o apresentou ao advogado.

— Aqui está o gerente de banco, Josef K.

— Oh! — exclamou o enfermo, com muita vivacidade, estendendo a mão para K.

— Perdoe-me o senhor, não tinha percebido que estava ali. Você pode sair, Leni — disse depois à enfermeira, que já não opôs resistência, e estendeu a mão para ela como se dissesse para ficar um longo tempo fora.

— Você não veio me visitar porque estou doente, mas por questões profissionais — disse ao tio de K., que também, reconciliado, aproximou-se da cama.

Agora, o advogado aparentava estar mais forte. Provavelmente, a ideia de ser visitado porque estava doente de alguma forma o deixava fraco. Ele permanecia apoiado em um cotovelo, que deve ter sido bastante cansativo, e puxava continuamente uma mecha de cabelo no meio de sua barba.

— Você está com um aspecto muito mais saudável — disse o tio de K. — desde que essa bruxa se foi.

E acrescentou depois, em um sussurro:

— Aposto que ela está escutando.

Rapidamente foi até a porta para conferir sua desconfiança. Contudo, não havia ninguém. O tio de K. voltou não frustrado, mas indignado.

— Você julga mal a moça — disse o advogado, defendendo com estas únicas palavras a enfermeira. Talvez com isso quisesse dizer que a jovem não tinha nenhuma necessidade de que a defendessem. Depois, assumindo um tom muito mais cordial, prosseguiu dizendo:

— Com respeito ao assunto do seu sobrinho, espero ter forças suficientes para esta tarefa extremamente difícil. Na verdade, temo que não me bastem. Em todo caso, tentarei de tudo. Se não conseguir levar o meu trabalho sozinho até o fim, sempre se pode pedir a ajuda de outro. Para ser franco, esta causa me interessa muito. Se meu coração não resistir, ao menos terá encontrado uma razão digna para falhar.

K. parecia não entender uma só palavra desse discurso; olhava para seu tio procurando encontrar alguma explicação. Mas ele, sentado com uma vela na mão que havia tirado do criado-mudo, do qual já tinha feito rolar pelo tapete um frasco de remédio, concordava, com acenos de cabeça, com tudo quanto o advogado expressava. Estava de acordo com tudo e, de quando em quando, lançava um olhar sobre K. para requerer também a sua conformidade. Será que seu tio já teria falado ao advogado sobre o seu processo? Mas isso era impossível. Toda a situação excluía essa possibilidade.

Por isso, disse:

– Não compreendo!

– Porventura entendi mal vocês? – perguntou o advogado, tão surpreso e desconcertado quanto K.

– Talvez eu tenha me precipitado demais. Sobre o que vocês queriam me falar? Eu pensei que se tratasse de seu processo.

– Naturalmente – disse o tio, que depois perguntou a K.:

– Afinal, o que você quer?

– Sim, porém, como o senhor está a par de meus assuntos e do meu processo? – quis saber K.

– Ah, é isso? – disse o advogado, sorrindo.

– É que sou advogado, ando nos círculos judiciários. Ali se fala sempre de diferentes processos, de modo que me chamou a atenção particularmente o que se referia ao sobrinho de um amigo. Não há nada de surpreendente nisso.

– O que mais você quer, portanto? – disse outra vez o tio de K. a este.

– Você é muito inquieto!

– Então, o senhor faz parte dos círculos desse tribunal? – perguntou K.

– Sim – afirmou o advogado.

– Você faz perguntas como uma criança – declarou o tio de K.

– Em que círculos devo entrar, então, se não com membros de minha própria profissão? – prosseguiu o advogado. Essa observação soava tão irrefutável que K. sequer replicou uma palavra.

– Mas o senhor trabalha no Supremo Tribunal, não naquele tribunal do sótão – ele quis dizer, mas não conseguiu se pronunciar de fato.

– O senhor tem de pensar – continuou o advogado, com o tom de quem explica algo perfeitamente óbvio e o faz, considerando que a explicação é supérflua e de todo acessória – que essas relações constituem uma grande vantagem para meus clientes, e isso em muitos sentidos; não é preciso que se esteja falando sempre disso. Certamente que agora, por causa da enfermidade, estou um tanto limitado, mas ainda assim bons amigos dos círculos judiciais vêm me visitar e me põem a par de muitas coisas. Talvez eu esteja melhor informado do que muitos que gozam de saúde e ficam o dia inteiro no foro. Por exemplo, precisamente agora tenho aqui um visitante ao qual muito estimo – e assim dizendo assinalou com a mão um canto escuro da sala.

– Mas, onde? – perguntou K., quase grosseiramente, tomado pelo primeiro assombro. Esquadrinhou em redor, mas a luz da pequena vela não chegava mais longe do que até a parede que K. tinha à sua frente. Nesse momento, naquele canto apontado pelo advogado começou realmente a mover-se algo. À luz da vela que o tio de K. tinha levantado, viram então, sentado a uma mesinha, um senhor de idade avançada. Tinha mesmo de sufocar a respiração para passar tanto tempo despercebido. Levantou-se cerimoniosamente e com expressão visivelmente contrariada porque se tinha chamado a atenção sobre ele; parecia que com as mãos, que agitava rapidamente como breves asinhas, recusasse todas as apresentações e saudações, como se desejasse significar que de modo algum desejava incomodar alguém com sua presença, como se solicitasse como recompensa voltar à obscuridade e que todos se esquecessem que estava ali. Mas já não era possível aceder a esses desejos.

– Você surpreendeu-nos – disse o advogado, à maneira de explicação, fazendo sinais ao senhor para convidá-lo a que se aproximasse, o que este fez lentamente, olhando hesitante ao redor de si, mas não sem alguma dignidade. – O senhor chefe de despacho... ah, porém perdão, não os apresentei...; este é meu amigo Albert K., e este é seu sobrinho, o gerente de banco, Josef K. O senhor é o chefe de despacho... O senhor chefe de despacho, como eu dizia, visita-me na qualidade de amigo. Na realidade, o valor de tal visita só pode ser entendido pelo iniciado, que vê como o senhor chefe está sobrecarregado de trabalho. Pois bem, não obstante isso, vem visitar-me para conversar comigo em paz, na medida, está claro, que o permite minha fraqueza; o certo é que não tínhamos proibido Leni de introduzir outros visitantes, pois não esperávamos ninguém. Contudo, nosso desejo era ficarmos a sós; porém, depois soaram os seus murros na porta, Albert; então o senhor chefe de despacho afastou-se com mesa e cadeira para aquele canto; mas agora previno que, de certo modo, quer dizer, se é que temos o desejo de fazê-lo, se nos oferece a ocasião de tratar em comum o assunto e que muito bem podemos reunir-nos novamente, senhor chefe de despacho – disse, com uma inclinação de cabeça, sorrindo diferentemente e assinalando uma poltrona que estava junto ao leito.

– Infelizmente, não posso ficar senão alguns minutos – declarou cordialmente o chefe de despacho, enquanto se sentava na poltrona e olhava seu relógio –; os assuntos de justiça esperam por mim. Em todo caso, não quero deixar passar a ocasião de conhecer um amigo de meu amigo.

Fez uma ligeira inclinação de cabeça em direção ao tio de K., que parecia muito satisfeito por conhecer esse novo personagem, mas que devido à sua natureza especial não pôde exprimir seus sentimentos senão acompanhando as palavras do chefe de despacho com um riso ruidoso e incômodo. Feio espetáculo esse! K. podia observar tudo com calma, pois ninguém se preocupava com ele; o chefe de despacho em seguida tomou à sua conta a conversação, o que parecia ser nele um costume, enquanto que o advogado, cuja aparente fraqueza talvez tivesse por finalidade apenas afastar logo os novos visitantes, escutava com atenção, mantendo a mão junto ao ouvido, e o tio, que segurava na mão a vela (movia-a sobre os seus músculos, sem que o advogado deixasse de contemplar com inquietação essa operação), logo ficou livre de todos os seus cuidados e entregou-se inteiramente à admiração que lhe despertava o modo de falar do chefe de despacho, assim como os leves gestos com que acompanhava suas palavras.

K., que se apoiava em uma barra de ferro da cama, ficou, talvez até intencionalmente, totalmente imerso no discurso do chefe de despacho, de modo que somente fez o papel de ouvinte desses velhos senhores. Além do mais, mal percebia de que estava falando aquele homem, pois pensava na enfermeira e no tratamento grosseiro que havia dado seu tio, ou então se perguntava se já não tinha visto antes o chefe de despacho. Talvez até naquela audiência da primeira vista de sua causa, se não se enganava muito, esse homem podia ter sido um dos velhos que estavam nas primeiras filas da assembleia e que acariciavam as barbas ralas.

De repente, ouviu-se no vestíbulo um ruído como de porcelanas que se quebram; todos ficaram atentos a ouvir.

– Vou ver o que aconteceu – disse K., indo devagar para a porta como se quisesse dar tempo ainda aos outros de impedi-lo. Apenas entrou no vestíbulo, procurando orientar-se naquela escuridão, sentiu que sobre a sua mão, que ainda segurava a vela, havia outra, bem menor do que a sua, que o obrigou a fechar a porta. Era a enfermeira que ali ficou esperando.

– Não é nada – disse ela sussurrando –, simplesmente atirei um prato contra a parede para chamar a sua atenção.

K., perturbado, exclamou:

– Eu também pensava em você.

– Então, venha comigo – disse a moça.

Depois de dar uns passos chegaram diante de uma porta de vidro polido que a enfermeira abriu diante de K.

– Entre aqui – disse.

Essa sala era, evidentemente, o escritório do advogado. Apesar da pouca luz da lua, que iluminava apenas uma pequena parte quadrada do pavimento junto a três grandes janelas, estava provido de muitos móveis pesados e antigos.

– Venha aqui – disse a enfermeira, apontando uma arca escura de madeira entalhada. Antes de se sentar, K. examinou ao redor da sala. Tratava-se de um quarto alto e espaçoso onde, sem dúvida, os clientes do defensor dos pobres se sentiriam perdidos. K. imaginou os visitantes dando passos curtos no enorme escritório. Mas logo se esqueceu de tudo isso e se ateve na jovem, que se sentou bem perto dele e que quase o apertava contra os braços do assento de madeira.

– Pensei – disse a enfermeira – que você mesmo viria espontaneamente me ver sem que eu precisasse chamá-lo. É curioso; quando entrou não deixava de olhar-me e depois me faz esperar. Pode me chamar somente de Leni – acrescentou rapidamente e sem rodeio, a fim de aproveitar ao máximo o tempo daquela conversa.

– Com muito prazer – disse K. –, mas o curioso de minha atitude à qual você acaba de se referir, Leni, é contudo fácil de explicar. Em primeiro lugar, tinha forçosamente de estar ali escutando os discursos desses senhores de modo que não podia abandonar a sala sem motivo; em segundo lugar, não sou nem um pouco descarado, porém antes sou tímido e, para dizer a verdade, você mesma, Leni, não parece agora a mesma de antes.

– Não é isso, – disse Leni, apoiando o braço sobre o assento e olhando fixamente a K. –, o caso é que não gostei de você e que provavelmente gosto muito menos agora.

– Gostar seria dizer pouco – disse K., com precaução.

– Oh! – exclamou a jovem, sorrindo, pois em virtude da observação de K. e dessa pequena exclamação ganhara certa superioridade sobre ele. Por isso K. guardou silêncio um instante. Como já se tinha habituado à penumbra da sala, podia distinguir agora os diversos pormenores de sua disposição e mobília. Chamou a sua atenção, especialmente, um grande quadro pendurado à direita da porta. Chegou mais perto para poder observá-lo melhor; representava um homem vestido com a toga de juiz, sentado em um elevado assento ornamentado, cujas numerosas molduras douradas se destacavam do quadro. O curioso disso estava em que a atitude daquele juiz não era a do magistrado sentado com dignidade e calma em seu assento, mas que aquele homem apoiava o braço esquerdo firmemente no encosto e em um dos braços de sua poltrona e mantinha o direito completamente solto, enquanto apenas a mão apanhava o braço da cadeira, como se o personagem fosse saltar dali com um vivo movimento, talvez cheio de indignação, para declarar alguma coisa decisiva ou então para pronunciar a sentença. Podia-se imaginar que o acusado estava ao pé da escadinha cujos degraus superiores, cobertos por um tapete amarelo, eram vistos no quadro.

– Talvez este seja o meu juiz – disse K., apontando para a tela na parede.

– Eu o conheço – declarou Leni, olhando também o quadro.

– Passa por aqui com frequência. Certamente esse retrato foi feito em sua juventude, mas a verdade é que nunca pôde parecer-se muito com o homem deste quarto porque é muito pequeno. Contudo, representa um homem alto muito vaidoso, como todos os que estão aqui. Eu também sou vaidosa e não me satisfaz nada o fato de não apreciar você.

Em resposta a esta última observação, K. limitou-se a abraçar Leni, atraindo-a para si; então ela apoiou quietamente a cabeça no ombro de K. No tocante ao resto, K. perguntou:

– Qual é a hierarquia deste juiz?

– É juiz de instrução – afirmou a jovem, segurando a mão de K., que a tinha abraçado.

– Sempre juízes de instrução! – disse K., decepcionado.

– Os funcionários superiores se escondem. Contudo, este está sentado em uma cadeira especial.

– Tudo isso não passa de um artifício – explicou Leni, inclinando o rosto sobre a mão de K. – Na realidade, está sentado em uma cadeira de cozinha sobre a qual se estendeu, dobrada, uma velha manta de cavalo. Mas será que você não pode deixar de pensar em seu processo? – acrescentou.

– Não, de modo algum – respondeu K. – Provavelmente até penso muito pouco nele.

– Não é esse o erro que você comete – declarou Leni. – Segundo soube, você é muito inflexível.

– Quem disse isso a você? – perguntou K., que nesse momento sentiu junto ao seu peito o corpo da jovem; ficou um instante contemplando seu volumoso cabelo escuro e bem preso como um coque.

– Há muito para dizer! – respondeu Leni. – Peço que você não me pergunte nomes. Limite-se a corrigir seus erros; não seja tão inflexível porque ninguém pode defender-se contra esta justiça; é preciso confessar tudo. Não deixe, portanto, de fazer uma confissão na próxima oportunidade que se apresente; apenas depois terá a chance de escapar. Contudo, tampouco isso é possível sem a ajuda alheia; mas não precisa se preocupar a esse respeito porque eu mesma darei essa força.

— Percebo que você sabe muitas coisas desta justiça e das fraudes que acontecem aqui – disse K., levantando-a e carregando-a em seu colo, pois que a jovem se apertava contra ele.

— Assim está bem – retrucou Leni, endireitando-se sobre os joelhos de K., enquanto alisava o avental e a blusa. Depois, abraçando-se ao pescoço de K. com as mãos e inclinando sua cabeça para trás, olhou-o intensamente.

— E se não confessar, você não poderá me ajudar? – perguntou K., procurando conhecer a verdadeira situação.

"Estou conseguindo ajuda da parte das mulheres", pensava K., animado; "primeiro foi a Srta. Burstner, depois a mulher do porteiro dos tribunais e, por fim, agora a enfermeira que parece ter uma incompreensível carência. E como está sentada em meus joelhos, como se este fosse o único lugar que lhe pertença!"

— Não – respondeu; Leni, movendo lentamente a cabeça.

— Não podia ajudá-lo. Mas você de modo algum deseja a minha ajuda. Você não se interessa; você é obstinado e não se deixa persuadir por ninguém. Tem alguma amante? – perguntou, depois de uma pequena pausa.

— Não – retrucou K.

— Oh, sim! – replicou.

— Sim! – admitiu K. – Mas eu já a reneguei, embora leve comigo sua fotografia.

Ao ceder aos pedidos de Leni, mostrou então a fotografia de Elsa; a enfermeira, encolhida no colo de K., observou o retrato. Tratava-se de uma fotografia tirada no instante em que Elsa terminava uma de suas alegres danças que costumava fazer na taberna onde servia como camareira; suas saias estavam ainda erguidas, flutuantes, por causa do último giro da dança; mantinha as mãos firmemente apoiadas nos quadris e olhava risonha, com o pescoço estirado, para um lado; no retrato não se podia ver a pessoa para quem a moça estava rindo.

— Usa um corpete muito justo – disse Leni apontando aquela parte em que, a seu ver, isso podia ser constatado –, não me agrada. É grosseira e estúpida. Contudo, com você talvez seja suave e carinhosa, coisas que não se podem saber pela fotografia. Às vezes essas jovens fortes e grandes não são senão muito carinhosas e dóceis, mas acredita que se sacrificaria por você?

— Não – disse K. –, não é dócil nem carinhosa, nem tampouco se sacrificaria por mim. Até agora nunca pedi a ela nem uma coisa nem outra; e, ainda mais, nem mesmo olhei para este retrato com tanta atenção como você.

— Quer dizer que você pouco se importa com ela — quis saber Leni —, e que muito menos a ama.

— É verdade — afirmou K. —, não volto atrás no que eu digo.

— E mesmo sendo sua amante — disse Leni —, certamente você não lamentaria muito perdê-la ou trocá-la por alguma outra, por exemplo, por mim.

— Certamente — disse K., sorrindo —, é uma ideia que poderia ser considerada; apenas que ela possui uma grande vantagem sobre você, pois ignora tudo a respeito de meu processo. Muito menos tentaria me persuadir para me entregar à justiça.

— Isso não constitui nenhuma vantagem — replicou Leni —, se é que não possui nenhuma outra, não me intimido. Tem, por exemplo, algum defeito físico?

— Um defeito físico? — perguntou K.

— Sim — disse Leni —, eu tenho um bem pequeno. Olhe!

Então, estendendo os dedos médio e anular da mão direita, mostrou naquela parte que devia separar-se um pedaço de pele que os unia como uma membrana e que atingia até a articulação superior do dedo mais curto. Na sala escura, K. não percebeu imediatamente o que ela estava tentando mostrar, por isso a jovem pegou na mão dele e a guiou para que sentisse a diferença.

— Que capricho da natureza! — exclamou K. e acrescentou depois de ter contemplado a mão toda:

— Que formosa garra!

Leni observava K. com uma espécie de orgulho, enquanto ele não parava de admirar e de separar e de juntar aqueles dois dedos. Por fim, os beijou ligeiramente e, em seguida, os soltou.

— Oh! — exclamou a jovem encantada. — Você me beijou!

E então, com a boca aberta, se colocou de joelhos sobre o colo de K., que a olhava desconcertado. Agora que a tinha tão próxima, percebia um odor amargo, excitante, como de pimenta. Leni segurou a sua cabeça, que atraiu para si e depois, afastou-a um pouco, mordeu e beijou seu pescoço; até o cabelo ele mordeu.

— Agora sou sua no lugar da outra — dizia repetidas vezes. — Agora sou sua!

De repente, um de seus joelhos resvalou. Ela deu um pequeno grito e quase rolou sobre o tapete. K., que a abraçou para segurá-la, foi arrastado depois na queda.

— Agora sou sua! — disse Leni. — Aqui está a chave da casa. Venha me ver quando você quiser.

Essas foram suas últimas palavras. Na hora de K. ir embora, ela ainda conseguiu beijá-lo na nuca. Ao chegar à porta da casa, K. se deparou com uma chuva miúda. Foi até o meio da calçada para contemplar a moça na janela, mas nesse momento entrou rapidamente no automóvel que estava parado na frente da casa. Como estava distraído, K. não viu seu tio, que o segurou por um braço e o levou bruscamente de volta à porta da casa, como se pretendesse fixá-lo ali com pregos.

— Meu jovem — gritou —, como você pôde fazer uma coisa dessas? As coisas estavam caminhando bem, agora você complicou tudo. Você escorrega com uma coisinha insignificante e suja, que, além de tudo, obviamente é a amante do advogado, que passa horas com ela. Não tente se desculpar nem esconder nada. Você foge, enquanto isso estamos sentados lá, seu tio que está fazendo tanto esforço por você, o advogado, que precisamos conquistar para o seu lado, e, acima de tudo, o chefe da repartição, um senhor muito importante que está no comando direto do seu caso no estágio atual. Da minha parte, tenho de tratar com muita prudência o advogado; este, por sua vez, o chefe da repartição, e você teria, pelo menos, diante de tudo isso, que se submeter ao que eu dissesse. Em vez disso, você some. Evidentemente, são homens educados, hábeis, eles não falaram nada sobre sua ausência e continuam a me tratar com consideração. Ficamos todos calados por muito tempo à espera de ouvir um barulho que indicasse a sua volta. Tudo foi em vão. Por último, o chefe do despacho, que tinha ficado ali a mais tempo do que pretendia inicialmente, levantou-se, despediu-se de nós e lamentou não ter conseguido prestar alguma ajuda. Ele ainda permaneceu bastante tempo na porta como gesto de generosidade. Quando finalmente se foi, me senti aliviado, pois já me faltava ar por causa da situação delicada. Tudo isso afetou ainda mais profundamente o advogado enfermo; esse excelente homem já nem sequer podia falar quando me despedi dele. Pelo visto, você contribuiu para o agravamento do estado de saúde do homem de quem você dependia. Quanto a mim, seu próprio tio, você me deixa aqui no meio da chuva esperando durante horas, atormentado com tanta preocupação.

7

O advogado, o industrial e o pintor

Uma manhã de inverno, K. estava sentado em seu escritório e, apesar da hora matutina, achava-se extremamente fatigado. Pela janela, dava para se ver a neve lá fora, numa luminosidade fosca. Para livrar-se ao menos da presença dos empregados subalternos, recomendara ao contínuo para que não permitisse entrar ninguém no escritório, alegando que estava atolado de trabalho. Mas, em vez de trabalhar, K. não cessava de se mover na poltrona e de mudar de lugar lentamente alguns objetos que havia sobre sua mesa. Depois, sem se dar conta, esticou o braço todo e permaneceu imóvel com a cabeça baixa.

Agora só pensava no seu processo. Pensou muitas vezes se não seria melhor redigir uma defesa e entregar no tribunal. Nessa defesa faria uma curta descrição do que era a sua vida e, quando chegasse a qualquer acontecimento de vital importância, exporia as razões que o tinham levado a proceder de certa forma, explicando se aprovava ou condenava o seu procedimento no passado e citaria razões para uma condenação ou uma absolvição. As vantagens que uma defesa assim redigida traria, comparadas com as da defesa feita por um advogado, que não deixaria de incorrer em faltas, seriam indubitavelmente maiores. K. não fazia ideia nenhuma da interferência que o advogado estava tendo no seu processo. Não devia ser grande, pois havia mais de um mês que Huld o tinha convocado, sem que nas vezes anteriores K. tivesse colhido a impressão de que o advogado pudesse fazer algo por ele. Para começar, mal o tinha interrogado, e, no entanto, devia haver muitas perguntas a fazer. Interrogar devia ser a coisa mais importante a fazer e ele próprio se achava capaz de redigir as perguntas necessárias. Em vez disso, o advogado conversava ou se sentava muito calado à sua frente, levemente inclinado sobre a mesa, provavelmente por causa da sua dificuldade em ouvir, agarrando uma madeixa de cabelo no meio da barba e fixando-a no tapete, num ponto que era provavelmente aquele onde K. tinha estado deitado com Leni. De vez em quando, fazia a K. algumas admoestações, como os adultos fazem às crianças. Admoestações tão inúteis quanto enfadonhas, pelas quais K. não tencionava pagar um tostão que fosse quando chegasse à conta final.

Uma vez que o advogado julgava tê-lo humilhado suficientemente, tinha o costume de reanimá-lo um pouco. Dizia em tais ocasiões que já havia ganho total ou parcialmente muitos processos idênticos. Processos que na realidade não fossem, talvez, tão difíceis quanto este. Tinha uma lista desses processos numa das gavetas de sua mesa de trabalho. Ao dizer isso, mexeu num deles, mas lamentava não poder mostrar, por ser assunto de sigilo profissional. Todavia, a larga experiência colhida através de todos estes casos não redundaria em benefício de K. Não havia dúvida de que ele tinha começado imediatamente com o processo de K. e que a primeira petição estava quase pronta para ser apresentada. Esta era muito importante, dado que da primeira impressão causada pela defesa dependia frequentemente o andamento de todo o processo. Tinha de avisar K. de que algumas vezes as primeiras petições não eram de maneira nenhuma lidas pelo tribunal. Ficavam simplesmente arquivadas entre outros papéis e chamava-se a atenção para o fato de, por enquanto, o estudo e os interrogatórios ao acusado serem mais importantes do que qualquer defesa formal. Se o requerente os pressionasse, eles geralmente acrescentavam que, antes de o veredicto ser pronunciado, todo o material acumulado, incluindo, é claro, todo e qualquer documento relativo ao processo, e até mesmo a primeira petição, seriam detalhadamente examinados. Infelizmente, mesmo isto não era verdade na maioria dos casos, pois acontecia de a primeira petição perder-se com frequência e, ainda que ela se conservasse intacta até ao fim, mal a liam; segundo admitiu o advogado, isso não passava de rumores. Era tudo muito lamentável, mas não totalmente sem justificação. K. devia lembrar-se de que os processos não eram públicos; certamente que podiam, se o tribunal visse necessidade disso, torná-los públicos, mas a justiça não via essa obrigatoriedade. Por isso, o réu e o seu advogado não tinham acesso aos documentos do processo, tampouco à exposição difamatória, não se sabendo em termos gerais ou, pelo menos, com alguma precisão, que difamação continha a primeira petição. Assim, só por pura casualidade se veria nela alguma coisa útil para o processo. Só mais tarde se poderia emitir petições verdadeiramente eficazes e convincentes, quando fossem separadas as acusações e as evidências em que foram baseadas surgissem mais definitivas e pudessem ser deduzidas a partir dos interrogatórios.

Em tais circunstâncias, a defesa ficaria numa posição muito delicada e difícil. Todavia, esse fato era também intencional, na medida em que a defesa não era efetivamente favorecida pela lei, mas simplesmente tolerada, havendo diversidade de opiniões mesmo sobre este ponto, isto é, se a lei, na sua interpretação, admitiria ou não tal tolerância. Logo, nenhum dos advogados de defesa era reconhecido pela lei, pois todos os que se apresentavam perante o tribunal como advogados eram, na realidade, simples embusteiros. Este fato, em geral, produzira um efeito muito humilhante no campo profissional. Da próxima vez que K. visitasse o tribunal, devia dar uma olhadela pela sala dos advogados, apenas para a vê-la, ainda que fosse uma vez na vida. Ficaria provavelmente horrorizado com o tipo de pessoas que ali encontraria reunidas. A sala em si, pequena e apertada, mostrava bem o desprezo com que o tribunal tratava essas pessoas. Era iluminada apenas por uma claraboia, que ficava tão alta que, se alguém quisesse olhar dali para fora, um colega teria de o carregar nas costas e, mesmo assim, a fumaça da chaminé, que ficava próxima, o sufocaria e enegreceria o rosto. Para dar mais um exemplo do estado em que aquela sala se encontrava, havia no chão, há mais de um ano, um buraco não tão grande que uma pessoa pudesse ir por ele abaixo, mas suficientemente grande para nele caber a perna de um homem. A sala dos advogados situava-se no topo, mesmo acima do sótão, de tal modo que, se alguém caísse no buraco e a perna se enfiasse por ali dentro, ia sair no sótão embaixo, no corredor onde os clientes esperavam a sua vez. Não seria exagerado os advogados chamarem de escandalosas estas condições. As reclamações feitas às respectivas autoridades não produziam o mínimo efeito e tinha sido absolutamente proibido aos advogados fazerem reparações, quaisquer que elas fossem, ou alterações, ainda que à custa deles. Mesmo assim, havia uma certa justificação da parte das autoridades na atitude tomada. Elas queriam eliminar tanto quanto possível os advogados de defesa. Toda a responsabilidade da defesa devia incidir sobre o réu. Era um ponto de vista bastante razoável, se bem que não houvesse nada mais errado do que deduzir daqui que os réus não necessitavam de advogado de defesa perante este tribunal. Pelo contrário, em nenhum outro tribunal aquela assistência legal se tornava tão necessária, visto que os processos eram confidenciais, não só para o público em geral mas também para o réu.

Essa situação acontecia na medida do possível; no entanto, tinha-se já verificado em grande escala. Mais ainda, ao réu não era permitida a consulta dos processos, e deduzir, pelo decurso dos interrogatórios, quais documentos o tribunal mantinha propositadamente sob reserva era muito difícil, principalmente para uma pessoa acusada, já por si implicada e com toda a espécie de aborrecimentos a confundi-la. Era exatamente aí que entrava o advogado de defesa. De uma forma geral, não lhe era permitida a presença durante o depoimento e, consequentemente, tinha, logo após um interrogatório, de tornar a interrogar o acusado, se possível, mesmo da própria porta da sala, recolhendo das respostas, normalmente confusas, tudo o que pudesse ser utilizado na defesa. Mas mesmo isto não era o mais importante, pois assim não se podia deduzir muito, embora, é claro, como em qualquer outro setor, alguém mais apto conseguisse deduzir mais do que outros. O mais importante eram os contatos pessoais com os funcionários do tribunal. A chave da defesa se concentrava nisso. K. deve ter descoberto agora, por experiência, que a camada mais baixa na organização do tribunal não era de maneira alguma perfeita e continha elementos corruptos e venais, uma espécie de brecha no sistema hermético da justiça. Era aqui que os advogados insignificantes tentavam abrir caminho, subornando e conspirando, tendo na realidade havido, pelo menos noutros tempos, casos de documentos desviados. Era inegável que tais métodos podiam proporcionar ao acusado resultados surpreendentemente favoráveis, dos quais esses advogados se orgulhavam, fazendo propaganda deles como chamariz de novos clientes, mas não produziam efeito no andamento do processo, ou, antes, produziam, sim, um mau efeito. O que era valioso eram as amistosas relações pessoais que mantinham com os funcionários superiores, o que significa, naturalmente, os funcionários superiores das categorias mais baixas. Só através destes se podia exercer influência no andamento do processo, a princípio talvez imperceptivelmente, mas cada vez mais fortemente à medida que o processo ia correndo. Não havia dúvida de que apenas alguns advogados tinham essas ligações, e K., neste caso, fizera uma escolha muito feliz. Talvez apenas um ou dois outros advogados pudessem gabar-se de ter ligações idênticas às do dr. Huld. Estes não se preocupavam com a gentalha que enchia a sala dos advogados e nada tinham que ver com ela. No entanto, as suas relações de amizade com os funcionários do tribunal eram as mais íntimas.

Nem se tornava necessário que o dr. Huld se deslocasse ao tribunal com frequência, que esperasse na antessala dos juízes de instrução, que estes se decidissem a aparecer e que estivesse dependente da boa ou má disposição destes para conseguir talvez um sucesso ilusório ou nem mesmo isso. Não, tal como K. havia pessoalmente observado, os funcionários e, diremos mesmo, os muito categorizados entre eles, costumavam visitar o dr. Huld por decisão própria, dando voluntariamente informações com toda a franqueza ou, pelo menos, sugestões suficientemente claras, discutindo o imediato seguimento dos vários processos; mais ainda, deixando-se persuadir, por vezes, por um novo ponto de vista. É certo que não se devia depositar inteira confiança na rápida aceitação do novo ponto de vista, porque, se bem que tivessem declarado definitivamente aquela sua opinião, tão favorável à defesa, podia acontecer que fossem direto aos seus gabinetes e emitissem um relatório com um sentido oposto ou ainda mais severo para o réu do que a primitiva intenção, à qual tinham alegado haver renunciado completamente. Não há dúvida de que contra isso não havia qualquer remédio, visto que o que eles tinham dito particularmente tinha simplesmente sido dito particularmente e não podia ser seguido em público, mesmo que a defesa não fosse obrigada, por razões várias, a fazer o possível por manter os favores daquelas entidades. Por outro lado, era igualmente de considerar que não era por mero sentido de humanidade ou de amizade que visitavam advogados de defesa. Só advogados experientes, claro; realmente, estavam, até certo ponto, dependentes da defesa. Eram inevitáveis as desvantagens que se faziam sentir de um sistema judiciário que insistia desde o princípio na confidencialidade. O fato de se manterem à distância impedia que os funcionários contatassem com o público. No entanto, em processos vulgares, encontravam-se com bagagem suficiente, visto que processos desta ordem seguiam quase mecanicamente o seu caminho e apenas precisavam de um empurrão aqui e ali. Confrontados, porém, com processos muito simples ou com casos particularmente difíceis, era frequente encontrarem-se totalmente perplexos, pois não possuíam o mínimo conhecimento das relações humanas devido ao fato de passarem dia e noite amarrados ao funcionamento daquele sistema jurídico no qual se tornava indispensável o conhecimento da própria natureza humana. Era então que se viam obrigados a ir pedir conselho aos advogados, levando atrás deles um contínuo com os documentos que usualmente eram conservados secretos. Não se esperaria encontrar ali, sentados àquela janela, certos indivíduos que, numa situação desesperada, contemplavam a rua, enquanto o advogado, sentado à sua mesa, examinava os documentos na esperança de lhes poder dar um bom conselho.

E era então em ocasiões como esta que se podia verificar que aqueles homens levavam a sério a sua profissão, mergulhando em desespero quando se lhes deparavam obstáculos que a força das circunstâncias os impedia de vencer. De outro modo, também não se pode fazer-lhes a injustiça de considerar fácil a sua posição. As categorias dos funcionários dentro deste sistema judiciário eram de tal maneira infindáveis que nem mesmo os iniciados conseguiam avaliar a hierarquia delas no seu conjunto. Como consequência de os processos dos tribunais serem confidenciais para os funcionários subalternos, eles mal conseguiam seguir o andamento dos processos nos quais tinham estado a trabalhar; assim, aparecia frequentemente um caso especial dentro da órbita jurídica, sem se saber onde começava e onde acabava. Desta forma, o conhecimento derivado do estudo das várias fases dos processos, da decisão final e das razões dessa decisão ficava fora do alcance destes funcionários. Eram forçados a cingir-se à fase do processo que lhes tinha sido prescrita por lei; mas, relativamente ao que se seguia, por outras palavras, aos resultados do seu próprio trabalho, sabiam geralmente menos a esse respeito do que a própria defesa, que, em regra, permanecia em contato com o acusado quase até o fim do processo. Por conseguinte, também a este respeito tinham possibilidade de aprender muito com a defesa. Tendo isto em mente, deveria então K. ficar surpreendido ao descobrir que os funcionários viviam num estado de irritabilidade que muitas vezes se manifestava de uma maneira ofensiva ao lidarem com os seus clientes? Isso era do conhecimento geral. Todos os funcionários se encontravam num estado de irritação permanente, mesmo quando aparentavam estar calmos. Decerto que os advogados insignificantes eram os que mais sujeitos estavam a sofrer desse nervosismo. Esta, por exemplo, é uma história que se costuma contar e que parece ter foros de verdade: um velho funcionário, um homem bem-intencionado e calmo que tinha em mãos um caso, aliás, bastante prejudicado pelos requerimentos dos advogados, decidiu estudá-lo bem durante um dia inteiro e uma noite. Os funcionários são, efetivamente, mais conscienciosos do que ninguém. Pois bem, pela manhã, depois de vinte e quatro horas de trabalho com resultados provavelmente pequenos, dirigiu-se à porta de entrada e, escondido atrás dela, foi atirando pela escada abaixo todos os advogados que tentavam entrar. Os advogados reuniram-se embaixo e discutiram sobre a atitude a tomar; por um lado, não tinham realmente o direito de entrar, não podendo, consequentemente, pôr nenhuma ação contra o velho funcionário, e também, como já se disse, tinham de evitar colocar-se em oposição à classe dos funcionários; por outro, cada dia que passassem fora do tribunal era um dia perdido para eles e, deste modo, muito dependia da sua entrada na sala.

Por fim, decidiram que o melhor seria cansar o velho funcionário. Um após outro, os advogados corriam escada acima de modo a oferecer a maior das resistências passivas, deixando-se atirar de novo para os braços dos seus colegas. Isso durou cerca de uma hora e o velho funcionário – que já se sentia exausto devido ao trabalho noturno – ficou realmente tão cansado que regressou ao seu gabinete. A princípio, os advogados lá embaixo nem queriam acreditar e mandaram subir um deles para se assegurar de que a sala estava realmente livre. Só então puderam entrar e provavelmente nem a murmurar se atreveram, pois, embora o mais insignificante advogado possa ser, até certo ponto, capaz de analisar a situação dentro do tribunal, nunca ocorreu aos advogados a possibilidade de introduzir ou insistir numa reforma do sistema, enquanto – e isto era muito característico – quase todos os réus, mesmo os mais simples entre eles, descobriram, desde as primeiras fases dos processos, um interesse pelas reformas que frequentemente os obrigava a perder tempo e energias que poderiam ser empregadas com melhores resultados noutras coisas. A única atitude sensata era uma pessoa adaptar-se às condições existentes. Mesmo que fosse possível melhorar um pormenor aqui ou ali – e era simples loucura pensar nisso –, qualquer vantagem resultante dessa alteração só no futuro beneficiaria os clientes, enquanto os próprios interesses de quem a tivesse feito seriam imensamente prejudicados por atraírem a atenção dos sempre vingativos funcionários. Tudo menos isso! Uma pessoa deve conservar-se calma, ainda que isso choque com a sua maneira de ser, e tentar compreender que esta grande organização se mantém, por assim dizer, inalterável e que, se alguém se dispuser a modificar a disposição das coisas que giram à sua volta, corre o risco de perder o pé e cair na destruição, enquanto a organização simplesmente se corrigiria por meio de uma reação compensadora noutro sítio do seu maquinismo — desde que tudo se encontra ligado — e continua imutável, a não ser que, na realidade, o que é muito provável, se torne ainda mais rígida, mais vigilante, mais severa e mais implacável. Por isso se deve efetivamente deixar que os advogados executem o seu trabalho em vez de os perturbar. As censuras não eram de grande utilidade, especialmente quando o ofensor não tinha capacidade para distinguir as razões que as fundamentavam; apesar disso, não se podia deixar de dizer que K tinha prejudicado grandemente o processo com a sua falta de cortesia para com o chefe de repartição do tribunal.

Tal homem influente podia ter já sido riscado da lista dos que podiam fazer alguma coisa por K. Agora, ignora, claramente de propósito, a mais leve referência ao caso. Em muitas coisas, os funcionários eram como as crianças. Podem se sentir frequentemente tão ofendidos com a mais simples das ninharias – infelizmente, o comportamento de K. não se podia classificar de ninharia – que deixariam de falar mesmo aos velhos amigos, mostrando-lhes indiferença e se opondo a eles de todas as maneiras possíveis e imaginárias. Contudo, de repente, da maneira mais surpreendente e sem uma razão especial, riem-se de qualquer insignificante graça a que uma pessoa só se atreve por sentir que já nada tem a perder, e depois disto tornam-se amigos outra vez. De fato, torna-se fácil e, ao mesmo tempo, difícil lidar com eles, na medida em que não é possível traçar uma diretriz e segui-la nos seus contatos com eles. Algumas vezes fica-se surpreendido ao pensar que o tempo vulgar da vida de uma pessoa chega para reunir todos os conhecimentos necessários ao desempenho de uma profissão com um razoável sucesso. Sem dúvida que acabam chegando horas sombrias, tais como aquelas que todas as pessoas têm, em que acreditam que nada conseguiram alcançar, aquelas em que parece que só os casos que desde o começo foram predestinados a êxito chegaram a bom termo e que a ele chegariam de qualquer maneira e sem a colaboração de outrem, enquanto a qualquer dos outros estava sentenciado falhar, apesar de todas as manobras, todas as diligências, todas as vitoriazinhas enganadoras com as quais se envaidece. Isto era um estado de espírito, é claro, no qual absolutamente nada parecia certo, e assim ninguém podia categoricamente negar, quando interrogado, que a sua intervenção pudesse ter desviado casos que teriam corrido bastante melhor e pelo caminho certo se tivessem sido deixados andar por si próprios. Uma espécie desesperada de autoconfiança, em boa verdade, era, todavia, e em tais ocasiões, a única coisa que existia. Essas disposições, pois, não passavam de simples disposições, nada mais, angustiavam os advogados, muito especialmente quando um processo que até então tinha sido conduzido bem ao ponto desejado lhes era subitamente arrancado das mãos. Sem dúvida, isso era, acima de tudo, a pior coisa que podia acontecer a um advogado. Não que um cliente jamais dispensasse o advogado escolhido de conduzir o seu processo; tal coisa nunca acontecia, uma vez que um acusado, uma vez tendo designado um advogado, devia ficar com ele, acontecesse o que acontecesse. Como podia ele desembaraçar-se sozinho se tinha chamado alguém para ajudá-lo? Nunca, pois, tal acontecera, mas aconteceu algumas vezes ter o processo tomado um rumo tal que o advogado não mais conseguiu segui-lo.

O processo, o réu e tudo o mais ficavam simplesmente fora do alcance do advogado; mesmo então, as melhores relações com os funcionários do tribunal não conseguiam obter qualquer resultado, pois nem mesmo eles próprios sabiam de nada. O processo tinha simplesmente atingido a fase em que era rejeitada qualquer ajuda extra, visto que era agora conduzido em tribunais retirados, inacessíveis, onde o próprio acusado ficava fora do alcance de um advogado. Depois, um dia, quando regressasse à casa, encontraria sobre a escrivaninha um número infinito de requerimentos relativos ao processo que tinham sido redigidos com tanto trabalho e tantas esperanças; tinham-lhe sido devolvidos porque na nova fase em que o processo se encontrava já não eram admitidos como necessários; eram apenas papéis inúteis. Isto não significava de maneira nenhuma que o caso estivesse perdido, pelo menos, não havia provas evidentes para tal suposição; simplesmente, não se sabia mais nada acerca do caso nem jamais viria a saber-se. Agora, felizmente, tais ocorrências eram raras e, mesmo que o processo de K. fosse dessa natureza, ainda teria um longo caminho a percorrer antes de atingir aquela fase. Entretanto, oportunidades não faltariam para trabalho legal e K. devia ficar seguro de que elas seriam aproveitadas o máximo possível. O primeiro requerimento, como já se disse, ainda não tinha sido entregue, mas não havia pressa; muito mais importantes eram as consultas preliminares com os funcionários de destaque, as quais já se tinham realizado com êxitos diferentes, como é francamente fácil de admitir. Seria conveniente que, entretanto, não se divulgassem os pormenores que podiam prejudicar K., se supervalorizando ou abalando-o sem necessidade, podendo-se, contudo, afirmar que certos funcionários se mostravam muito afáveis e com muito boa vontade de ajudar, se bem que outros se tivessem mostrado menos favoráveis, mas de modo nenhum recusado a sua colaboração. No conjunto, o resultado foi, por conseguinte, muito satisfatório, embora não se devesse tirar conclusões definitivas. Todas as conversações preliminares começavam da mesma maneira e só à medida que estas evoluíam, o resultado mostrava ter ou não valor. De qualquer maneira, por enquanto, nada estava ainda perdido e, se conseguissem o auxílio do chefe de repartição do tribunal, apesar de tudo quanto acontecera – já se tinham dado alguns passos nesse sentido –, então, falando em linguagem cirúrgica, o caso poderia ser encarado como uma ferida limpa, podendo aguardar-se com confiança melhores resultados.

Quando falava dessa maneira, o advogado era incansável. Ele repassava tudo sempre que K. ia vê-lo. Havia algum progresso, mas ele nunca poderia saber que tipo de progresso era. O primeiro conjunto de documentos a serem apresentados estava sendo trabalhado, mas ainda não estava pronto, o que geralmente se revelou uma grande vantagem na próxima visita de K., pois a ocasião anterior teria sido um péssimo momento para entregá-los. Se K., estupefato com toda essa conversa, alguma vez dissesse que, mesmo considerando todas essas dificuldades, o progresso era muito lento, o advogado argumentaria que não era lento, mas que eles poderiam ter avançado muito mais se K. tivesse chegado a ele na hora certa. Mas ele chegara tarde e esse atraso traria ainda mais dificuldades, e não apenas no que dizia respeito ao tempo. A única interrupção bem-vinda durante essas visitas era sempre quando Leni ia levar chá ao advogado enquanto K. estava lá. Então ela ficava atrás de K. fingindo observar o advogado enquanto ele se curvava avidamente sobre a xícara, servia o chá e bebia. Disfarçadamente, deixava K. segurar sua mão. Sempre houve silêncio total. O advogado tomou o chá. K. apertou a mão de Leni e Leni às vezes ousava acariciar gentilmente os cabelos de K.

– Ainda está aqui, não é? – perguntava o advogado, depois de estar pronto.

– Queria tirar a louça! – disse Leni.

Apertavam pela última vez as mãos, o advogado enxugava a boca e voltava a falar com K. com energia renovada, não apenas no que dizia respeito ao tempo.

Será que o advogado pretendia infundir-lhe esperanças ou desespero? K. não sabia, mas não demorou a concluir que sua defesa não estava em boas mãos. Poderia ser que tudo o que o advogado dissera fosse certo, embora procurasse atribuir a si o papel principal e que na verdade nunca tivera sob sua responsabilidade um processo tão importante como ele achava que era o de K.

Ainda era suspeita a forma como ele mencionava, a toda hora, os seus contatos pessoais com os funcionários públicos. Deviam ser explorados apenas em benefício de K.? O advogado nunca se esqueceu de explicar que eram apenas funcionários subalternos, o que significava funcionários que dependiam de outros, e que a direção tomada em cada processo poderia ser importante para seu próprio progresso. Será que estavam se valendo do advogado para conduzir os processos em uma determinada direção, o que, é claro, sempre ficava às custas do réu? Certamente não significava que fariam isso em todos os processos, isso não era provável, e provavelmente também houve casos em que deram ao advogado vantagens e todo o espaço de que precisava para virar na direção que queria, pois também seria vantajoso para os funcionários manter sua reputação intacta. Se esse fosse realmente o relacionamento deles, como dirigiriam o julgamento de K., que, como o advogado havia explicado, era especialmente difícil e, portanto, importante o suficiente para atrair grande atenção desde o primeiro momento em que foi ao tribunal? Não poderia haver muita dúvida sobre o que eles fariam. Os primeiros indícios já se manifestavam no fato de os documentos iniciais ainda não terem sido apresentados, embora o processo corresse já há vários meses. Segundo o advogado, tudo ainda estava em seus estágios iniciais, o que foi muito eficaz, é claro, para tornar o réu passivo e mantê-lo indefeso. Então, ele poderia ser repentinamente surpreendido com o veredicto, ou pelo menos com uma notificação de que a audiência não havia decidido em seu favor e o assunto seria encaminhado a uma instância superior.

Era essencial que K. participasse pessoalmente. Em manhãs de inverno como esta, quando ele estava muito cansado e tudo se arrastava lentamente em sua cabeça, essa crença parecia irrefutável. Ele não sentia mais o desprezo pelo processo que havia experimentado antes. Se estivesse sozinho no mundo, teria sido fácil para ele ignorá-lo, embora também fosse certo que, nesse caso, o processo nunca teria surgido. Mas agora, seu tio já o tinha arrastado para ver o advogado, ele tinha que cuidar da família. Seu trabalho não estava mais totalmente separado do andamento do processo. Descuidadamente, com uma certa complacência inexplicável, mencionou para conhecidos e outras pessoas ficaram sabendo sobre ele, detalhes que ele não conhecia. E seu relacionamento com a Srta. Burstner parecia em apuros por causa disso. Em suma, ele não tinha mais escolha se aceitaria o processo ou recusaria. Estava no meio dele e tinha que se defender. Se ele estava cansado, isso era ruim.

Mas não havia razão para se preocupar muito antes que precisasse. Tinha sido capaz de alcançar alta posição no banco em um tempo relativamente curto e contava com o respeito de todos. Agora ele apenas tinha que usar no processo alguns dos talentos que tornaram isso possível, e não havia dúvida de que tudo tinha que correr bem. O mais importante era rejeitar de antemão qualquer ideia de que ele pudesse ser de alguma forma culpado. Não houve culpa. O processo não passou de um grande negócio, assim como ele já havia concluído em benefício do banco tantas vezes: um negócio que escondia muitos perigos à espreita, como costumavam fazer, e esses perigos precisavam ser defendidos. Se isso fosse alcançado, ele não deveria alimentar nenhuma ideia de culpa. Fosse como fosse, precisaria cuidar de seus próprios interesses o máximo que pudesse. Visto dessa forma, não havia escolha a não ser retirar a sua procuração do advogado muito em breve, na melhor das hipóteses, naquela mesma noite.

O advogado havia lhe dito, enquanto falava com ele, que isso era algo inédito e provavelmente lhe causaria muitos danos, mas K. não podia tolerar nenhum obstáculo aos seus esforços no que se refere ao seu processo, e esses obstáculos pareciam causados pelo próprio advogado. Mas, depois de dispensar o advogado, os documentos deviam ser apresentados imediatamente e, se possível, ele teria de providenciar para que fossem examinados todos os dias. É claro que não seria suficiente, se isso fosse feito, para K. sentar no corredor com o chapéu embaixo do banco como os outros. Dia após dia, ele mesmo, ou uma das mulheres ou outra pessoa em seu nome, teria de correr atrás dos funcionários e forçá-los a sentar em suas mesas e estudar a papelada de K. em vez de olhar o corredor através das grades de madeira. Não poderia haver abrandamento nestes esforços, tudo teria de ser organizado e fiscalizado, já era tempo de o tribunal se deparar com um acusado que sabia defender e fazer valer os seus direitos.

Mas quando K. teve a confiança de tentar fazer tudo isso, a dificuldade de redigir os requerimentos foi demais para ele. Mais cedo, cerca de uma semana antes, ele só poderia ter sentido vergonha de ser obrigado a escrever sua defesa por conta própria, mas nunca havia passado por sua cabeça que a tarefa também pudesse ser difícil. Ele se lembrou de uma manhã em que, já cheio de trabalho, de repente empurrou tudo para o lado e pegou um bloco de papel no qual esboçou algumas ideias de como documentos desse tipo deveriam ser escritos. Talvez ele os entregasse para aquele advogado estúpido, mas nesse momento a porta do escritório do gerente se abriu e o subgerente entrou na sala com uma gargalhada. K. ficou muito constrangido, embora o subgerente, é claro, não estivesse rindo dos requerimentos de K., dos quais ele nada sabia. O homem ria de uma anedota que acabara de ouvir e que para compreender precisava ilustrar com um desenho. Então o subgerente, inclinado sobre a escrivaninha de K., fez o desenho sobre a folha de papel destinada ao rascunho do requerimento.

Agora K. não mais sentia qualquer vergonha; era preciso redigir essa demanda. Se durante suas horas de escritório não achava tempo para fazê-lo, o que era muito provável, teria de escrevê-la em sua casa durante as noites. Se as noites também não fossem suficientes, pediria licença. Antes de tudo, era preciso evitar ficar na metade do caminho. Não apenas nos negócios, mas sempre e em todas as atividades era o pior que se podia fazer. É certo que a redação desse primeiro texto representava um trabalho quase infinito. Não precisava ter personalidade fraca para concluir que seria impossível conseguir terminar esse documento. E isso não por preguiça ou por falta de astúcia, que eram os fatores que apenas ao advogado podiam impedir de levar a termo tal redação, mas porque K. não sabia de que estava sendo acusado, de modo que tinha de relembrar toda a sua vida até nos menores detalhes e acontecimentos, para poder examinar todos os seus aspectos. Mas quão triste lhe era todo esse trabalho! Talvez fosse apropriado para aquelas pessoas já aposentadas cujo espírito voltou novamente à infância e para quem essa atividade ajudasse a preencher seus longos dias. Mas agora que K. necessitava concentrar todos os seus pensamentos no trabalho, agora que o dia, visto que sua carreira ascendente significava já uma ameaça para o subgerente do banco, se lhe passava com enorme rapidez, e que, como homem jovem, queria gozar suas breves tardes e noites livres, exatamente agora teria de se preocupar com a redação dessa defesa. Não cessava de se lamentar; quase mecanicamente e apenas para acabar com o estado em que se encontrava, apertou com um dedo o botão da campainha elétrica que soava na antessala. Enquanto isso, olhou para o relógio. Eram onze horas. Desperdiçara duas horas de tempo precioso, e está claro que se encontrava ainda mais cansado do que antes, apesar de não ter perdido completamente o tempo, já que tinha chegado a certas conclusões que lhe podiam ser valiosas. Os mensageiros trouxeram, junto com diversas cartas, dois cartões de visita de uns senhores que já há muito tempo aguardavam K. Eram dois clientes muito importantes do banco aos quais em caso algum deveria ter feito esperar. Por que vinham em momento tão inoportuno? E por que, pareceu a K. que se perguntavam os senhores atrás da porta fechada, o ativo K. esbanjava o tempo mais precioso das horas de trabalho em assuntos particulares? Cansado pelo que aconteceu e cansado já pelo que teria de vir, K. se pôs de pé para receber o primeiro desses senhores.

Era um homem baixo e ágil, um industrial a quem K. conhecia muito bem. Ao entrar, ele se desculpou por interromper o importante trabalho de K., que se desculpou por tê-lo deixado esperar. Contudo, K. disse estas palavras de desculpa de modo mecânico e com falsa entonação, de modo que, se o empresário não tivesse estado completamente absorvido pelo assunto que o levava a ver K., não deixaria de perceber. O homenzinho tirou apressadamente de todos os seus bolsos contas e tabelas, que estendeu sobre a mesa de K. enquanto explicava as diferentes cifras, corrigia algum pequeno erro de cálculo que tinha percebido naquele instante, e lembrava a K. que por volta de um ano atrás tinha fechado com ele um negócio semelhante. Não deixou, porém, de avisá-lo que desta vez outro banco estava interessado no assunto. Depois, calou-se, esperando que K. manifestasse a sua opinião. No começo, K. acompanhara realmente com grande atenção o discurso do cliente, pois o negócio, que era efetivamente importante, também lhe interessava. Só que, infelizmente isso durou pouco. Ao fim de um instante tinha deixado de prestar atenção, ainda que continuasse confirmando com movimentos de cabeça as ruidosas exclamações do industrial. Por fim, também teve de deixar de fazer esses movimentos e limitou-se a contemplar a cabeça calva daquele homem inclinada sobre os papéis e a se perguntar quando ele chegaria, enfim, a perceber que todos os seus discursos eram inúteis. Quando por fim se calou, K. acreditou no primeiro momento que era precisamente isso o que tinha acontecido e que o outro se calava para dar-lhe oportunidade de confessar que ele não estava em condições de ouvi-lo. Com pesar, notou pelo olhar atento do industrial, que visivelmente estava disposto a responder a todas as objeções, e que ia prosseguir em seguida com sua exposição sobre o negócio. K. inclinou então a cabeça, como obedecendo a uma ordem, e com o lápis começou a percorrer os papéis fazendo-o deter-se nesta ou naquela cifra. O homem esperava objeções, talvez os números não fossem realmente exatos, talvez não fossem verdadeiramente reveladores; por fim, cobrindo os papéis com a palma da mão, começou de novo, inclinando-se muito próximo de K., uma exposição geral de todo o negócio.

– É difícil – disse K., torcendo a boca e deixando-se cair sobre um braço da poltrona, já que os papéis, o único objeto a que se podia aferrar, estavam agora ocultos. E apenas dirigiu um débil olhar à porta quando esta se abriu e apareceu por ela não de um modo inteiramente claro, mas como envolvido em uma nuvem de gases, o próprio subgerente. K. não pensou nas consequências posteriores disso, mas unicamente no efeito imediato da presença do subgerente, que acolhia com alívio. O cliente se levantou de um salto de sua poltrona e apressou-se para ir ao encontro do subgerente; K. gostaria que ele o tivesse feito ainda dez vezes mais rápido, pois temia que o subgerente pudesse desaparecer novamente. Mas seus temores foram vãos, pois os dois senhores se encontraram, apertaram as mãos e chegaram juntos até a mesa de K. O empresário lamentou ter encontrado tão pouco interesse no negócio por parte do representante do banco e apontou K., que, sob o olhar do subgerente tinha voltado a inclinar-se sobre os papéis. Quando os dois senhores se apoiaram na mesa para conversar, e o empresário tudo fazia para conquistar a opinião do subgerente, pareceu para K. que por cima de sua cabeça aqueles dois homens eram gigantes e realizavam negociações referentes a ele. Levantando lentamente os olhos e com precaução, K. procurava inteirar-se do que estavam tratando lá em cima. Sem olhar, pegou uma folha de papel, colocou-a sobre a palma da mão e, pouco a pouco, enquanto ele mesmo se punha de pé, foi elevando-a para aqueles senhores. K. pensava que a nada determinado obedecia esse gesto, mas que agia desse modo unicamente com o sentimento de que deveria comportar-se assim se algum dia conseguisse redigir definitivamente aquele documento de defesa que haveria de libertá-lo por completo. O subgerente, que se achava inteiramente absorvido na conversação, apenas olhou ligeiramente o papel sem ler o que ele havia escrito, porque o que era importante para o gerente, para ele não tinha nenhuma importância, por isso se limitou a tomá-lo das mãos de K. enquanto dizia:

– Muito obrigado, já estou a par de tudo.

E depois voltou a depositar calmamente sobre a mesa. K., despeitado, olhou-o de soslaio. O subgerente nem sequer percebeu, e, no caso de ter percebido, isso não teria feito senão estimulá-lo, de modo que, rindo em voz alta, fez uma observação que claramente pôs o empresário em apuros, dos quais, contudo, o arrancou depois ao fazer ele mesmo uma objeção. Por fim, convidou-o a passar para a sala dele, onde poderia ajustar os pormenores do negócio.

– É um assunto muito importante – disse ao cliente. – Percebo perfeitamente. Estou certo de que o senhor gerente – mesmo ao fazer esta observação, dirigia-se apenas ao empresário – ficará feliz que o aliviemos deste trabalho. O negócio exige serena reflexão, e hoje o senhor gerente parece encontrar-se excessivamente fatigado; além do mais, espera-o na antessala uma multidão que está ali há algumas horas.

K. teve ânimo suficiente para ignorar o subgerente, que se dedicaria somente ao empresário, dando um sorriso cordial, mas rígido, pois não soube fazer outra coisa. Com ambas as mãos apoiadas na mesa e inclinando-se um pouco para a frente, como um vendedor atrás do balcão, ficou olhando como aqueles dois senhores, prosseguindo a conversação, apanhavam outra vez os papéis e desapareciam na sala do subgerente. Ao chegar à porta, o industrial se voltara ainda uma vez para explicar que não se despedia ainda do senhor gerente, mas que certamente iria depois informá-lo a respeito do resultado das conversações e para fazer-lhe também outra pequena comunicação.

Por fim, K. ficou sozinho. De nenhum modo pensou em fazer entrar os outros clientes e confusamente apresentou-se à sua consciência o pensamento de que seria muito agradável deixar as pessoas que aguardavam lá fora na crença de que ele se achava ainda negociando com o empresário e que por esse motivo ninguém podia entrar em seu escritório, nem mesmo o mensageiro. Chegou-se até a janela, sentou-se no parapeito, sustentando-se com uma mão na veneziana, e contemplou a praça que se estendia a seus pés. Continuava caindo neve. O tempo ainda não tinha clareado.

 Permaneceu assim, sentado, um bom espaço de tempo, sem saber que problemas o deixavam inquieto. De quando em quando olhava com algum sobressalto por cima do ombro para a porta da sala de espera, onde erroneamente acreditava ter ouvido algum rumor. Mas, como ninguém se apresentava, foi se tranquilizando. Foi até o lavabo, refrescou-se com água fria e com a cabeça mais descansada voltou a assentar-se na janela. A decisão que tomara de ocupar-se pessoalmente de sua defesa apresentou-se muito mais difícil de levar à prática do que a princípio acreditara. Enquanto sua defesa esteve abandonada nas mãos do advogado, tinha se sentido no fundo pouco afetado pelo processo. Observava de longe, sem o alcançar diretamente. Tinha podido considerar o estado da causa cada vez que quisera e também cada vez que quisera tinha podido tirá-lo de sua mente. Agora, em troca, se ele mesmo se ocupava de sua defesa, tinha de se expor, ao menos momentaneamente, por inteiro à justiça, procedimento que se tivesse êxito somente mais tarde poderia traduzir-se em uma libertação definitiva e categórica. Em todo caso, devia correr maiores perigos do que antes. Se a este propósito tivesse alimentado alguma dúvida, a entrevista que acabava de ter com o subgerente do banco e o empresário poderia convencê-lo amplamente. Que aconteceria, se já a mera decisão de defender-se a si próprio o tinha anulado deste modo? Que aconteceria mais tarde? Que dias o esperavam? Conseguiria finalmente encontrar o caminho que, vencendo todas as dificuldades, o guiasse a um bom fim? Porventura uma defesa eficiente – e outra coisa seria insensata –, acaso uma defesa eficiente não lhe exigiria ao mesmo tempo descuidar-se de tudo o mais? E que faria com o trabalho do banco? Já não se tratava unicamente de redigir uma contestação para que talvez uma simples licença seria bastante, ainda que por outro lado nesse momento seria altamente arriscado solicitar uma licença. Tratava-se de conduzir todo um processo cuja duração não se podia prever. Que obstáculo se apresentara inesperadamente na carreira de K.!

 E agora teria de trabalhar para o banco! Ficou um instante olhando por cima da mesa. Teria agora de fazer entrar os clientes e negociar com eles? Será que enquanto o processo seguia o seu curso, enquanto lá em cima, naquela água-furtada, os funcionários da justiça se inclinavam diante dos documentos do processo, tinha ele de atender aos negócios do banco? Não pareceria porventura como se a própria justiça lhe determinasse padecer ainda mais esse suplício como algo anexo ao processo? E por acaso no banco levavam em consideração a sua situação para avaliar o seu trabalho? Não, nunca. Seu processo era ali inteiramente ignorado, mesmo quando não podia estabelecer com clareza quem sabia algo dele e até que ponto. Era de esperar que os rumores não tivessem chegado ainda ao subgerente, e isso era o mais provável, pois de outro modo já teria se manifestado como esse personagem, sem nenhum sentimento de camaradagem nem de compaixão por K., aproveitava-se disso. E o diretor do banco? É certo que apreciava K., e muito, e que provavelmente tão depressa tivesse tido notícias do processo, teria procurado abreviar quanto lhe fosse possível as obrigações de K.; mas sem dúvida alguma não o teria conseguido, porque desde o momento em que o contrapeso de influências representado por K. começava a enfraquecer-se, dependia cada vez mais do subgerente que aproveitava, além disso, o mau estado de saúde do diretor para fortalecer seu próprio poder. Que podia, portanto, esperar K.? Talvez ao entregar-se a tais reflexões não fazia senão enfraquecer sua própria energia de resistência; mas por outro lado era também necessário, no momento, não enganar a si mesmo e tratar de enxergar tudo tão claro quanto fosse possível.

Sem ter qualquer motivo particular, mas unicamente para afastar ainda o momento de tornar a sentar-se à mesa, abriu a janela. Apenas conseguiu fazê-lo com dificuldade. Precisou empregar ambas as mãos para girar a trava. Imediatamente entrou na sala, através da janela, que era muito ampla e alta. Havia fuligem misturada com neve e um ligeiro cheiro de fumaça, de coisas queimadas. Também penetraram alguns flocos de neve impelidos pelo vento.

— Um outono horroroso! — disse às costas de K. o empresário, que inesperadamente havia saído da sala do subgerente e entrara na de K. Este concordou com um movimento de cabeça e ficou olhando inquieto a pasta do industrial do qual sem dúvida este começaria a tirar papéis para comunicar-lhe o resultado das negociações que tivera com o subgerente. Mas o cliente, que seguira a direção do olhar de K., bateu sobre sua pasta e declarou, sem abri-la:

— Gostaria que eu lhe contasse como decorreu a entrevista? A decisão final foi absolutamente como eu desejava. Seu subgerente é uma pessoa encantadora, mas perigosa em contas.

O cliente riu, apertou a mão de K., tentando fazê-lo rir também. Todavia, K. ficou desconfiado pelo fato de o industrial ter se oferecido para lhe mostrar os documentos, e não viu razão para rir. Disse:

– O senhor está muito abatido hoje. Parece tão desanimado...

– Sim – respondeu K., colocando a mão na testa – é uma dor de cabeça, coisas de família.

– Ah, sim! – volveu o industrial, que era um homem agitado e não conseguia dar muita atenção aos outros – todos nós temos os nossos problemas.

K. tinha dado involuntariamente um passo em direção à porta, como se fosse acompanhar o industrial até a saída, mas este disse:

– Há um pequeno assunto sobre o qual gostaria de lhe falar. Lamento muito, pois este não é o momento oportuno para o incomodar, mas, das últimas duas vezes em que vim aqui, esqueci-me de lhe falar dele. Se adio mais uma vez, perderá totalmente o interesse. Seria uma pena, na medida em que a minha informação poderá ser de alguma utilidade para você.

Antes que K. tivesse tempo de responder, o homem aproximou-se mais dele, bateu-lhe de leve com um dedo no peito e disse num tom de voz baixo:

– O senhor está envolvido num processo, não está?

K. recuou, gritando:

– Foi o subgerente quem lhe contou isso?

– De maneira nenhuma! – respondeu o industrial. – Como poderia o subgerente saber alguma coisa a este respeito?

– E como é que o senhor sabe? – questionou K., recompondo-se.

– É que eu reúno algumas informações que me são dadas de vez em quando acerca do tribunal – respondeu o industrial – e isso explica o que tenho para lhe contar.

– Parece que há muitas pessoas ligadas ao tribunal! – comentou K., com a cabeça inclinada enquanto regressava com o industrial à sua mesa.

Sentaram-se como tinham estado anteriormente e o industrial começou a falar:

– Infelizmente, não é que tenha muito para lhe dizer, mas, em casos como estes, uma pessoa deve tentar tudo para conseguir um fim. Além disso, tenho imensa vontade de ajudá-lo, ainda que a minha colaboração seja modesta. Até hoje temos sido sempre bons amigos nas nossas relações comerciais, não é verdade? K. procurou desculpar-se pelo seu comportamento durante a manhã, mas o industrial não quis sequer ouvi-lo, apertou bem a pasta debaixo do braço para mostrar que estava com pressa de ir embora e continuou:

— Ouvi falar do seu processo por um homem chamado Titorelli, que é pintor. Titorelli é apenas o seu nome profissional e não faço a mínima ideia de qual seja o seu verdadeiro nome. Há anos que ele vai de vez em quando ao meu escritório, levando-me alguns pequenos quadros pelos quais lhe dou uma espécie de esmola... ele é quase um mendigo. Não são maus os seus quadros, pinta charnecas e outros motivos deste gênero. Já estava habituado a eles, mas houve um momento em que ele começou a aparecer com demasiada frequência para o meu gosto e eu sentia curiosidade em saber como é que ele conseguia se manter apenas com as suas pinturas. Para meu grande espanto, descobri que ele ganhava a vida como pintor de retratos. Trabalhava para o tribunal, disse ele. "Para que tribunal?", perguntei eu. E foi então que ele me disse coisas deste tribunal. Com a sua experiência, o senhor pode bem avaliar como fiquei surpreendido com as histórias que ele me contou. Desde então, traz-me sempre as últimas novidades do tribunal e, desta forma, a pouco e pouco, tenho adquirido um conhecimento profundo do seu funcionamento. E claro que Titorelli dá muito com a língua nos dentes e tenho frequentemente impedido que ele o faça, não só porque pode estar mentindo, mas também, e principalmente, porque um homem de negócios como eu já tem muitos problemas que lhe dizem respeito, não podendo preocupar-se muito com os problemas dos outros. Isto vem apenas a propósito. Talvez, pensei eu, Titorelli pudesse ser-lhe útil, pois conhece muitos dos juízes e, embora ele próprio não tenha muita influência, poderá dizer-lhe como contatar pessoas influentes. Ainda que não o possa considerar um oráculo, parece-me que as informações dele, uma vez em seu poder, poderão tornar-se valiosas. É que o senhor é tão bom como um advogado. Digo muitas vezes: o senhor gerente é quase um advogado. Não estou de maneira alguma preocupado com o seu processo. Bem, importa-se de ir procurar Titorelli? Com uma recomendação minha, decerto fará pelo senhor tudo o que lhe for possível; penso, realmente, que o senhor devia ir. Não precisa ser hoje, claro, qualquer dia serve. Deixe-me acrescentar que o senhor não tem de se sentir obrigado a ir apenas por eu sugerir, de modo algum. Se acha que pode passar sem Titorelli, será melhor não o envolver neste assunto. O senhor até é capaz de já ter arquitetado o seu plano em pormenor, e Titorelli só viria atrapalhar. Nesse caso, será melhor não o procurar. Até porque procurar um sujeito daqueles para lhe pedir um conselho não é nada que deixe uma pessoa orgulhosa. De qualquer maneira, faça o que bem entender. Aqui tem a minha carta de recomendação e aqui está o endereço dele.

K. pegou na carta, sentindo-se frustrado, e enfiou-a no bolso. Mesmo nas circunstâncias mais favoráveis, as vantagens que resultassem dessa recomendação deviam ser superadas pelos perigos que lhe traria o fato de o industrial saber da existência do seu processo e de o pintor espalhar o que sabia a respeito dele. Mal pôde articular algumas palavras de agradecimento ao industrial, que já ia a caminho da porta.

– Irei procurar o homem! – disse ele estando à porta, quando se despedia com um aperto de mãos – ou escrevo-lhe para que venha aqui, visto que estou tão ocupado.

– Eu vi logo que o senhor gerente tentaria encontrar a melhor solução, embora, devo dizê-lo, pensasse que preferiria evitar receber aqui no banco uma pessoa como Titorelli para falar do seu caso com ele. Além disso, não parece aconselhável permitir que cartas suas andem pelas mãos de pessoas daquele tipo. No entanto, estou convencido de que já pensou em tudo isto e que sabe muito bem o que deve fazer.

K. abanou afirmativamente a cabeça e acompanhou o industrial até um pouco mais adiante através da sala de espera. Apesar de aparentar serenidade, sentia-se horrorizado com a sua falta de senso. Aquela sugestão de escrever a Titorelli tinha sido feita simplesmente para demonstrar ao industrial que ele apreciara as suas recomendações e significava que iria procurar imediatamente o pintor, mas, se agisse por si só e sem conselhos de outrem, ele não teria hesitado em escrever a Titorelli se considerasse importante a sua ajuda. Todavia, foi preciso que o industrial chamasse a atenção dos perigos ocultos por detrás de tal atitude. Teria ele realmente perdido já, até esse ponto, toda a capacidade de julgar? Se era possível que ele pensasse em convidar categoricamente um indivíduo duvidoso a visitá-lo no banco, a fim de lhe pedir um conselho acerca do seu processo, apenas com uma porta a separá-lo do subgerente, não seria também possível, e mesmo muitíssimo provável, que ele não reparasse também em outros perigos ou que cegamente corresse na sua direção? Não podia ter sempre gente ao seu lado a avisá-lo. E era neste momento, justamente quando tencionava concentrar todas as suas energias no processo, que começava a pôr em dúvida a eficácia das suas faculdades! Será que as dificuldades que se lhe deparavam ao executar o seu serviço no banco começavam agora a afetar também o seu processo? Por mais que pensasse, não conseguia compreender como pudera pensar em escrever a Titorelli e convidá-lo a ir ao banco falar com ele. Estava ainda sacudindo a cabeça, pensando nesse assunto quando o contínuo se aproximou dele e lhe indicou três senhores que estavam sentados num banco na sala de espera. Já ali estavam há muito tempo, aguardando que K. os mandasse chamar.

Logo que o contínuo abordou K., levantaram-se, tentando avidamente cada um deles aproveitar a ocasião para atrair a atenção de K. Já que os funcionários do banco mostravam tão pouca consideração por eles, fazendo-os perder o seu tempo na sala de espera, sentiam-se, por sua vez, também com o direito de usar da mesma falta de consideração.

– Ei, K... – começou um deles.

Contudo, K. tinha mandado buscar o seu sobretudo e, enquanto o vestia, disse o seguinte aos três senhores:

– Desculpem-me, meus senhores, lamento informá-los de que não tenho, neste momento, tempo de os receber. Peço-lhes desculpa, mas preciso de me ausentar para tratar de um assunto de serviço urgente e tenho de partir imediatamente. Os senhores tiveram oportunidade de ver com seus próprios olhos quanto tempo me tomou a entrevista com o último visitante. Poderiam fazer-me o favor de voltar amanhã ou outro dia qualquer? Ou então talvez pudéssemos tratar do assunto pelo telefone? Ou poderiam ainda informar-me agora, em breves palavras, do assunto que desejam tratar, eu darei amanhã uma resposta detalhada por escrito. Contudo, seria decerto preferível marcar uma entrevista para outro momento qualquer.

Tais sugestões deixaram os três homens, cujo tempo tinha sido assim desperdiçado sem nenhuma finalidade, tão surpreendidos, que apenas se entreolharam espantados e em silêncio.

– Então estamos entendidos? – inquiriu K., voltando-se para o contínuo que lhe trazia o chapéu.

Através da porta aberta do seu gabinete, podia ver que a neve caía agora mais espessa. Por isso, levantou a gola do sobretudo e abotoou-a até ao pescoço. Nesse preciso momento, o subgerente apareceu, vindo do gabinete ao lado, passou, sorridente, os olhos por K., que, com o sobretudo vestido, falava com os clientes, e perguntou:

– Vai sair, K.?

– Sim – respondeu K., endireitando-se – tenho de sair em serviço.

Entretanto, o subgerente tinha se voltado já para os três clientes e perguntou:

– E estes senhores? Suponho que eles estejam à espera há muito tempo.

– Já decidimos sobre o que temos a fazer! – respondeu K.

No entanto, os clientes, nesta altura, já não conseguiam manter o mesmo respeito e, colocando-se à volta de K., começaram a protestar, dizendo que não teriam esperado tanto tempo se o assunto que ali os levava não fosse importante, para não dizer urgente, necessitando de ser discutido imediatamente, com todo o detalhe e em particular. O subgerente escutou-

-os por momentos, observando, ao mesmo tempo, K., que permanecia de chapéu na mão, sacudindo-lhe pó, e fez a seguinte observação:

– Meus senhores, há uma solução muito simples. Se me aceitarem, terei muito prazer em me pôr à sua disposição no lugar do senhor gerente. Com certeza que os seus problemas têm de ser atendidos imediatamente. Somos igualmente homens de negócios e sabemos bem o valor que o tempo tem para nós. Querem ter a bondade de me acompanhar?

E abriu a porta que dava para a sala de espera do seu próprio gabinete. Que esperto que o subgerente foi ao apossar-se da propriedade que K. se via forçado a abandonar! Mas não estaria K. largando mais do que era absolutamente necessário? Enquanto, com a mais vaga e tênue das esperanças, corria para se encontrar com um pintor desconhecido, o seu prestígio no banco sofria um dano irreparável. Seria, provavelmente, muito melhor para ele tirar o sobretudo e aplacar pelo menos dois dos seus clientes que esperavam na sala ao lado a sua vez de serem atendidos pelo subgerente. K. talvez tivesse tentado fazê-lo se nesse momento não visse o subgerente dentro do seu próprio gabinete a remexer nas suas pastas de arquivo, como se estas lhe pertencessem. Muito perturbado, K. aproximou-se da porta do gabinete, pelo que o subgerente exclamou:

– Ah, ainda não foi embora.

Voltou a cara para K., e as profundas linhas do seu rosto pareciam traduzir força em vez de velhice.

E recomeçou imediatamente a busca:

– Ando à procura de uma cópia de um contrato que o representante da firma diz estar entre os seus papéis. Não quer ajudar-me a encontrar? K. deu um passo em frente, mas o subgerente disse: – Obrigado, já o encontrei.

Levando consigo uma enorme pilha de documentos que obviamente continha não só a cópia do contrato mas também muitos outros papéis, regressou ao seu gabinete.

"Não tenho paciência com ele, mas, logo que as minhas dificuldades pessoais fiquem resolvidas, ele será o primeiro a sentir, e não gostará nem um pouco", K. pensou.

Um tanto acalmado por estes pensamentos, K., deu as suas instruções ao contínuo, que há muito tempo conservava aberta a porta do corredor, e em seguida, exaltado com a ideia de poder devotar-se inteiramente ao seu processo por algum tempo, saiu do banco. Tomou imediatamente um carro para o endereço onde o pintor vivia, num subúrbio situado quase no extremo da cidade diametralmente oposto ao das repartições do tribunal. Era uma parte mais pobre do que a do outro subúrbio, as casas eram ainda mais escuras, as ruas repletas de lixo lamacento, que lentamente se ia misturando com a neve derretida. Na casa onde o pintor vivia, apenas metade da grande porta dupla estava aberta e, por baixo da outra metade, na alvenaria junto ao chão, havia um buraco do qual, à medida que K. se aproximava, ia saindo um horrível líquido amarelo, fumegante, de onde alguns ratos fugiam para dentro do canal ao lado. Ao fundo das escadas, um menino gritava com o rosto encostado no chão. Mas mal se conseguiam ouvir os seus gritos por causa do barulho ensurdecedor que vinha da oficina de um funileiro situada no outro lado da entrada. A porta da oficina estava aberta; três aprendizes estavam em volta de um objeto no qual batiam com os seus martelos. Uma grande folha de zinco que estava pendurada na parede refletia uma luz pálida que incidia no meio de dois dos aprendizes e lhes iluminava os rostos e os aventais. K. apenas deu uma olhada em tudo isto, pois desejava despachar-se dali o mais depressa possível, tencionando fazer ao pintor uma porção de perguntas apenas para o sondar e regressar imediatamente ao banco. Se ele tivesse sorte nesta visita, o seu trabalho no banco, durante o resto do dia, só o beneficiaria com isso. Quando chegou ao terceiro andar, teve de moderar o passo, visto que já se sentia quase sem fôlego, porque não só as escadas como também os andares eram desproporcionalmente altos, e o pintor, segundo se dizia, vivia quase no topo, numas águas-furtadas. O ar era sufocante. Não havia vão no centro daquelas estreitas escadas, que estavam rodeadas de um lado e do outro por paredes brancas, vendo-se ao longe uma minúscula janela. Justamente na altura em que K. parava para respirar fundo, algumas garotinhas surgiram correndo de um dos apartamentos e, rindo, subiram as escadas, ultrapassando-o. K. seguiu-as lentamente, junto com uma delas que tropeçara e ficara para trás, de modo que, ao subirem lado a lado, ele lhe perguntou:

— Mora aqui um pintor chamado Titorelli?

A garota, que era levemente corcunda e mal aparentava ter 13 anos, o cutucou de leve com o cotovelo e olhou para ele astuciosamente. Nem a sua juventude nem a sua deformação evitaram que ela se tornasse prematuramente debochada. Ela nem sequer sorriu, mas, sem pestanejar, fixou K. com um olhar penetrante e descarado. K. fingiu não ter notado o seu comportamento e perguntou:

— Conhece o pintor Titorelli?

Ela acenou afirmativamente com a cabeça e indagou, por sua vez:

— O que quer com ele?

K. achou que era uma boa oportunidade para saber mais alguma coisa de Titorelli enquanto ainda tinha tempo:

– Quero que ele pinte o meu retrato! – respondeu ele.

– Pintar o seu retrato? – repetiu ela, abrindo a boca surpresa e, dando em seguida uma palmadinha em K., como se este tivesse dito alguma coisa extraordinariamente imprevisível ou estúpida, levantou com ambas as mãos as saias, já curtas, e correu o mais que pôde atrás das outras garotinhas, cujos gritinhos já mal se ouvia.

Contudo, logo na volta seguinte da escada, K. deu de frente com todas elas. Não havia dúvida de que a rapariga corcunda tinha ido contar às outras as intenções de K., estando por isso todas ali à sua espera. Formaram filas, uma de cada lado da escada, encostando-se o máximo possível à parede para deixarem a K. espaço para passar, alisando as saias com as mãos. Os seus rostos denotavam a mesma mistura de infantilidade e depravação que dera origem à ideia de o fazer passar entre elas. No topo da fila das raparigas, que agora se juntavam atrás de K. soltando gargalhadas, estava a corcunda, pronta a mostrar o caminho. Graças a ela, foi direto à porta que pretendia encontrar. Ele tencionava continuar a subir, mas ela indicou-lhe uma escada lateral que se desviava para a casa de Titorelli. Essa escada era muito estreita, bem comprida e sem curvas, podendo assim ser vista em todo o seu comprimento e terminando abruptamente na porta de Titorelli. Contrastando com o resto da escada, a porta era bem iluminada por uma pequena bandeira colocada em forma de ângulo por cima dela e era feita de pranchas por pintar, nas quais se via apenas o nome Titorelli em grandes pinceladas vermelhas. K. encontrava-se com a sua escolta quase no meio da escada quando alguém, lá em cima, certamente perturbado pela algazarra de tantos pés, abriu um pouco a porta. Surgiu um homem que parecia usar apenas uma camisa por cima da pele.

– Oh! – gritou ele quando viu o ajuntamento aproximar-se e desapareceu imediatamente.

A corcunda bateu palmas de contente e as outras garotas se juntaram atrás de K. para obrigá-lo a andar mais depressa. Contudo, ainda estavam a caminho do topo da escada quando o pintor abriu completamente a porta, convidando, com uma reverência, K. a entrar. Quanto às garotas, mandou-as embora, pois não queria deixar entrar nenhuma delas, ainda que, impacientemente, implorassem e tentassem entrar pela força mais do que por permissão. A corcunda conseguiu se enfiar sozinha para dentro de casa, passando por baixo do seu braço esticado. Mas ele correu atrás dela, agarrou-a pelas saias, a fez girar em volta da sua cabeça e em seguida colocou-a em frente da porta, entre as demais garotas, que entretanto não se intimidavam, embora tivessem deixado de atravessar a entrada. K. não sabia o que fazer no meio de tudo aquilo, pois todos pareciam estar nas mais amistosas relações de amizade. As garotas que se encontravam fora da porta estendiam os pescoços umas por detrás das outras, gritavam os ditos mais divertidos ao pintor, que K. não entendia, e o pintor ria também quando quase arremessava a corcunda pelo ar. Então fechou a porta, fez mais uma reverência a K., estendeu a mão e disse, apresentando-se:

– Sou o pintor Titorelli.

K. apontou para a porta atrás da qual as garotas cochichavam e disse:

– O senhor parece ser o favorito por aqui.

– Ah, aquelas pirralhas! – disse o pintor, tentando inutilmente abotoar o botão da camisa do pijama.

Estava descalço e, além da camisa de dormir, envergava apenas um par de calças de linho amarelo, de pernas largas e presas com um cinto cuja longa ponta balançava de um lado para o outro.

– Garotada inoportuna! – continuou ele, enquanto desistia de abotoar a roupa, já que o botão de cima tinha acabado de cair. Foi buscar uma cadeira e obrigou K. a se sentar.

– Pintei uma vez uma delas... nenhuma das que acabou de ver... e desde então passam o tempo me perseguindo. Quando estou sozinho, elas só entram se eu deixar, mas, quando me vou embora, há sempre pelo menos uma que fica aqui. Mandaram fazer uma chave da minha porta e vão passando umas às outras. O senhor nem pode imaginar o transtorno que isso me causa. Por exemplo, se trago aqui uma senhora cujo retrato quero pintar, abro a porta com a minha própria chave e descubro a corcunda ali em cima da mesa, pintando os lábios com os meus pincéis, enquanto as irmãzinhas, de quem ela tem de tomar conta, correm por todo lado, deixando tudo num reboliço. Ou ainda, e isto aconteceu na realidade ontem à noite, regresso muito tarde... a propósito, esta é a razão por que me encontro ainda neste estado de desalinho, bem como o meu quarto, pelo que peço desculpa... regresso, pois, muito tarde e, quando começo a subir para a cama, sinto que há qualquer coisa que me agarra por uma perna; espreito debaixo da cama e num puxão arrasto uma destas pestes. Por que razão fazem isso, não consigo descobrir, pois, como deve ter notado, não as encorajo. É claro que isto tudo perturba o meu trabalho. Se não vivesse aqui sem pagar nada, há muito que teria me mudado.

Exatamente nesse momento, ouviu-se uma vozinha aflautada por detrás da porta dizer, impaciente e carinhosamente:

— Titorelli, já podemos entrar?

— Não! — respondeu o pintor.

— Nem mesmo eu? — perguntou de novo a mesma voz.

— Nem mesmo você! — respondeu o pintor, dirigindo-se à porta e fechando-a. K. tinha estado a observar o quarto. Nunca ocorreria a ninguém chamar àquele miserável buraco de atelier. Mal se podia dar dois passos em qualquer das direções. Todo o quarto, o chão, as paredes e o teto, era uma caixa de pranchas de madeira com rachaduras entre elas. Em frente de K., encostada à parede, havia uma cama com uma diversidade de roupas a cobri-la. No meio do quarto estava um cavalete com uma tela coberta por uma camisa cujas mangas suspensas batiam no chão. Atrás de K. havia uma janela através da qual, com o nevoeiro, não se conseguia ver senão o teto da casa em frente, coberto de neve.

A volta que a chave deu dentro da fechadura fez K. se lembrar de que não tencionava se demorar. Desta forma, puxou a carta que o industrial lhe havia dado e que enfiara no bolso, e entregou-a ao pintor, dizendo:

— Este senhor, que é um conhecido seu, me falou do senhor, e vim aqui por sua sugestão.

O pintor leu rapidamente a carta e atirou-se para cima da cama. Se o industrial não tivesse dado tão claramente a entender que Titorelli era um pobre homem conhecido que dependia de caridade, qualquer pessoa pensaria que Titorelli não conhecia efetivamente o industrial ou que, pelo menos, não se lembrava dele. A seguir perguntou:

— Veio aqui para comprar quadros ou para eu lhe pintar o retrato?

K. fitou-o surpreso. O que diria a carta? Ele tinha naturalmente pensado que o industrial diria a Titorelli que ele não ia ali por qualquer razão que não fosse inquirir algo acerca do seu processo. Tinha sido demasiadamente precipitado e descuidado ao apressar-se a procurar este homem. Contudo, como tinha de dar uma resposta, perguntou, olhando para o cavalete:

— O senhor está trabalhando agora em algum quadro?

— Sim, estou! — respondeu Titorelli, tirando a camisa para destapar o cavalete e atirando-a para cima da cama, para junto da carta. — É um retrato. Um belo trabalho que ainda não está completamente acabado.

K. estava aparentemente com sorte: a oportunidade de falar do tribunal acabava de se lhe apresentar, pois este era obviamente o retrato de um juiz. Mais ainda, lembrava extraordinariamente o retrato que estava pendurado no escritório do advogado. Na verdade, era um juiz completamente diferente, era um homem forte com uma espessa barba preta que chegava bem até às bochechas, de ambos os lados. Além disso, o outro retrato era pintado a óleo, enquanto este era uma pintura a pastel, de contornos leves e pouco nítidos. No entanto, o resto assemelhava-se bastante, visto que também neste retrato o juiz parecia estar levantando ameaçadoramente da sua cadeira de espaldar, apertando com firmeza os braços desta.

A princípio, K. ia dizer que devia se tratar de um juiz, mas deteve-se por momentos e aproximou-se do retrato, como se desejasse estudar os pormenores. Não conseguia identificar aquela grande figura que surgiu no meio do quadro, mesmo por trás do espaldar da cadeira, e perguntou ao pintor quem é que ela representava. O pintor respondeu que a figura ainda precisava de uns retoques, indo buscar à mesa um lápis com o qual começou a trabalhar um pouco no contorno, mas sem tornar a figura mais reconhecível para K.

– Representa a justiça – disse por fim, o pintor.

– Agora consigo identificá-la – respondeu K. – Lá está a venda sobre os olhos e aqui está a balança. Mas a figura não tem asas nos pés e não vai a voar?

– Sim – respondeu o pintor – as instruções que recebi foram que a pintasse assim. Efetivamente, representa simultaneamente a justiça e a vitória.

– Não é, seguramente, a melhor das combinações! – continuou K., sorrindo. – A justiça deve conservar-se quieta, pois, de outra forma, a balança oscilará e não será possível uma sentença justa.

– Tive de seguir à risca as ordens do meu cliente! – respondeu o pintor.

– Sem dúvida que sim! – comentou K., que não queria, com a sua observação, causar qualquer melindre. – O senhor pintou a figura exatamente como ela realmente se apresenta por cima da cadeira.

– Não – disse o pintor. – Nem vi a figura nem vi a cadeira, são apenas pura invenção, mas se me dizem o que devo pintar, eu pinto.

– Como diz? – inquiriu K. deliberadamente, fingindo não ter percebido. – Não é um juiz sentado na sua cadeira?

– Sim – continuou o pintor –, mas não é de maneira alguma um juiz muito qualificado e nunca em toda a sua vida se sentou numa cadeira dessas.

– E, todavia, é retratado assim numa posição tão solene? É que ele senta-se ali como se fosse o verdadeiro presidente do tribunal.

– Sim, é que eles são muito presunçosos, estes senhores! – comentou o pintor. – No entanto, os seus superiores ainda lhes dão autorização para se deixarem retratar dessa maneira. Cada um deles recebe instruções sobre como deve mandar executar o seu retrato. Simplesmente, não se pode notar os pormenores do fato e do assento ao ver este retrato, pois, infelizmente, o tom pastel não é adequado a esse tipo de coisa.

– Na verdade – retorquiu K. –, é curioso o senhor ter utilizado o tom pastel.

– O meu cliente assim o quis – respondeu o pintor. – Ele deseja oferecer o retrato a uma senhora.

O aspecto do quadro pareceu fazer nascer nele um súbito ardor, de modo que enrolou as mangas da camisa, pegou em vários tons pastéis e, enquanto K. observava as delicadas tonalidades, um sombreado vermelho começou a crescer em redor da cabeça do juiz, um sombreado que se afilava em longos raios à medida que se aproximava das bordas do quadro.

Pouco a pouco, este jogo de sombras ia rodeando a cabeça como uma auréola ou uma condecoração. A figura da justiça, no entanto, mantinha-se brilhante, exceto por um toque quase imperceptível da sombra. Aquele brilho punha-a em destaque, deixando de parecer a deusa da justiça ou mesmo a deusa da vitória e lembrando, em contrapartida, a deusa da caça em plena ação.

Contra sua vontade, K. sentia que o trabalho do pintor o atraía e, por fim, começou a censurar-se por ter permanecido ali tanto tempo sem sequer tocar no assunto que o tinha levado à casa de Titorelli.

– Como se chama este juiz? – perguntou ele, de repente.

– Não estou autorizado a divulgar! – respondeu o pintor, inclinando-se sobre o retrato e ignorando ostensivamente a presença do visitante, que a princípio tinha cumprimentado com tanta consideração.

Atribuiu essa atitude a um capricho e ficou incomodado por estar perdendo seu tempo desta maneira.

– Suponho que o senhor seja uma pessoa de confiança do tribunal, não é assim? – perguntou ele.

O pintor descansou imediatamente os seus pincéis, endireitou-se, esfregou as mãos e fitou K. com um sorriso.

– Vamos lá, bota para fora a verdade – disse ele. – O senhor deseja saber alguma coisa referente ao tribunal, tal como a sua carta de recomendação me diz, e começou a falar das minhas pinturas apenas para me conquistar. Não levo isso a mal, pois o senhor não podia adivinhar que essa não era a maneira ideal de me levar. Oh, por favor, não precisa pedir desculpa! – disse ele abruptamente mal, impedindo a tentativa de K. de fazer qualquer objeção. Em seguida, continuou:

— Além disso, o senhor teve razão em tudo o que disse. Sou da confiança do tribunal.

Fez uma pausa como se quisesse dar a K. o tempo suficiente para digerir este fato. Podiam agora ouvir de novo as garotas da porta. Deviam estar todas reunidas junto do buraco da fechadura, podendo certamente espreitar para dentro do quarto através dos vãos da porta. K. desistiu de pedir qualquer desculpa, visto que não estava interessado em desviar o rumo da conversa nem queria que o pintor se sentisse tão importante que se tornasse inacessível, e, desta forma, perguntou:

— O seu emprego é de nomeação oficial?

— Não — respondeu-lhe o pintor laconicamente, como se a pergunta o tivesse interrompido.

Como K. estava ansioso para fazê-lo continuar, acrescentou:

— Bem, empregos assim não oficializados têm uma influência maior do que os oficialmente reconhecidos.

— É exatamente o que acontece comigo! — volveu logo o pintor, franzindo as sobrancelhas e acenando com a cabeça afirmativamente.

— O industrial falou-me ontem do seu caso e perguntou-me se eu estaria disposto a ajudá-lo; eu lhe respondi: "Deixe o homem vir aqui me procurar", tendo ficado satisfeito por vê-lo aqui tão cedo. — Parece que o processo o preocupa bastante, o que, não há dúvida, não é de surpreender. Não deseja tirar o seu casaco por uns momentos?

Embora K. tivesse em mente ficar pouco tempo, esse convite era muito bem-vindo. Já começara a sentir o ambiente sufocante e até tinha várias vezes olhado surpreendido para um pequeno aquecedor a um canto, mas que não parecia sequer estar funcionando. O calor sufocante dentro do quarto era inexplicável. K. despiu o sobretudo, desabotoando também o casaco, e o pintor disse, justificando-se:

— Tenho de me sentir quente. Este quarto é muito aconchegado, não é? Sinto-me muito bem neste ambiente.

K. nada disse a este respeito, pois não era exatamente o calor que o fazia sentir desconfortável, mas a atmosfera abafada e sufocante. O quarto não era certamente arejado há muito tempo. O seu desconforto aumentou quando o pintor lhe pediu que se sentasse na cama, enquanto ele próprio se sentava na única cadeira que havia no quarto, que ficava ao pé do cavalete. Titorelli também parecia não compreender as razões que levavam K. a sentar-se na beira da cama e insistia com ele para que se sentasse confortavelmente, empurrando-o até ao meio das roupas da cama e almofadas. Em seguida, regressou à cadeira e fez a sua primeira pergunta séria, que levou K. a esquecer tudo.

– O senhor é inocente? – perguntou ele.

– Sim! – respondeu K.

Responder a esta pergunta deu-lhe uma sensação de prazer, especialmente porque se dirigia a um particular e, por isso mesmo, não tinha de recear as consequências. Ninguém lhe tinha ainda feito uma pergunta tão franca. Para gozar até o fim a sua satisfação, acrescentou:

– Sou completamente inocente.

– Compreendo – comentou o pintor, inclinando a cabeça como se estivesse pensando.

De repente, ergueu-a de novo e disse:

– Se o senhor é inocente, o assunto é muito simples.

Os olhos de K. escureceram e pensou: "este homem, que se diz ser da confiança do tribunal, fala como uma criança ignorante." – A minha inocência não torna o caso de maneira nenhuma mais simples. – afirmou K.

Contudo, no meio de tudo isto, não pôde deixar de sorrir. Em seguida, abanou a cabeça lentamente e disse:

– Tenho de lutar contra um número sem fim de astúcias em que o tribunal se empenha. E, por fim, do nada, do absolutamente nada, se fabrica uma enorme culpa.

– Sim, sim, é verdade! – respondeu o pintor, como se K. estivesse interrompendo o curso das suas ideias sem necessidade. – No entanto, o senhor está de qualquer forma inocente?

– Com certeza que estou! – garantiu K.

– Isso é o mais importante – continuou o pintor.

Ele não se deixava comover com argumentos, mas, apesar do seu carater decisivo, não se percebia bem se falara por convicção ou por mera indiferença. K. queria primeiro certificar-se disto e disse:

– O senhor conhece o tribunal muito melhor do que eu, tenho a certeza, e a respeito dele não conheço mais do que aquilo que ouvi contar às pessoas das mais diversas condições. Contudo, todas elas concordam numa coisa: é que as acusações nunca são feitas frivolamente e o tribunal, uma vez feita uma acusação contra alguém, convence-se em absoluto da culpa do acusado, sendo só à custa de muitas dificuldades que se consegue persuadi-lo do contrário.

– De muitas dificuldades? – gritou o pintor, levantando um dedo no ar. – O tribunal nunca fica persuadido do contrário. Se eu tivesse de pintar todos os juízes numa fila, numa tela, e o senhor tivesse de apresentar o seu caso perante eles, poderia esperar mais sucesso do que perante um verdadeiro tribunal.

– Bem vejo! – disse K. para consigo mesmo, esquecendo-se de que apenas desejava sondar o pintor.

De novo se ouviu a voz de uma garota a chamar por detrás da porta.

– Titorelli, ele ainda não vai embora?

– Calem-se! – gritou o pintor por cima do ombro –Vocês não veem que estou ocupado com este senhor?

A garota, contudo, não se convencendo, perguntou:

– Vai pintar o retrato dele?

Como o pintor não respondesse, ela continuou:

– Por favor, não pinte um homem assim tão feio.

As outras gritaram em coro numa confusa tagarelice. O pintor deu um pulo até a porta, abriu-a um pouco e disse:

– Se vocês não pararem com esse barulho, eu as jogo pela escada abaixo. Sentem-se ali nos degraus e fiquem caladas.

Aparentemente, elas não lhe obedeceram imediatamente, pois ele teve de lhes gritar, numa voz de comando:

– Já para a escada!

Depois disto, tudo ficou sossegado.

– Desculpe-me! – pediu o pintor, voltando-se novamente para K.

Este mal tinha olhado para a porta, deixando ao pintor a tarefa de protegê-lo. E mesmo depois quase não se mexeu quando o pintor, debruçando-se, segredou-lhe ao ouvido de modo que as garotas lá fora não pudessem ouvi-lo:

– Estas garotas também pertencem ao tribunal.

– Como? – gritou K., voltando a cabeça para fixar o pintor.

Mas Titorelli sentou-se de novo na sua cadeira e explicou, meio brincando:

– Veja que tudo pertence ao tribunal.

– Aí está uma coisa em que ainda não tinha reparado – comentou K.

A afirmação generalizada do pintor tirou de sua observação todo o sentido perturbador. No entanto, K. permaneceu por algum tempo a olhar para a porta, atrás da qual as garotas se conservavam sossegadamente sentadas nos degraus. Uma delas tinha introduzido uma tira de palha numa fenda existente entre as pranchas da porta e movia-a lentamente de um lado para o outro.

— O senhor não parece fazer ainda uma ideia geral do tribunal — disse o pintor, estendendo e afastando as pernas e batendo com os sapatos no chão.

— Contudo, como está inocente, não tem necessidade disso. Eu sozinho hei de livrá-lo de dificuldades.

— Como vai fazer isso? — perguntou K. — É que há momentos o senhor disse-me que o tribunal não se deixa influenciar por provas.

— Só se deixa influenciar por provas que sejam levadas perante o tribunal — explicou o pintor, levantando um dedo como se K. não se tivesse apercebido daquela sutil diferença. — Mas o problema torna-se completamente diferente se houver alguém a atuar nos bastidores, isto é, nos escritórios dos advogados, nos corredores ou mesmo neste atelier.

O que o pintor acabara de dizer já não parecia tão incrível a K., pois até se coadunava com o que ouvira dizer de outras pessoas. Mais ainda, era, na realidade, muitíssimo promissor. Se um juiz podia realmente ser tão influenciável pelas suas ligações pessoais, tal como o advogado insistia em afirmar, então as ligações do pintor com estes presunçosos funcionários eram especialmente importantes e não deviam ser subestimadas. Isso tornava o pintor um excelente elemento a ser recrutado para o círculo de colaboradores que K. ia gradualmente reunindo à volta. O seu talento de organizador já fora altamente elogiado no banco e, agora que ele tinha de agir por sua inteira responsabilidade, via chegada a oportunidade de o provar à sociedade.

Titorelli observou o efeito que as suas palavras tinham produzido em K. e em seguida disse, com uma certa inquietação:

— Talvez o surpreenda o fato de eu falar quase como um jurista. Foi devido à minha constante ligação com gente de direito que tais conhecimentos se desenvolveram em mim. Tenho tirado muitas vantagens desse fato, evidentemente, mas, em contrapartida, tenho perdido muito do meu entusiasmo como artista.

— Como é que começaram os seus contatos com os juízes? — perguntou K., que procurava ganhar a confiança do pintor antes de, efetivamente, incluí-lo na lista dos que o ajudavam.

— Foi muito simples — afirmou o pintor. — Herdei os bons ofícios, pois meu pai foi o pintor do tribunal antes de mim. É um lugar hereditário. Os jovens não servem para ele. Há tantas leis complicadas e variadas e, acima de tudo, secretas, estabelecidas relativamente à maneira de pintar os funcionários de acordo com as suas diferentes categorias, que o conhecimento delas está limitado a certas famílias. Ali, naquela gaveta, por exemplo, é onde eu guardo todos os desenhos de meu pai e que nunca mostro a ninguém. Só um homem que os tenha estudado poderá pintar os juízes. No entanto, mesmo que os perdesse, tenho muitas regras guardadas na cabeça para assegurar o meu lugar no caso de aparecerem concorrentes, pois todos os juízes insistem em ser pintados como os antigos grandes juízes se faziam pintar, e ninguém o pode fazer tão bem como eu.

– O senhor desfruta de uma posição invejável! – disse K., que pensava nesse momento na sua própria situação dentro do banco. – Desta forma, a sua posição torna-se inviolável?

– Sim, inviolável! – respondeu o pintor, endireitando orgulhosamente os ombros. – É por essa razão também que de vez em quando me atrevo a ajudar algum pobre homem que se encontre em apuros com um processo.

– E como consegue isso? – indagou K., como se não fosse ele próprio que tivesse acabado de ser designado como pobre homem.

Titorelli, contudo, não queria desviar-se do rumo da conversa e continuou:

– No seu caso, por exemplo, como o senhor está inteiramente inocente, eu me basearei nesse fato.

A repetida referência à sua inocência começava a tornar K. impaciente. Por momentos, pareceu-lhe que o pintor lhe oferecia o seu auxílio partindo da suposição de que o processo teria êxito, o que tornava inútil a sua oferta. Mas, apesar das suas dúvidas, K. conservou-se calado e não interrompeu o homem. Não estava preparado para renunciar à ajuda de Titorelli, nesse ponto estava decidido, pois não lhe parecia mais problemática do que a do advogado. Na realidade, ele até preferia o oferecimento de auxílio da parte do pintor, já que era feito de uma maneira muito mais hábil e espontânea.

Titorelli aproximou a sua cadeira da cama e continuou em tom mais baixo:

– Esqueci-me de lhe perguntar primeiro que espécie de absolvição o senhor deseja. Há três possibilidades, que são: a absolvição definitiva, a absolvição aparente e o adiamento indefinido. A absolvição definitiva é, sem dúvida, a melhor, mas nesta não exerço a mínima influência relativamente ao seu veredicto. Tanto quanto sei, não há ninguém com possibilidades de intervir no veredicto de uma absolvição definitiva. O único fato decisivo parece-me ser a inocência do acusado. Já que está inocente, certamente que lhe seria possível assentar a sua defesa unicamente na sua inocência. Nesse caso, não necessitaria nem da minha colaboração nem da de outra pessoa qualquer.

Esta explicação tão concisa deixou K. confuso, mas respondeu no mesmo tom de voz sumido do pintor:

— Parece-me que o senhor está se contradizendo.

— Em que aspecto? — inquiriu o outro pacientemente, encostando-se para trás com um sorriso.

Aquele sorriso despertou em K. a suspeita de que começava a verificar a existência de contradições não só nas afirmações do pintor, como no próprio procedimento judicial. Contudo, não se retraiu, e continuou:

— A princípio, o senhor afirmou que o tribunal não se deixa influenciar por provas, mais tarde afirmou que estas ficavam confinadas às sessões públicas dos tribunais e agora diz que, uma vez inocente, um acusado não necessita de auxílio perante o tribunal. Isto, só por si, indica uma contradição. No entanto, também disse, a princípio, que os juízes se deixam mover por influências pessoais e agora nega esse fato, afirmando que uma absolvição definitiva, tal como o senhor chama, não pode ser obtida através de influências pessoais. Isso gera uma segunda contradição.

— Estas contradições são fáceis de explicar — disse o pintor. — Temos de distinguir entre duas coisas: o que a lei dita e o que eu aprendi através da minha experiência pessoal; o senhor não deve fazer confusão entre elas. No Código Penal, que, devo confessar, nunca li, está estabelecido, sem dúvida, que, por um lado, o inocente deve ser absolvido, mas não está estabelecido, por outro lado, que os juízes podem ser influenciados. Neste momento, sei, por experiência, que tenho ideias diametralmente opostas. Não sei de um único caso de absolvição definitiva, mas existem muitos casos de influência pessoal. É talvez natural que em todos estes casos que são do meu conhecimento não soube de nenhum em que o acusado estivesse efetivamente inocente. Não acha isso, no entanto, pouco provável? Entre tantos casos, não haver um único de inocência? Mesmo quando era criança, costumava escutar atentamente o que meu pai dizia quando descrevia processos acerca dos quais ouvira falar. Também os juízes que iam ao seu atelier costumavam contar-lhes histórias acerca do tribunal, o que é, no nosso círculo, o único tópico de discussão. Logo que tive oportunidade de ir ao tribunal, comecei a tirar desse fato as minhas vantagens. Ouvi falar de um número incontável de casos nas fases mais cruciais e acompanhei-os tanto quanto era possível, contudo, devo confessar, jamais encontrei um caso de absolvição definitiva.

— Então, nem um simples caso de absolvição — disse K., como se estivesse a falar consigo próprio e com as suas esperanças. — Mas isso só serve para confirmar a opinião que já formulei acerca deste tribunal. É uma instituição obtusa de qualquer ponto de vista. Um simples carrasco conseguiria fazer tudo o que é necessário.

– O senhor não deve generalizar – disse o pintor com um certo descontentamento. – Apenas mencionei os conhecimentos adquiridos através da minha própria experiência.

– Basta perfeitamente – respondeu K. – Ou já ouviu falar de absolvição nos tempos remotos?

– Tais absolvições, dizem que ocorrem. É, no entanto, muito difícil conseguir prová-las. As decisões finais do tribunal nunca são registradas e nem mesmo os juízes as podem consultar. Consequentemente, os casos jurídicos de outrora são apenas lendários. Estas lendas decerto se referem a casos de absolvição; na realidade, pode-se acreditar na maioria delas, mas estes não podem ser comprovados. De qualquer maneira, não podem ser completamente postos de parte, pois devem conter um fundo de verdade e, além disso, são muito bonitos. Eu próprio já pintei diversos quadros fundamentados em tais lendas – contou o pintor.

– Simples lendas não são suficientes para alterar a minha opinião – observou K. – Acha que uma pessoa pode apelar para tais lendas perante um tribunal?

O pintor riu e respondeu:

– Não, não pode.

– Então não há necessidade de se falar delas– acrescentou K., desejando por enquanto não contrariar as opiniões do pintor, mesmo aquelas que lhe pareciam pouco prováveis ou que contradiziam outras descrições que ele tinha ouvido.

No momento, não tinha tempo para investigar até que ponto o pintor falava a verdade e muito menos contradizer o que ele dizia, e o máximo que podia fazer era desejar que o homem o ajudasse, de qualquer forma, ainda que essa ajuda parecesse ilógica. Desta forma, disse:

– Vamos então deixar de lado a absolvição definitiva. O senhor mencionou duas outras modalidades também.

– Absolvição aparente e adiamento. Estas são as únicas possibilidades – afirmou o pintor. – Não quer despir o seu casaco antes de começarmos a falar delas? O senhor parece estar com muito calor.

– Sim, está quase insuportável – respondeu K., que estava prestando atenção apenas ao que o pintor expunha e, no entanto, agora, que ele lhe lembrava do calor, descobriu que tinha a testa alagada de suor.

O pintor acenou com a cabeça como se compreendesse muito bem a sensação de desconforto de K.

— Não se pode abrir a janela? — perguntou K.

— Não — respondeu o pintor. — Não se pode abrir, pois é apenas um vidro encaixado no teto.

Só agora K. se deu conta de que tinha estado todo aquele tempo a desejar que o pintor ou ele próprio se dirigisse rapidamente à janela e a abrisse de lado a lado. Não se importava de engolir golfadas de nevoeiro se ao menos pudesse respirar ar fresco. A sensação de estar completamente impossibilitado de receber ar fresco fez com que sentisse vertigens. Colocou a palma da mão sobre o edredom de penas e disse, numa voz fraca:

— Isto torna-se desconfortável e doentio.

— Ah, não! — retrucou logo o pintor em defesa da sua janela. — É por estar hermeticamente fechada que conserva o calor muito melhor do que um simples vidro de janela. Quando quero arejar o quarto, o que não é na realidade necessário, visto que o ar penetra através das fendas por todos os lados, posso abrir uma das portas ou mesmo as duas.

Um pouco mais tranquilo com essa explicação, K. passeou os olhos em redor do quarto para descobrir a segunda porta. O pintor, percebendo o que ele procurava, disse:

— Está atrás de si, tive de a tapar encostando a cama contra ela.

Só então K. viu realmente a pequena porta na parede.

— Este lugar é efetivamente pequeno demais para um atelier — disse o pintor, antecipando a crítica de K. —Tive de me arranjar o melhor que pude. É claro que é um péssimo lugar para colocar uma cama, mesmo em frente a uma porta. O juiz que estou pintando agora, por exemplo, entra sempre por essa porta e tive de lhe dar uma chave para que possa entrar e esperar por mim aqui no atelier se eu ainda aqui não estiver. Bem, normalmente chega de manhã cedo, enquanto eu estou ainda dormindo. É claro que, embora esteja pegado no sono, acordo sempre com um sobressalto quando a porta atrás da minha cama de repente se abre. O senhor perderia todo o respeito que tivesse pelos juízes se pudesse ouvir as pragas com que o acolho quando ele sobe pela minha cama de manhã cedo. Eu podia, evidentemente, voltar a tirar-lhe a chave, mas isso só iria dificultar as coisas.

Durante toda esta troca de palavras, K. ficou matutando se devia ou não despir o seu casaco, mas, por fim, compenetrou-se de que, se não o fizesse, não conseguiria permanecer por mais tempo no quarto, de modo que o despiu, colocando-o nos joelhos, para não perder tempo quando tivesse de vesti-lo de novo, logo que a entrevista acabasse. Mal tinha despido o casaco, quando ouviu uma das garotas gritar:

— Ele despiu agora o casaco.

E podia ouvi-las a amontoarem-se para espreitar através das fendas e presenciarem o espetáculo.

— Elas pensam que vou pintar o seu retrato e que é essa a razão por que está tirando o casaco — explicou o pintor.

— Compreendo. Quais eram as outras duas possibilidades que o senhor mencionou? — perguntou K., muito pouco divertido, pois não se sentia muito melhor do que antes, embora estivesse agora sentado em mangas de camisa.

— Absolvição aparente e adiamento indefinido. Depende do senhor a escolha. Posso ajudá-lo quer numa quer noutra, se bem que com algum trabalho e, relativamente a elas, a diferença entre as duas é que a absolvição aparente requer uma concentração temporária, enquanto o adiamento exige um esforço menor, mas constante. Vamos, pois, considerar primeiro a absolvição aparente. Se escolher esta, terei de redigir numa folha de papel um requerimento reportando-me à sua inocência. O teor deste requerimento foi-me dado por meu pai e é incontestável. Em seguida, contatarei todos os juízes que conheço, mostrando-lhes este requerimento, a começar, por exemplo, pelo juiz cujo retrato estou presentemente a pintar, quando ele vier esta noite. Apresentarei o requerimento e explicarei que o senhor está inocente, garantindo eu próprio a sua inocência. E creia que esta garantia não é simplesmente formal, mas verdadeira e vinculatória — respondeu o pintor.

Lia-se nos olhos do pintor uma leve insinuação de censura por K. querer depositar em seus ombros o peso de tal responsabilidade.

— Essa atitude demonstra uma grande amabilidade da sua parte — disse K. — E, acreditando o juiz no senhor, não me daria ele a absolvição definitiva?

— É exatamente como já lhe expliquei — respondeu o pintor. Além disso, não há a mínima certeza de que todos os juízes acreditarão em mim. Alguns deles, por exemplo, pedirão para o verem pessoalmente. Então terei de levar o senhor comigo para lhes fazermos uma visita. Contudo, quando isso acontecer, a batalha já estará meio ganha, especialmente porque lhe direi com antecedência, é claro, qual é exatamente o procedimento a seguir relativamente a cada juiz. A dificuldade maior surge com aquela espécie de juiz que me repudia de início... e tenho a certeza de que isso irá acontecer também. Tentarei fazer-lhes vários pedidos, é claro, mas teremos de passar sem eles, pois poderemos fazê-lo, visto que o desacordo de um ou outro juiz não afetará o resultado final. Pois bem, se eu conseguir um número razoável de juízes dispostos a pôr a sua assinatura no requerimento, irei entregar pessoalmente este documento ao juiz que está com efeito encarregado de conduzir o seu processo. Provavelmente, recolherei também a assinatura dele, de modo que muito em breve, mais cedo do que é costume, o seu caso se resolva. De uma maneira geral, depois disto não costumam surgir dificuldades dignas de menção e o acusado sente-se nesta fase do processo imensamente confiante. É na realidade surpreendente, mas verdadeiro, que nesta fase a confiança das pessoas seja maior do que após a sua absolvição. Nessa altura, já não há necessidade de fazer muito mais. O juiz está coberto pela garantia das assinaturas de outros juízes no requerimento e, de consciência tranquila, concede a absolvição. Embora ainda estejam por cumprir certas formalidades, ele concederá, sem dúvida alguma, a absolvição, a fim de ser agradável aos seus colegas e a mim próprio. Nessa altura, o senhor poderá sair do tribunal como um homem livre.

– Estarei, então, livre! – disse K. duvidosamente.

– Sim, mas apenas aparentemente livre ou, mais exatamente, temporariamente livre. A razão é que os juízes de categoria inferior, que são aqueles com quem mantenho as minhas relações de amizade, não têm poder para conceder a absolvição final, pois esse poder está restrito ao Supremo Tribunal, que é inacessível ao senhor, a mim e a todos nós. Quais as probabilidades, não sabemos e, devo dizer de passagem, nem estamos interessados em saber. Os nossos juízes não possuem, portanto, o grande privilégio da absolvição da culpa, mas têm, efetivamente, o direito de aliviar o acusado do peso que a culpa põe nos seus ombros. Isto quer dizer que, quando o senhor for absolvido desta maneira, ficará isento de culpa durante algum tempo, mas esta continuará a ameaçá-lo e pode, logo que surja uma ordem vinda de cima, atingi-lo de novo. Devido ao fato de as minhas relações com a gente do tribunal serem bastante íntimas, também o posso informar de como, segundo os regulamentos das repartições do tribunal, é feita a distinção entre a absolvição definitiva e a aparente – respondeu o pintor.

E ele continuou a explicação:

– Na absolvição definitiva, os documentos relativos ao processo são completamente eliminados, desaparecem simplesmente, não só a acusação de culpa como o arquivo do processo e até mesmo a absolvição são destruídos. O mesmo não acontece com a absolvição aparente. Os documentos conservam-se no mesmo lugar e só o requerimento é anexado aos mesmos juntamente com a absolvição e as razões que a originaram. O dossiê completo circulará de acordo com as exigências rotineiras, seguindo para o Supremo Tribunal, deste novamente para os tribunais inferiores e andando para trás e para a frente, sujeito às maiores ou menores oscilações, aos maiores ou menores atrasos. Estas viagens são imprevisíveis. Alguém que estiver de fora observando o fato imaginaria que todo o processo teria sido esquecido, os documentos perdidos e que a absolvição estaria completa. Ninguém relacionado com o tribunal poderia alguma vez pensar numa coisa dessas, na medida em que um documento jamais se perde e que o tribunal nunca esquece nada. Um dia, inesperadamente, um dos juízes pegará nos documentos e estudará com toda a atenção, reconhecendo que, neste processo, a acusação ainda é válida, pelo que emitirá uma ordem de captura imediata. Estou falando na suposição de que decorra muito tempo entre a absolvição aparente e a nova ordem de captura; isso é possível e até conheço casos desses, mas é da mesma maneira possível que o indivíduo absolvido, ao dirigir-se à casa após abandonar o tribunal, encontre lá à sua espera funcionários da lei para o deterem de novo. É claro que então toda a sua liberdade cessa ali.

– E o processo recomeça? – inquiriu K., quase incrédulo.

– Evidentemente – respondeu o pintor. – O processo recomeça, mas é outra vez possível, tal como antes, garantir uma absolvição aparente. É chegada a altura de reunir todas as energias para continuar com o processo e de maneira nenhuma ceder.

Ele pronunciou estas palavras certamente por ter notado que K. parecia um tanto desanimado.

– Mas, não será mais difícil obter a segunda absolvição do que a primeira? – comentou K., como se quisesse antecipar-se a qualquer segredo que o pintor fosse revelar.

– Sobre esse ponto – afirmou o pintor – não há nada de concreto.

– O senhor quer dizer que a segunda prisão vai influenciar os juízes contra o acusado?

– De maneira nenhuma. Até mesmo enquanto estão concedendo a primeira absolvição, os juízes preveem a possibilidade de uma nova captura. Por conseguinte, tal fato raramente se discute. Por razões diversas, contudo, pode acontecer que os juízes vejam o processo por prismas diferentes, mesmo do ponto de vista jurídico, e os esforços que se façam para obter uma segunda absolvição devem consequentemente ajustar-se às circunstâncias presentes e ser tão ativos quanto foram os primeiros.

– No entanto, esta segunda absolvição também não é a última – disse K., abanando a cabeça negativamente num jeito de repúdio.

– Claro que não – respondeu o pintor –, a segunda absolvição é seguida da terceira detenção, a terceira absolvição da quarta detenção e assim sucessivamente. Isso está implícito em toda a concepção da absolvição aparente.

K. nada disse, e o pintor continuou:

— Não me parece que a absolvição aparente o tente. Talvez o adiamento lhe agrade mais. Quererá que eu lhe explique como ele funciona?

K. acenou afirmativamente com a cabeça. O pintor recostou-se na sua cadeira, introduziu a mão pela camisa entreaberta e começou a acariciar o peito.

— Adiamento — disse ele, ficando por momentos com o olhar fixo, como que à procura da explicação exata —, o adiamento consiste em evitar que o processo siga para além das suas primeiras fases. Para o conseguir, é imprescindível que o acusado ou o seu colaborador, mais especialmente o colaborador, mantenha-se em contato direto e contínuo com o tribunal. Permita-me que mais uma vez chame a atenção para o fato de esta modalidade não exigir um dispêndio de energias tão grande como no caso da absolvição aparente, mas, em contrapartida, requerer uma vigilância muito mais intensa. Não perca de maneira nenhuma o processo de vista, faça ao juiz visitas tão contínuas como nos casos de emergência, devendo tentar a todo o custo manter com ele as mais amistosas relações. Se não conhecer muito bem o juiz, deve procurar influenciá-lo através de outros juízes que o senhor conheça, mas sem descuidar os esforços no sentido de assegurar uma entrevista pessoal com ele. Se cumprir todos esses pontos, poderá ter a certeza de que o processo jamais passará das suas primeiras fases. Não digo que os procedimentos judiciais sejam anulados, mas o réu está quase tão sujeito a livrar-se da sentença como se fosse já um homem livre. Comparando a absolvição aparente com o adiamento, este tem a vantagem de o futuro réu ser menos incerto, de ficar aliviado dos terrores que lhe possa causar uma repentina detenção e não necessita de temer o fato de ter de sofrer a tensão e o nervosismo inevitáveis na obtenção da absolvição aparente, embora o adiamento tenha também certas desvantagens para o acusado, que não devem ser desprezadas. Ao afirmar isto, não penso no fato de o acusado nunca mais ser livre; depois da absolvição aparente, ele nunca mais é livre em qualquer sentido da palavra. Há outras desvantagens. O processo não pode ser retido indefinidamente sem que, pelo menos, seja apresentada uma justificação plausível. Então, visto de fora, precisa estar parecendo que algo acontece, devem tomar-se certas medidas, o réu será interrogado, serão reunidas as provas etc. É que o processo deve manter-se sempre em movimento, se bem que dentro do pequeno círculo a que foi artificialmente limitado. Isso provoca naturalmente no acusado um ocasional desconforto, mas não pense que é um desconforto demasiado. Como tudo isso é uma formalidade, os interrogatórios, por exemplo, são curtos, se o senhor não dispõe de tempo nem de disposição para se apresentar. Tem apenas de se justificar, pois alguns juízes até possibilitam a marcação das entrevistas com muita antecedência e tudo o que é necessário. É um reconhecimento formal do seu status como réu, comparecer de tempos a tempos perante o seu juiz.

O pintor ainda não tinha acabado de dizer estas últimas palavras e K. já havia se levantado com o casaco no braço.

– Ele já se levantou! – ouviu-se gritar por detrás da porta.

– Já vai embora? – perguntou o pintor, que se levantara também. – Estou convencido de que é devido à falta de ar aqui dentro que o senhor se retira. Lamento imensamente, pois tinha muito mais para lhe dizer. Tive de me expressar muito resumidamente. No entanto, espero que as minhas explicações tenham sido bastante claras.

– Oh, sim – disse K., a quem já doía a cabeça pelo esforço que fizera para escutá-lo.

Apesar de K. ter confirmado a clareza das explicações do pintor, este voltou novamente ao assunto, como se pretendesse dirigir-lhe uma última palavra de conforto:

– Ambos os métodos possuem em comum o fato de impedir que o réu seja condenado.

– Mas também evitam a absolvição real – respondeu K. em voz baixa, ao mesmo tempo envergonhado por ter mostrado a sua perspicácia.

– Esse é o nó do problema – disse rapidamente o pintor.

K. estendeu a mão para o seu sobretudo, mas sem estar ainda resolvido a vestir o casaco. Preferia pegar tudo como numa trouxa e correr para fora, para o ar livre. Mesmo ao lembrar-se das garotas, não conseguia vestir aquelas duas peças, ainda que as suas vozes anunciassem antecipadamente que ele as estava vestindo. O pintor estava ansioso por descobrir quais eram as disposições de K., pelo que continuou:

– Presumo que o senhor ainda não tomou nenhuma decisão às minhas sugestões. Está certo. Com efeito, eu o teria aconselhado a não fazê-lo se o senhor houvesse tentado tomar uma deliberação imediata. É preciso ser muito detalhista para distinguir as vantagens das desvantagens. Deve pesar tudo bem cuidadosamente. Por outro lado, também não deve desperdiçar muito tempo.

— Voltarei em breve — respondeu K., tomando de repente a resolução de vestir o casaco e colocar o sobretudo nos ombros para se apressar em direção à porta, atrás da qual as garotas imediatamente começaram a gritar. K. sentiu que quase as conseguia ver através da porta.

— Mas olhe que tem de manter a sua palavra! — avisou o pintor, que não o acompanhara — caso contrário, terei de me deslocar pessoalmente ao banco para me informar.

— Abra-me a porta, sim? — pediu K., manejando o puxador, para avaliar pela resistência que sentia, as jovens agarradas do lado de fora.

— O senhor não deseja ser perturbado pelas garotas, não é? — perguntou o pintor. — Então será melhor utilizar esta saída — e indicou a porta por detrás da cama.

K. estava absolutamente disposto a fazê-lo e precipitou-se para a cama. Contudo, em vez de abrir a porta ao pé da cama, o pintor engatinhou por baixo desta e disse dali:

— Aguarde só um minuto. Não quererá ver um ou dois quadros meus que talvez lhe interesse comprar?

K. não queria ser descortês, pois o pintor tinha, na realidade, mostrado bastante interesse por ele, prometera continuar a ajudá-lo e fora também devido à distração que K. não lhe havia perguntado sobre os honorários pelos serviços que lhe estava prestando. Não podia agora ignorar a sua oferta, por isso concordou em ver os quadros, ainda que tremesse de impaciência para sair daquele lugar. Titorelli arrastou uma pilha de telas sem moldura debaixo da cama. Estavam todas tão cheias de pó que, quando ele soprou a tela que estava por cima, K. quase ficou cego e horrorizado com a nuvem que se levantou.

— Natureza bruta, uma charneca — disse o pintor, entregando a tela a K. Casam-se duas árvores enfezadas, afastadas uma da outra na relva amarelecida. No plano de fundo, via-se um pôr do sol muito colorido.

— Bonito! Quero comprar — comentou K.

O laconismo de K. foi impensado e por isso ficou satisfeito quando o pintor, em vez de se mostrar ofendido, levantou outra tela do chão.

— Aqui tem a companheira da outra — disse ele.

Podia pretender-se que fosse uma companheira, mas não se percebia a mínima diferença entre ambas, pois lá estavam as duas árvores, a relva e o pôr do sol. K., contudo, não se importou com isso.

— São lindas paisagens. Comprarei as duas e as pendurarei no meu gabinete — disse K.

— O senhor parece gostar do tema. Por sorte, tenho aqui mais um destes estudos — comentou o pintor, puxando para fora uma terceira tela.

Mas não era meramente um estudo semelhante, era simplesmente a mesma paisagem de uma charneca. O pintor estava aparentemente explorando o máximo esta oportunidade de vender os seus velhos quadros.

— Levarei esse também! Quanto lhe devo por estes três quadros? — quis saber K.

— Falaremos disso da próxima vez! — respondeu o pintor. O senhor hoje está com pressa e, de qualquer forma, voltaremos a contatar um com o outro. Devo dizer-lhe que fiquei muito contente por as minhas telas terem lhe agradado, e vou agora colocar as outras de novo debaixo da cama. São todas elas de charnecas, pois pintei dúzias delas. Algumas pessoas não suportam estes temas por os acharem demasiado melancólicos, mas há sempre gente como o senhor que prefere telas melancólicas.

Nesta altura K. já não tinha cabeça para escutar estes discursos profissionais do insignificante pintor.

— Embrulhe as telas! O meu contínuo virá buscá-las amanhã. — gritou ele, interrompendo Titorelli na sua tagarelice.

— Não é necessário. Julgo que lhe arranjarei um portador que irá consigo agora e as levará — disse o pintor.

Por fim, conseguiu chegar à porta e abri-la, dizendo:

— Não tenha receio de pôr os pés em cima da cama. Toda a gente que aqui vem faz o mesmo.

K. não teria hesitado em fazê-lo, mesmo sem convite, e já tinha efetivamente colocado um pé justamente no meio do edredom de penas quando olhou para fora através da porta aberta e encolheu o pé de novo.

— Mas o que é isto? — perguntou ele ao pintor.

— Com o que é que está admirado? — volveu o pintor, por sua vez também admirado. — São as repartições do tribunal. Não sabia que há aqui repartições do tribunal? Se há repartições do tribunal em quase todos os sótãos, por que razão havia este de ser uma exceção? O meu atelier pertence, na realidade, ao tribunal, mas este colocou-o à minha disposição.

Não tinha sido tanto a descoberta das repartições do tribunal que havia surpreendido K. Ele estava muito mais surpreendido consigo próprio por causa da sua completa ignorância de tudo o que se relacionava com o tribunal. Ele havia aceitado como um princípio fundamental para um réu o estar sempre acautelado e nunca se deixar apanhar desprevenido, nunca deixar que os seus olhos se desviassem irrefletidamente para a direita se o juiz assomava do lado esquerdo. E era este princípio que ele transgredia continuamente. Estendia-se à sua frente um comprido corredor do qual vinha um ar que, comparado com o do atelier, fazia este parecer refrescante. Havia bancos colocados de cada lado do corredor, exatamente como no corredor das repartições nas quais se estava a tratar do processo de K. Parecia-lhe então que existiam regulamentos precisos para a disposição interna destas repartições. Nesse momento, não se via um grande vaivém de clientes. Um homem encontrava-se meio sentado, meio reclinado num banco, com o rosto tapado pelas mãos, parecendo dormir; um outro homem permanecia em pé na penumbra, ao fundo do corredor.

K. desceu então da cama e o pintor seguiu-o com as telas na mão. Imediatamente encontraram um funcionário da justiça. Desta vez, K. reconheceu-o logo por causa do botão dourado colocado junto aos botões de sua roupa comum. O pintor entregou-lhe as telas e disse-lhe que acompanhasse K. Este mais parecia cambalear do que andar, mantendo o lenço junto à boca. Estavam quase chegando à saída quando as garotas surgiram e correram ao seu encontro, de tal modo que a K. não foi poupado deste encontro. As jovens tinham obviamente visto a porta do atelier se abrir e haviam dado a volta rapidamente a fim de entrarem.

– Não posso acompanhá-lo mais adiante! – disse o pintor, rindo quando as jovens o rodearam. – Até o nosso próximo encontro. E não leve muito tempo a se decidir!

K. nem sequer voltou a cabeça. Quando chegou à rua, fez sinal ao primeiro táxi que passou. Tinha de se ver livre do funcionário, cujo botão dourado lhe perturbava a vista, embora provavelmente escapasse à atenção de outras pessoas. Zeloso no cumprimento do seu dever, o funcionário subiu ao lado do motorista, mas K. o fez descer. Já passava muito do meio-dia quando K. chegou ao banco. Teria preferido deixar as telas no táxi, mas receou que um dia mais tarde o pintor as pudesse pedir. Assim, transportou-as para o seu gabinete e fechou-as na última gaveta da mesa, para que, pelo menos durante os próximos dias, o subgerente não as visse.

8

Block, o comerciante

Rompimento com o advogado

Finalmente, K. decidiu retirar o processo das mãos do advogado. Se agir deste modo era correto, foi uma questão que não deixou de apresentar-lhe suas dúvidas. Em última instância prevaleceu sua convicção de que tal passo era necessário. Precisou de muita coragem para tomar essa decisão. E no dia em que foi ver o advogado, seu dia de trabalho foi cumprido muito lentamente, por isso teve de permanecer em seu escritório até muito tarde. Já passava das dez horas da noite quando, por fim, encontrou-se em frente da porta da casa do advogado. Mesmo antes de fazer soar a campainha, ficou um instante meditando se não teria sido melhor despedir o advogado por telefone ou por carta, pois evidentemente essa entrevista pessoal seria muito penosa. Mas K. não queria perder as vantagens que uma entrevista pessoal lhe oferecia, pois qualquer outro meio que usasse para o dispensar dos seus serviços seria aceito em silêncio ou com umas simples palavras formais. A não ser que obtivesse de Leni a informação, nunca viria a saber como teria o advogado reagido à dispensa dos seus serviços e que consequências lhe traria esta atitude, segundo a opinião do advogado, que não era inteiramente de desprezar. De cara a cara com o advogado poderia observar a surpresa que tal dispensa produziria nele e, ainda que o homem fosse cauteloso, K. poderia facilmente ver pelo seu comportamento tudo o que desejava saber. Até seria possível que no fim achasse sensato entregar o processo de novo ao advogado e retirasse a sua proposta.

A primeira vez que K. bateu à porta do advogado, como era o costume, não obteve nenhum resultado. "Leni poderia ser mais rápida", pensou K., mas não deixava de constituir uma vantagem o fato de que não estivesse por ali nenhum outro cliente, como costumava acontecer, ou algum outro importuno como aquele homem que tinha saído uma vez de pijama. Quando K. apertou, pela segunda vez, o botão da campainha, voltou-se para olhar para a porta que tinha às suas costas e que, desta vez, porém, ficou cerrada. Por fim apareceram na abertura da porta do advogado dois olhos, mas não eram os de Leni. Alguém começou a abrir a porta, embora parecesse por um momento continuar apoiando-se nela enquanto exclamava, dirigindo a voz para o interior da casa:

– É ele.

E somente então abriu-se completamente a porta. K. empurrou-a com violência, pois nesse momento ouviu que às suas costas alguém fazia girar apressadamente a chave na fechadura da porta da outra casa. Apenas viu aberta diante de si a do advogado, precipitou-se apressado no vestíbulo e dali pôde ver Leni no corredor que se estendia ao longo das salas, que tendo ouvido a exclamação de advertência daquele que tinha aberto a porta, afastava-se correndo. K. seguiu-a com o olhar e depois se voltou para o que lhe tinha aberto a porta. Era um homenzinho magro, de barba comprida, apenas de roupão, que segurava uma vela na mão.

– Você é empregado aqui? – perguntou K.

– Não, não sou da casa. O advogado é meu defensor. Estou aqui por causa de um assunto judicial – respondeu ele.

– Vestido assim? – perguntou K., assinalando com um movimento da mão a falta de roupas apropriadas do homem.

– Ah, desculpe-me! – exclamou o homenzinho, iluminando-se com a vela como se pela primeira vez visse o estado em que se encontrava.

– Leni é sua amante? – perguntou K., rapidamente. Tinha separado um pouco as pernas e unido às suas costas as mãos com as quais segurava o chapéu. Já o fato de possuir um magnífico sobretudo o fazia sentir-se muito superior frente àquele homem pequenino e franzino.

– Oh, Deus! – exclamou o homem, erguendo a mão para seu rosto como para rechaçar tal pensamento. – Não, não. Que está pensando?

– Você parece digno de crédito – disse K., sorrindo. – Apesar disso... venha comigo.

E então, fazendo-lhe um sinal com o chapéu, mandou que ele seguisse à sua frente.

— Como se chama? — perguntou K., no caminho.

— Block, sou o comerciante Block — respondeu o homenzinho, voltando-se para K. ao se apresentar; mas este não permitiu que se detivesse.

— É esse seu verdadeiro nome? — perguntou K.

— Certamente — foi a resposta. — Por que duvida?

— Acredito que você tenha motivos para esconder seu verdadeiro nome — disse K.

Sentia-se tão livre como quando se fala no estrangeiro com pessoas inferiores, reservando para si tudo quanto concerne a si próprio, e com todo sossego, pois, a essa altura, conversa-se exclusivamente sobre os interesses dos outros, com o que estes se veem elevados, embora isso não impeça de dispensá-los quando se quer. Ao chegar frente à porta do escritório do advogado, K. deteve-se, abriu-a e gritou ao comerciante que prosseguia seu caminho:

— Não vá tão depressa. Traga aqui a luz.

K. pensava que Leni podia ter se escondido naquela sala; por isso fez com que o comerciante explorasse todos os cantos. Mas na sala não havia ninguém. K., segurando o comerciante pelos suspensórios da calça, levou-o diante do quadro do juiz.

— Conhece-o? — perguntou-lhe, apontando com o dedo indicador para cima.

O comerciante ergueu a vela, olhou para o quadro, e por fim disse:

— É um juiz.

— Um juiz de hierarquia elevada? — perguntou K., enquanto se punha ao lado do comerciante para observar a impressão que sobre este fazia o quadro. Block olhava para cima com admiração.

— É um juiz de hierarquia superior — disse.

— Você não possui nenhum grande conhecimento da coisa — repetiu K. — Este é o mais inferior dos juízes de instrução.

— Ah, sim, agora recordo-me — admitiu o comerciante, baixando a vela. — Já tinha ouvido dizer isso.

— Mas está claro — exclamou K. — Eu mesmo passei por alto o fato de que forçosamente você já devia tê-lo ouvido.

— Mas, por quê? Por quê? — perguntou o comerciante, enquanto se movia para a porta empurrado pelas mãos de K. Quando chegaram ao corredor, este disse:

— Você não sabe onde terá se escondido Leni?

– Escondido? – exclamou o comerciante. – Não, estará na cozinha preparando a sopa do advogado?

– Por que não me disse isso logo? – perguntou K.

– Queria levá-lo exatamente para lá, mas você me impediu de o fazer quando me chamou – respondeu o negociante, como que confundido por ordens contraditórias.

– Certamente você acredita que é muito esperto, então leve-me para a cozinha – pediu K.

K. nunca tinha estado na cozinha dessa casa; era uma cozinha surpreendentemente espaçosa e muito bem provida. O fogão era três vezes maior do que o comum. Do restante não era possível examinar pormenores, pois a cozinha estava iluminada unicamente por uma lamparina. Leni encontrava-se junto do fogão, com um avental branco, como sempre, quebrando ovos para dentro de uma panela que estava em cima de uma lâmpada de álcool.

– Boa noite, Joseph! – disse ela, indicando ao homem uma cadeira situada a uma certa distância, onde ele, obedientemente, se sentou.

Em seguida K. aproximou-se de Leni, por detrás, inclinou a cabeça sobre o ombro dela e perguntou:

– Quem é este homem?

Leni passou o seu braço livre à volta de K., mexendo a panela com a outra mão e puxando-o para a frente.

– É um desgraçado – disse ela – um pobre comerciante chamado Block. Olhe só para ele.

Ambos se voltaram para vê-lo. O comerciante estava sentado na cadeira que Leni lhe havia indicado, tendo apagado a vela, que já não era precisa, e desfazendo a cera com os dedos.

– Já tinha me substituído – disse K., forçando a cabeça de Leni a voltar-se para o fogão.

Ela não respondeu.

– Ele é seu amante? – inquiriu ele.

Ela pegou na panela da sopa, mas K. agarrou-lhe as mãos, dizendo:

– Responda!

Ela então lhe pediu:

– Vem até ao escritório que lhe explico tudo.

– Não, quero que me diga aqui – ordenou.

Ela deixou escorregar o braço, enfiando-o no de K., e tentou beijá-lo, mas K. afastou-a, dizendo:

– Não quero que me beije agora.

— Joseph — implorou ela, olhando-o candidamente — com certeza que não está com ciúmes do Sr. Block.

Em seguida, voltou-se para o comerciante, e lhe pediu:

— Rudi, larga a vela e vem em meu auxílio. Veja que ele desconfia de mim.

Qualquer pessoa pensaria que ele não tinha estado a prestar atenção, mas ele soube imediatamente o que ela queria.

— Também não consigo compreender por que razão o senhor tem ciúmes! — disse ele sem grande entusiasmo.

— Nem eu! — respondeu K., olhando-o com um sorriso.

Leni sorriu também logo em seguida e, tirando partido da distração momentânea de K., pendurou-se no braço dele, segredando-lhe:

— Deixe-o sozinho agora, pode ver bem que espécie de pessoa é. Tenho-lhe dispensado uma certa amizade, porque é um dos melhores clientes do advogado, mas esta é a única razão. E você? Quer consultar hoje o doutor? Ele não está nada bem hoje. De qualquer maneira, se quiser, aviso-o que está aqui. Certamente que vai passar a noite aqui comigo. Faz tanto tempo que não vem aqui, tanto que até o advogado já me perguntou de você. Não descuide do seu processo, porque essa atitude a nada conduzirá! Tenho também algumas informações para passar, coisas que descobri. Antes de tudo, tire o casaco.

Ela ajudou-o a tirar, pegou o chapéu que ele segurava na mão, foi até o vestíbulo de entrada para pendurá-lo, correu de novo para a cozinha para vigiar a sopa e perguntou:

— Devo primeiro comunicar-lhe que chegou ou dar-lhe a sopa?

— Comunique-lhe primeiro que estou aqui — disse K.

Ele estava irritado, pois inicialmente tencionava discutir primeiro o caso com Leni, especialmente o ponto da dispensa do advogado, mas o fato de o comerciante se encontrar ali estragou tudo. No entanto, de novo lhe ocorreu que os seus problemas eram demasiadamente importantes para permitir que um insignificante comerciante tivesse interferência direta neles e, por isso, chamou Leni, que já se encontrava a caminho no corredor, e falou:

— Não, deixe-o tomar primeiro a sopa, que dará forças para aguentar a entrevista comigo, e ele bem necessita dela.

— Então, o senhor é também um dos clientes do advogado — disse, pausadamente, o comerciante do seu cantinho, como se estivesse a fazer uma afirmação.

O seu comentário foi mal recebido por K., que perguntou:

— O que tem este assunto a ver com o senhor?

E Leni interferiu:

– Melhor ficar quieto.

Ela colocou a sopa em uma tigela e falou:

– Bem, então irei levar primeiro a sopa. Corremos é o risco de ele adormecer imediatamente, pois sempre dorme após a refeição.

– O que tenho para lhe dizer o deixará bem acordado! – disse K., que queria fazer ver que a sua entrevista com o advogado prometia ser um pouco morosa; ele queria que Leni lhe fizesse algumas perguntas e em seguida pediria o seu conselho.

Contudo, Leni apenas seguiu à risca as ordens recebidas. Quando passava por ele com a tigela da sopa, tocou-lhe com o cotovelo propositadamente e segredou-lhe:

– Direi que está aqui logo que ele acabe de comer a sopa, de modo que eu possa estar de volta o mais depressa possível.

– Anda – ordenou K. –, anda para adiante.

– Não fique tão zangado! – disse ela, voltando-se para ele, com a tigela da sopa e tudo, ao chegar à porta.

K. ficou olhando para ela. Agora estava absolutamente certo de que dispensaria o advogado dos seus serviços e até era melhor não ter oportunidade de falar antecipadamente com Leni sobre esse assunto. O problema, no seu conjunto, estava muito acima da sua capacidade e ela decerto tentaria dissuadi-lo e possivelmente até o convenceria a adiar tal resolução, continuando ele a ser uma vítima de dúvidas e receios até que, mais tarde, cumprisse a sua resolução, desde que ela se tornasse imperiosa. No entanto, quanto mais depressa realizasse essa intenção, menos sofreria. Apesar de tudo, talvez o comerciante ainda conseguisse lançar alguma luz sobre o assunto.

K. virou-se para o homem, que imediatamente tentou se levantar:

– Continue onde está! – disse K., puxando uma cadeira para perto dele.

– O senhor é um antigo cliente do advogado, não é verdade?

– Sou, sim, um velho cliente – concordou.

– Há quanto tempo ele toma conta dos seus assuntos? – indagou K.

– Não sei bem a que assuntos se refere, nos meus negócios... sou um negociante de cereais, o advogado tem sido o meu representante desde o princípio, o que quer dizer nestes últimos vinte anos, e, no meu próprio processo, que é provavelmente no que o senhor está pensando, tem sido também o meu advogado desde o princípio, isto é, há mais de cinco anos. Sim, há bem mais de cinco anos! Tenho tudo anotado aqui. Posso dar-lhe as datas exatas, se quiser. É difícil mantê-las todas na memória. É provável que o meu processo até dure mais tempo, pois começou pouco depois do falecimento da minha mulher, que se verificou há mais de cinco anos e meio – confirmou ele, tirando para fora uma velha carteira.

K. arrastou a cadeira para ficar mais próximo do homem.

– Então o advogado também toma conta de negócios? – perguntou ele.

Esta união entre área criminal e comercial parecia-lhe invulgarmente tranquilizadora.

– Com certeza. Dizem que ele é melhor nessa área do que em outras! – segredou o comerciante.

Então, aparentemente, arrependeu-se de ter ido tão longe, pois colocou uma mão no ombro de K. e disse:

– Não me comprometa, suplico-lhe!

K. bateu de leve na perna e disse-lhe:

– Não, não sou traidor.

– Ele é vingativo, sabe? – disse Block.

– Com certeza que ele não prejudicaria um cliente tão fiel como o senhor – garantiu K.

– Oh, sim, mas uma vez atiçado, não faz distinções; além disso, não lhe sou realmente fiel – acrescentou o comerciante.

– Mas como pode ser isso? – perguntou K.

– Talvez eu não lhe devesse dizer – respondeu Block, hesitante.

– Acho que pode arriscar – sugeriu K.

– Bem – continuou Block –, contarei então umas certas coisas, mas, em contrapartida, o senhor deverá contar-me um dos seus segredos, de maneira a passar a haver um certo domínio de um sobre o outro.

– O senhor é muito cauteloso, mas confiarei um segredo que porá fim às suas suspeitas! – afirmou K. – De que maneira é então o senhor infiel ao advogado?

– Bem – disse o comerciante, um tanto hesitante, como se estivesse a confessar qualquer coisa desonrosa – tenho outros advogados além dele.

– Mas isso não é nada extraordinário. – afirmou K., um pouco desiludido.

– Mas é considerado como tal – respondeu o comerciante, que só conseguiu respirar fundo depois de haver feito a sua confissão, tendo sentido um pouco mais de confiança após a réplica de K.

– Não é permitido. E ainda menos permitido é consultar advogados insignificantes quando se é cliente de um advogado oficial. E isso é exatamente o que tenho feito, pois tenho cinco advogados além dele.

– Cinco! – gritou K., surpreendido com aquele número. – Cinco advogados além deste?

Block acenou com a cabeça em sinal afirmativo:

– Ando mesmo em negociações com um sexto advogado.

– Mas por que razão o senhor precisa de tantos? – estranhou K.

– Necessito deles todos! – insistiu Block.

– Pode me dizer por quê? – pediu K.

E o comerciante explicou:

– Com muito prazer! Para começar, não estou interessado em perder o meu processo, como deve compreender. Por essa razão, quero estar a par de tudo o que me possa ser útil; ainda que haja apenas uma leve esperança de eu obter uma vantagem, não deixo de aproveitá-la. É por isso que já gastei neste processo todo o dinheiro que tinha. Por exemplo, levantei todo o dinheiro da minha loja. Os meus negócios ocupavam praticamente um andar inteiro do edifício, quando agora necessito apenas de uma sala de fundos e um ajudante. É claro que o fato de os meus negócios terem decaído não se deve só à retirada do dinheiro, mas também ao enfraquecimento das minhas forças. Quando se tenta fazer qualquer coisa em prol do nosso processo, não se pode desperdiçar energias com outros assuntos.

– Então, tem estado também a trabalhar por sua conta no seu próprio caso? É exatamente sobre isso que quero conversar – interrompeu K.

– Não há muito a acrescentar – respondeu o comerciante. – Tentei, a princípio, resolver sozinho o meu processo, mas em breve me vi forçado a desistir. É muito cansativo, e os resultados são desapontadores. Só o fato de me deslocar ao tribunal a fim de acompanhar o andamento das coisas já era demais para mim. Ter de ficar ali sentado à espera da minha vez me fazia sentir inerte. Também sabe bem, por experiência própria, como o ar lá dentro se torna irrespirável.

– Como é que sabe que estive lá? – perguntou K.

– Aconteceu de eu estar no corredor exatamente quando o senhor passava – esclareceu o comerciante.

– Mas que coincidência! – exclamou K., deixando-se arrebatar pelo entusiasmo e esquecendo-se completamente da figura ridícula que, em sua opinião, era a do comerciante. – Então o senhor me viu! Estava no corredor quando eu passei. Sim, é verdade, passei uma vez no corredor.

E o comerciante disse:

– Não é assim uma coincidência tão grande, pois vou lá quase todos os dias.

— Também tenho de passar a lá ir frequentemente de hoje em diante, simplesmente não posso esperar ter agora o bom acolhimento que tive nessa altura. Toda a gente se levantou. Suponho que pensaram que eu era um juiz — comentou K.

— Não — respondeu o comerciante — foi por causa do funcionário que o acompanhava que eles se levantaram. Todos sabíamos que o senhor era um acusado. Novidades como essas correm rapidamente.

— Assim, o senhor também já sabia — comentou K. — Então talvez tenha me julgado arrogante. Ninguém fez comentários a esse respeito?

— Não desfavoravelmente. Mas isto é tudo um disparate — respondeu o comerciante.

— Que é um disparate? — perguntou K.

— Por que razão o senhor insiste em fazer perguntas? — retorquiu o comerciante, irritado. — Aparentemente, o senhor ainda não conhece as pessoas que lá vão e pode tirar conclusões erradas. Deve lembrar-se de que, nestes processos judiciais, estão sempre surgindo assuntos para discussão que saem dos domínios do racional e de que as pessoas se sentem demasiado cansadas e confusas para pensar, pelo que se refugiam nas superstições. Eu próprio sou tão mau como os outros. Uma das superstições diz que é pela cara da pessoa, especialmente pela linha dos lábios, que se vê como vai decorrer o seu processo. Pois bem, as pessoas que lá estavam declararam que, pela expressão dos seus lábios, o senhor seria considerado culpado, e num futuro próximo. Digo-lhe que se trata de uma superstição estúpida e, na maioria dos casos, completamente desmentida pelos fatos, mas quando se vive em contato com esta gente, é difícil escapar à opinião prevalecente. Você não faz ideia do efeito que essas superstições exercem. O senhor falou com um homem lá no corredor, não é verdade? E ele mal conseguia pronunciar uma palavra ao responder-lhe. Não há dúvida de que há imensas razões para uma pessoa se sentir confusa naquele lugar, mas uma das razões pelas quais ele não conseguia falar foi o choque que o levou a olhar para os seus lábios. Ele disse mais tarde que viu nos seus lábios o sinal da sua própria sentença, a condenação.

— Nos meus lábios? — perguntou K., pegando num espelho de bolso e estudando-os. — Não consigo ver nada de extraordinário nos meus lábios. O senhor vê?

— Eu também não vejo — respondeu o homem — absolutamente nada.

— Como estas pessoas são supersticiosas! — gritou K.

— Não foi o que eu lhe disse? — perguntou o outro.

— Então eles se encontram assim uns com os outros com tanta frequência e trocam todas essas ideias? – perguntou K.

O comerciante explicou:

— Eu, pessoalmente, nunca tive nada a ver com eles. Como norma, eles não estão em contato frequente uns com os outros, não é lá muito fácil, pois é muita gente. Além disso, têm poucos interesses em comum. Ocasionalmente, um grupo pensa que descobriu interesses comuns, mas em breve constata que estava errado. Uma ação combinada contra o tribunal é impossível. Cada caso é julgado de acordo com os seus próprios méritos, o tribunal é muito consciencioso nesse julgamento e uma ação comum está fora de questão. Um indivíduo aqui e ali marca um ponto em segredo, mas ninguém vem a saber disso a não ser mais tarde, e ninguém sabe também como foi conseguido. Desta forma, não há realmente ligação entre as pessoas, passam umas pelas outras nos corredores, mas pouco conversam. As crendices são uma velha tradição e aumentam automaticamente.

— Olhei para todas as pessoas no corredor – observou K. – e pensei o quão aborrecido deveria ser para eles deambularem por lá.

— Não é nada aborrecido – disse o comerciante –, a única coisa aborrecida é tentar agir independentemente. Como já lhe disse, tenho cinco advogados além deste. O senhor pode pensar, tal como eu pensei, que, em relação ao caso, podia lavar daí as minhas mãos. No entanto, seria uma atitude errada. Tenho, pelo contrário, de os vigiar mais ainda do que se tivesse apenas um advogado a tratar do assunto. Acha que me faço entender?

— Não – respondeu K. – colocando a mão sobre a do homem para evitar que falasse tão depressa. – Eu apenas gostaria de lhe pedir que se explicasse mais devagar, pois tudo isso é tão importante para mim que receio não o acompanhar.

— Ainda bem que me lembrou – disse o comerciante – é claro que o senhor é um recém-chegado, é novo no tratamento destes casos. O seu processo tem apenas seis meses de existência, não é verdade? Sim, ouvi falar dele. É um processo bebê! Tenho tido de pensar nestes assuntos não sei quantas vezes, tornaram-se para mim uma segunda natureza.

— Suponho que o senhor dá graças por o seu processo estar já numa fase avançada – disse K., não querendo indagar em que fase se encontrava agora o caso do comerciante. Também não recebeu uma resposta direta.

— Sim, carrego o meu fardo há cinco longos anos – respondeu Block, deixando cair a cabeça – o que não é pequena façanha.

Em seguida, sentou-se em silêncio por algum tempo. K. pôs-se à escuta para ver se Leni regressava. Por um lado, não estava interessado em que ela regressasse já, pois tinha muitas perguntas a fazer, nem queria que ela o encontrasse a conversar tão intimamente com o comerciante, mas, por outro lado, sentia-se aborrecido por ela estar há tanto tempo junto do advogado estando ele lá em casa, há muito mais tempo do que, em regra, seria necessário para entregar uma tigela de sopa.

— Ainda me lembro perfeitamente — começou de novo o comerciante, prendendo logo a atenção de K. — da época em que o meu processo se encontrava na mesma fase em que o seu se encontra agora. Àquela altura, tinha apenas este advogado e não me sentia muito satisfeito com ele.

"Vou agora descobrir tudo", pensou K., abanando a cabeça afirmativamente, como se assim encorajasse o homem a revelar corretamente toda a informação.

— O meu processo — continuou Block — não fazia progresso algum. Havia, sem dúvida, interrogatórios e eu estava presente em todos eles, tendo coligido provas e posto mesmo os meus livros de contabilidade à disposição do tribunal, o que não era de maneira nenhuma necessário, como descobri mais tarde. Corria continuamente para o advogado, que apresentou diversos requerimentos...

— Diversos requerimentos? — perguntou K.

— Sim, com certeza — disse Block.

— Isso é fundamental para mim — volveu K. —, pois, no que diz respeito ao meu processo, ele está ainda trabalhando no primeiro requerimento. Ainda não fez nada. Vejo agora quão escandalosamente ele tem negligenciado o meu caso.

— Deve haver várias excelentes razões para que o requerimento ainda não esteja pronto — disse Block. — Deixe-me dizer que os meus requerimentos se tornaram mais tarde absolutamente inúteis. Graças à amabilidade de um funcionário do tribunal, foi-me dada a oportunidade de ver um deles. Era muito erudito, mas de nulos resultados práticos. Em primeiro lugar, estava saturado de vocábulos latinos que eu não entendo, e havia páginas inteiras cheias de pedidos ao tribunal, referências lisonjeiras a alguns funcionários, cujos nomes não eram efetivamente mencionados, mas que, para alguém versado nestes assuntos, facilmente seriam reconhecidos, autoelogios do próprio advogado, no decurso dos quais ele se dirigia ao tribunal com uma humildade subserviente, finalizando com uma análise a vários processos antigos que se consideravam semelhantes ao meu. Devo dizer que esta análise, tanto quanto me era dado segui-la, era muito minuciosa e completa. Não pense que estou a julgar o trabalho do advogado; esse requerimento era, no fim das contas, um entre muitos;

mas, de qualquer maneira, e esta é a razão pela qual falo nisto, não conseguia ver o meu processo fazer qualquer progresso.

– Que espécie de progresso você esperava ver? – perguntou K.

– Uma boa pergunta – disse o comerciante com um sorriso –, é muito raro notar-se algum progresso em processos destes, mas na época eu desconhecia isso. Sou comerciante, mas então a minha atividade profissional era muito mais intensa do que agora, eu queria ver resultados palpáveis e, assim, ou o meu assunto chegava ao fim, pensava eu, ou seguia um rumo favorável. Em vez disso, havia apenas entrevistas ásperas, umas após outras, em quase todas se dizendo o mesmo e onde eu tinha de desbobinar as respostas como numa ladainha. Várias vezes por semana recebia em minha casa, na minha loja ou onde quer que me encontrasse, mensageiros enviados pelo tribunal, o que era, evidentemente, um disparate... a esse respeito, evidentemente que estou melhor, porque as chamadas telefônicas não me incomodam tanto. Além destes inconvenientes, começaram a espalhar-se boatos sobre o meu processo no círculo dos comerciantes meus amigos, mas especialmente entre os meus familiares, de tal modo que comecei a ser atacado por todos os lados, sem que houvesse, da parte do tribunal, o mínimo indício de, num futuro próximo, iniciar as medidas judiciais. Dessa forma, dirigi-me ao advogado e apresentei a minha reclamação. Recebeu-me com uma longa explicação, recusando-se, no entanto, a atuar, segundo a minha concepção do termo, dizendo que ninguém podia influenciar o tribunal no sentido de este designar um dia para que um caso fosse ouvido e que solicitar com insistência, num requerimento, qualquer coisa no gênero — tal como eu desejava que ele fizesse — era simplesmente algo nunca visto e que apenas serviria para me arruinar e a ele também. Então pensei: "o que este advogado não faz, ou não quer fazer, outro o fará". Por isso procurei outros advogados. Devo dizer-lhe agora também que nenhum dos outros requereu alguma vez ao tribunal que designasse um dia para o julgamento do meu processo ou tentou obter um tal julgamento. É, efetivamente, impossível, salvo uma restrição, a que me referirei mais adiante, e o advogado não me iludiu nesse particular, embora eu próprio não lamentasse o fato de ter contatado outros advogados. Suponho que o dr. Huld lhe contara imensas coisas acerca dos advogados insignificantes e descrevera-os provavelmente como criaturas desprezáveis, o que, em certo sentido, eles são realmente. De qualquer maneira, ao falar deles e ao comparar-se a si e aos seus colegas com eles, comete sempre o mesmo erro, para o qual chamo, de passagem, a sua atenção. Cada vez que se refere aos advogados do seu meio, menciona-os como 'os grandes advogados' apenas para acentuar a diferença. Isto é falso; qualquer homem se pode intitular de 'grande', se ele quiser, é claro, mas, no caso dos advogados, o tribunal é quem, por tradição, deve decidir. De acordo com a tradição do tribunal, que reconhece tanto os pequenos como os grandes advogados, fora os advogados secretos, o nosso advogado e os seus colegas figuram entre os pequenos, enquanto os verdadeiros grandes advogados, acerca dos quais apenas ouvi falar, sem nunca os ter visto, estão numa posição elevada, acima dos pequenos advogados, tal como estes estão acima dos classificados de insignificantes.

– Os verdadeiros grandes advogados? – quis saber K. – Quem são eles, então? Como é que uma pessoa pode contatá-los?

– Então nunca ouviu falar deles – disse Block. – Não deve haver um acusado que não tenha sonhado durante algum tempo com eles depois de ouvir falar da sua existência. Não se deixe levar por essa tentação. Não faço ideia nenhuma de quem sejam os grandes advogados e não acredito que possamos chegar até junto deles. Não conheço um único caso em que se afirme terem eles interferido. Eles defendem apenas certos processos, mas não nos é possível alcançá-los. Eles só defendem quem querem e não começam a trabalhar num processo se não quando este se encontra já fora da alçada do tribunal ordinário. O melhor é não se pensar neles, pois, de outra forma, as reuniões com os advogados vulgares começam a parecer tão insípidas e estúpidas, com os seus inúteis conselhos e propostas. O que a pessoa sente é vontade de abandonar tudo e deitar-se, sem se incomodar com mais nada. É claro que esta atitude seria ainda mais estúpida, pois, mesmo na cama, não se encontraria a paz desejada.

– Então, o senhor cogitou a ideia de consultar um dos grandes advogados? – perguntou K.

– Não durante muito tempo – respondeu Block sorrindo de novo –, mas infelizmente, não conseguimos nos esquecer deles completamente, muito em especial durante a noite. Contudo, nessa altura estava eu ansioso por resultados imediatos e por isso me dirigi aos advogados insignificantes.

– Que intimidade já fizeram! – exclamou Leni, que tinha regressado com a tigela da sopa e estava em pé junto da porta.

Eles estavam na realidade sentados tão próximos um do outro que quase encostavam as cabeças ao mais pequeno movimento. Block, que, além, de ser um homem pequeno, inclinava-se muito para a frente quando se sentava, falava tão baixo que K. se via forçado a dobrar-se para poder ouvir tudo o que ele dizia.

– Dê-nos uns momentos – gritou K., pedindo a Leni que se retirasse.

A mão que ainda conservava sobre a do comerciante crispou-se de irritação.

— Ele queria que eu lhe falasse do meu processo — disse o comerciante a Leni.

— Bem, então continue — disse ela.

O seu tom de voz ao falar para Block era simpático, mas um pouco condescendente. Isso irritou K. O homem, afinal, tal como ele descobrira, possuía um certo valor, adquirira conhecimentos pela experiência e sabia transmiti-los. Pelo menos, Leni devia estar julgando-o erradamente. Para maior irritação sua, Leni retirou das mãos de Block a vela que ele segurava durante todo este tempo, limpou-lhe a mão com o avental e ajoelhou-se para raspar os pingos de cera que lhe tinham caído sobre as calças.

— O senhor ia começar a falar-me dos advogados insignificantes — disse K., afastando a mão da rapariga sem qualquer comentário.

— Que é que está fazendo? — perguntou ela, dando a K. uma palmadinha e finalizando o seu trabalho.

— Sim, os advogados insignificantes — disse Block, passando a mão pela testa, como se estivesse a refletir.

K. queria ajudá-lo e acrescentou:

— O senhor estava à espera de resultados imediatos e por isso é que se dirigiu aos advogados insignificantes.

— Exato! — respondeu Block, mas não prosseguiu.

Certamente não quer falar à frente de Leni, pensou K., reprimindo a sua impaciência por ouvir o resto da história imediatamente e não o pressionando mais.

— Já me anunciou? — perguntou ele a Leni, em vez de continuar.

— Com certeza, e o advogado esta à sua espera.

— Desça agora, Block, pois pode falar com ele mais tarde, visto que está aqui em casa.

K. ainda hesitou.

— O senhor está hospedado? — inquiriu K. ao comerciante.

Ele queria que fosse o próprio homem a falar, pois detestava a maneira como Leni falava dele, como se ele estivesse ausente, e naquele momento sentia uma inexplicável irritação com ela. Mas, mesmo assim, foi Leni quem falou:

— Ele dorme aqui frequentemente.

— Dorme aqui? — perguntou K.

K. pensara que o comerciante estava ali simplesmente à espera de que a entrevista com o advogado chegasse a uma rápida conclusão, saindo depois os dois juntos para discutir o assunto por completo e em particular.

– Pois nem todos são como você, que tem uma entrevista a qualquer hora que calhe. Tampouco parece impressioná-lo o fato de um homem tão doente como está o advogado ter de recebê-lo às onze da noite. Aceite tudo que os seus amigos fazem por você como a coisa mais natural desta vida. Bem, os seus amigos, ou, pelo menos, eu, gostamos de ajudá-lo. Não peço agradecimentos e tampouco necessito deles, desejo apenas que goste de mim.

Só depois de pesar bem as palavras isto lhe ocorreu:

– Mas eu gosto dela.

Contudo, fazendo de conta que não ouvira os comentários restantes de Leni, disse:

– Ele me recebe porque sou seu cliente. Se eu precisasse do auxílio dos outros até para uma entrevista com o meu advogado, teria de andar com mesuras e sorrisos por todo lado.

– Que difícil que ele está hoje, não está? – disse Leni ao comerciante.

– Agora é a vez de falarem de mim como se eu estivesse ausente – pensou K., e a sua irritação estendeu-se também ao comerciante, quando este, à semelhança da falta de delicadeza de Leni, comentou:

– Mas o advogado tem outros motivos para concordar em recebê-lo. O caso dele é muito mais interessante do que o meu. Além disso, ainda está no princípio, certamente numa fase promissora, motivo por que o advogado gosta de se ocupar dele. Verá a diferença depois.

– Sim, sim – concordou Leni, rindo para o comerciante – Que tagarela!

Voltou-se nesta altura para K. e continuou:

– Não deve acreditar numa só palavra do que ele diz. Ele é um bom homem, mas fala demais. Naturalmente, é por isso que o advogado não o suporta. De qualquer maneira, ele nunca quer vê-lo, a não ser que se encontre de bom humor. Tenho tentado tudo para ver se consigo modificar este estado de coisas, mas não tem resultado. Imagine só isto: por vezes digo ao advogado que Block está aqui e ele só acaba por recebê-lo ao fim de três dias. E, se acontece de Block não estar presente quando o manda chamar, lá se vai a oportunidade e então tenho de anunciar de novo a presença dele. É por isso que consinto que Block durma aqui, até porque já aconteceu de o advogado chamar por ele no meio da noite. Desta forma, Block tem de estar pronto a comparecer, quer de noite quer de dia. Acontece também que, por vezes, o advogado muda de ideia ao descobrir que Block se encontra aqui e então se recusa a falar com ele.

K. lançou um olhar interrogador ao comerciante, que acenou afirmativamente com a cabeça e disse, com a mesma franqueza que usara antes, ou talvez simplesmente desconcertado por um sentimento de vergonha:

– É verdade, à medida que o tempo corre, vamos nos tornando dependentes do advogado.

– Ele só está fingindo que reclama – disse Leni – pois gosta de dormir aqui, como já me falou várias vezes.

Ela se dirigiu a uma porta pequena e a abriu.

– Quer ver o quarto dele? – perguntou ela.

K. seguiu-a e espreitou do limiar da porta para dentro. Era um quartinho de teto baixo, sem janela e que tinha espaço apenas para uma cama estreita. Na cabeceira, num pequeno nicho na parede, viam-se, cuidadosamente dispostos, uma vela, um tinteiro e uma caneta ao lado de um maço de papéis, provavelmente documentos relativos ao processo.

– Então o senhor dorme no quarto de empregada? – perguntou K., voltando-se para o comerciante.

– Foi Leni que me cedeu. Será muito útil – disse ele.

K. olhou fixamente para ele. A primeira impressão que tivera do homem devia ter sido, afinal de contas, a mais certa. Block era, sem dúvida, um homem experiente, visto que o seu processo já durava tantos anos, mas pagava bem caro por essa experiência. De repente, K. sentiu que já nem suportava a presença do homem.

– Mete-o na cama! – gritou ele a Leni, que parecia não compreender o significado daquelas palavras. Contudo, o que ele queria era ir até junto do advogado e afastar da sua vida, não só Huld, mas também Leni e o comerciante.

Antes de conseguir chegar junto do quarto, Block falou com ele num tom de voz baixo:

– Ei, K.

K. voltou-se zangado.

O comerciante estendeu a mão suplicantemente e falou:

– O senhor se esqueceu de cumprir a sua promessa. O senhor ia contar-me um dos seus segredos.

– É verdade – respondeu K., lançando um olhar também a Leni, que olhava para ele atentamente – embora nesta altura seja um segredo que vai ser publicamente revelado. Vou ao advogado para dispensá-lo dos serviços que me tem prestado relativamente ao meu processo.

— Dispensá-lo? Ele vai dispensar o advogado! — exclamou o comerciante, dando um salto da cadeira e correndo para a cozinha, de braços levantados, gritando.

Leni tentou agarrar K., mas Block se meteu no caminho e ela o afastou com os punhos. Ainda de punhos cerrados, correu atrás de K., que já levava um bom avanço. Ele se enfiou no quarto do advogado antes de ela conseguir agarrá-lo. K tentou fechar a porta atrás de si, mas Leni pôs um pé e agarrou-o pelo braço, tentando puxá-lo para fora. K. agarrou-lhe o pulso e apertou tanto que ela teve de largá-lo com um queixume. Não tentou entrar de novo, mas K., por segurança, deu uma volta à chave.

— Há muito tempo que estou à sua espera — disse o advogado da sua cama, colocando na mesinha de cabeceira um documento que estava lendo à luz da vela. Pôs os óculos, através dos quais examinava cuidadosamente K.

Em vez de pedir desculpa, K. disse:

— Não vou demorar, senhor doutor.

Como este comentário não era uma desculpa, o advogado fez que não ouviu, dizendo:

— Não tornarei a recebê-lo a esta hora tão tardia.

— Isso está absolutamente de acordo com as minhas intenções! — retorquiu K.

O advogado lançou-lhe um olhar interrogador e disse:

— Sente-se.

— Já que me pede... — respondeu K., puxando uma cadeira para junto da mesa de cabeceira e se sentando.

— Suponho que tenha fechado a porta à chave — disse o advogado.

— Sim, fechei — respondeu K. — Foi por causa de Leni.

Ele não estava a pensar em defender ninguém, mas o advogado continuou:

— Ela anda atormentando-o de novo?

— Atormentar-me? — perguntou K.

— Sim. — respondeu o advogado, rindo disfarçadamente até parar com um ataque de tosse, e depois recomeçou a rir.

— Suponho que não tenha lhe passado despercebido que ela o atormenta? — perguntou, batendo de leve com a mão na de K., que, por distração, a tinha pousada na mesinha de cabeceira e agora a retirava às pressas.

— Não lhe dê muita importância — continuou o advogado, visto que K. se conservava silencioso. — Tanto melhor. Senão, teria de lhe pedir desculpa pelo procedimento dela. É uma particularidade dela que há muito lhe tenho perdoado e que eu não mencionaria agora se não fosse o senhor ter fechado a porta à chave. Esta sua particularidade – bem, o senhor é a última pessoa a quem eu explico isso, mas parece estar tão perturbado que sinto que devo fazê-lo – esta sua particularidade consiste no fato de ela achar quase todos os acusados atraentes. Ela insinua-se a todos eles, ama-os a todos e o seu amor é evidentemente retribuído por eles. Ela me conta frequentemente estes enleios, apenas para me distrair, se eu consinto. Isto não me surpreende tanto como o surpreende. Se for sensível a estes assuntos, facilmente se aperceberá de como os acusados são, em regra, atraentes. É um fenômeno extraordinário, quase uma lei natural. É claro que é óbvio que o fato de ser acusado não altera o aspecto de um homem. Estes casos não são como os vulgares casos de crime: a maioria dos réus continua a exercer as suas profissões e, se estiverem nas mãos de um bom advogado, os seus interesses quase nada sofrem. E há, no entanto, quem, por experiência em tais assuntos, consiga apontar, um após outro, os acusados no meio de grandes multidões. "Como é que eles sabem?", perguntará o senhor. Lamento muito, mas a minha resposta não será muito satisfatória. Eles sabem por que os acusados são sempre os mais atraentes. Não deve ser a culpa que os torna atraentes, porque, sinto o dever de, como advogado, dizer-lhe, eles não são todos culpados e não pode ser a pena antecipadamente imposta pela justiça que vai torná-los atraentes, pois nem todos serão condenados, e, por consequência, deve ser a simples culpa que lhes é atribuída que, de certo modo, realça a sua atração, mas eles são todos atraentes, mesmo aquele desgraçado Block.

Quando o advogado acabou esta arenga, K. já tinha se recomposto completamente e até havia acenado afirmativamente com a cabeça em sinal de acordo com as últimas palavras, se bem que, na realidade, ele visse confirmada a opinião que há muito alimentava no seu espírito, de que o advogado tentava sempre, tal como agora, introduzir generalidades despropositadas com o fim de dispersar a sua atenção do ponto principal, que era: o que é que se tinha conseguido no avanço do processo? O advogado sentiu provavelmente que K. estava mais hostil do que usualmente, porque, neste momento, parou de falar por momentos, para lhe dar a oportunidade de dizer alguma coisa, e em seguida perguntou, já que K. se conservava silencioso:

– O senhor veio aqui esta noite por alguma razão especial?

– Sim! – respondeu K., tapando com a mão a sombra da vela para poder observar melhor o advogado. – Eu vim para informá-lo de que dispensarei os seus serviços a partir de hoje.

— Estou compreendendo bem o que o senhor me disse? — perguntou o advogado, soerguendo-se na cama e apoiando uma das mãos nas almofadas.

— Espero que sim — disse K., sentando-se muito direito, como se estivesse em guarda.

— Bom, isso é um plano que podemos pelo menos discutir — disse o advogado depois de uma pausa.

— Não é plano nenhum, é um fato — respondeu K.

— Pode ser, mas nós escusamos de estar com tanta pressa — disse o advogado.

Ele usava a palavra "nós" como se não fosse sua intenção permitir que K. se separasse dele; como se, pelo menos, se pudesse manter como conselheiro de K., senão seu assistente oficial.

— Não é nenhuma decisão precipitada — disse K., levantando-se lentamente e colocando-se atrás da sua cadeira. Já pensei bastante no assunto, talvez até demais. Esta é, pois, a minha decisão final.

— Então, permita-me que faça alguns comentários — volveu o advogado, tirando o edredom de penas e sentando-se na borda da cama.

As pernas nuas, salpicadas de pelos brancos, tremiam de frio. Pediu a K. o favor de lhe pegar uma manta que estava em cima do sofá. K foi buscar a manta e disse:

— É absolutamente desnecessário arriscar-se a apanhar um resfriado.

— Tenho razões bastante fortes — respondeu o advogado, enrolando o edredom nos ombros e cobrindo as pernas com a manta.

— Seu tio é meu amigo e, com o decorrer do tempo, comecei a sentir também uma certa amizade por você. Confesso abertamente, pois não é nada de que me tenha de envergonhar.

Esta explosão de sentimentos da parte do velho advogado não o satisfez nada, pois isso obrigava K. a ser mais explícito nas suas afirmações, o que preferira evitar, até porque se sentia atrapalhado, tal como confessava a si próprio, se bem que este fato em nada afetasse a sua decisão.

— Sinto-me muito grato pela amizade que demonstra — disse ele — e creia que aprecio tudo o que fez pensando que me trazia vantagens. Há já, contudo, algum tempo que me convenço de que todos os seus esforços são insuficientes. Não estou tentando, evidentemente impor a minha opinião a um homem muito mais velho e muito mais experiente do que eu; se, inconscientemente o fiz, peço-lhe que me perdoe, mas tenho para isso razões bastante fortes, para usar a sua própria frase, e estou convencido de que será preciso despender muito mais energias neste meu processo do que se tem despendido até aqui.

– Compreendo – assentiu o advogado –, o senhor está ficando impaciente.

– Não estou de modo algum ficando impaciente – respondeu K., já um pouco irritado e, por isso, menos cuidadoso na escolha das palavras.

– O senhor doutor deve ter notado na primeira visita que lhe fiz, quando aqui vim com meu tio, que não estava a levar o meu caso muito a sério. Esqueceria completamente se não me obrigassem a lembrar-me dele. Mais ainda: meu tio insistia em que fosse o senhor a representar-me, e eu concordei para lhe ser agradável. Qualquer pessoa pensaria, naturalmente, que eu sentiria a minha consciência mais aliviada depois disso, visto que finalmente, quando se contrata um advogado, alivia-se um pouco a carga dos próprios ombros. Contudo, aconteceu justamente o contrário. Nunca me senti tão atormentado com o meu processo senão depois de o senhor ter tomado conta dele. Enquanto estive só, nada tive de fazer, até mal me preocupava; em contrapartida, depois de ter um advogado senti que nesta fase qualquer coisa pairava no ar e esperei com uma crescente ansiedade pela sua intervenção, mas o senhor doutor nada fez. É certo que me deu informações acerca do tribunal que não me teria sido possível colher sozinho. Contudo, acho que esta não é a colaboração de que necessita um homem que sente o pavor a assenhorar-se dele e a invadi-lo rapidamente.

K. já tinha afastado a cadeira e estava agora de pé, direito, com as mãos nos bolsos do casaco.

– Depois de um certo tempo de prática – disse o advogado lentamente, num tom de voz baixo –, nada novo acontece realmente. Quantos dos meus clientes não chegaram, nos seus processos, ao mesmo ponto que o senhor e se me apresentaram exatamente no mesmo estado de espírito e me disseram as mesmas coisas!

– Bem, então eles estavam tão dentro da razão como eu. Em nada contradizem os meus argumentos – responde K.

E o advogado:

– Mas eu não estava a tentar contradizê-los, no entanto, gostaria de acreditar que esperava que o senhor mostrasse mais senso do que os outros, especialmente devido ao fato de eu lhe ter transmitido pormenores mais desenvolvidos da atividade do tribunal e da minha própria maneira de proceder do que aqueles que usualmente forneço aos meus clientes. E agora não posso deixar de verificar que, apesar de tudo isso, o senhor não tem em mim a necessária confiança. Não me facilita a vida de maneira alguma.

Como o advogado se humilhava perante K.! E sem respeito pela sua dignidade profissional, que era verdadeiramente o mais impressionante neste momento crítico. Por que o faria ele? Se as aparências não enganavam, ele tinha bastante procura como advogado e vivia com abundância, não sendo a perda de K. como cliente, ou a perda dos seus honorários, que iriam afetá-lo muito. Contudo, era com grande insistência que ele se agarrava a K. Por quê? Seria a amizade pessoal com o tio de K., ou consideraria ele o processo de K. tão extraordinário que esperava ganhar prestígio, quer por defender K., quer – possibilidade que não era de se excluir – por desejar ajudar os seus amigos do tribunal? O seu rosto nada deixava transparecer, por mais que K. o observasse minuciosamente.

Quase se podia supor que a palidez do rosto era deliberada enquanto aguardava o efeito das suas palavras. Contudo, interpretava obviamente como demasiado favorável o silêncio de K., visto que continuou a falar:

– Deve ter notado que, embora o meu escritório seja bastante espaçoso, não tenho ninguém para me ajudar. Não era o que acontecia antigamente, pois houve uma época em que diversos estudantes de direito, ainda novos, trabalhavam para mim, mas agora trabalho sozinho. Esta mudança coaduna-se em parte com a alteração da minha maneira de trabalhar, pois devoto-me cada vez mais a processos semelhantes ao seu e, por outro lado, por se ter gerado uma crescente confiança à minha volta. Senti que não poderia ser justo delegar a outra pessoa a responsabilidade destes processos sem enganar os meus clientes e pôr em perigo os deveres que assumi. No entanto, a decisão de arcar sozinho com todo o trabalho originou, obviamente, as naturais consequências: tive de recusar a maioria dos processos que me entregavam e aceitar apenas os que mais me sensibilizavam... e posso afirmar-lhe que mesmo neste bairro não falta quem esteja sempre pronto a apanhar os restos que desprezo. Por isso é que, sobrecarregado de trabalho, acabei por adoecer. De qualquer maneira, não me arrependo da decisão que tomei e o que devia, talvez, ter feito era ter sido mais firme e ter mesmo recusado ainda mais casos. O meu plano de me devotar inteiramente aos processos que aceitei provou ser absolutamente eficaz e suficientemente justificado pelos resultados obtidos. Li uma vez uma descrição muito bem escrita sobre a diferença existente entre um advogado de processos jurídicos comuns e um advogado de casos semelhantes ao seu. Era assim: o primeiro conduz o seu cliente por um fio fino até a sentença ser dada, mas o segundo leva o seu cliente às costas, desde o princípio, sem o pôr no chão uma única vez, até a sentença ser pronunciada e mesmo depois. Isto é verdade. No entanto, não é inteiramente verdade quando afirmo que não estou arrependido de ter me devotado a esta grande tarefa. Quando, à semelhança do que se está passando com o seu processo, o meu trabalho é mal-interpretado, então, e só então, quase lamento tê-lo feito.

Em vez de convencer K., esse discurso apenas o tornou mais impaciente. Ele imaginava, pelo tom de voz do advogado, o que lhe estava reservado se ele recuasse. Recomeçariam os mesmos velhos discursos, as mesmas referências aos progressos do requerimento, a maior simpatia deste ou daquele funcionário, não esquecendo, entretanto, as enormes dificuldades que surgiam no caminho. As mesmas velhas trivialidades seriam trazidas novamente à cena, quer para o iludir com falsas esperanças, quer para o atormentar com igualmente vagas ameaças.

Isto tem de acabar de uma vez por todas, e por isso disse:
– Que medidas se propõe tomar relativamente ao meu processo, se eu continuar a mantê-lo como meu representante?

O advogado aceitou docilmente, mesmo sendo esta pergunta insultuosa, e respondeu:
– Continuarei com as medidas com que comecei.
– Eu sabia disso – retrucou K. – Bem, é uma perda de tempo continuarmos a conversar.
– Farei mais uma tentativa – disse o advogado, como se fosse K. quem estivesse em falta, e não ele próprio.
– Tenho a impressão de que o que o torna tão teimoso não só no seu julgamento da assistência jurídica que lhe dispenso, mas também no seu comportamento de uma maneira geral, é o fato de ter sido tratado demasiadamente bem, conquanto seja um acusado ou, para ser mais preciso, ter sido tratado com negligência, com aparente negligência. Essa negligência é sem dúvida justificável; é muitas vezes preferível estar na cadeia do que livre. Contudo, gostaria de lhe mostrar como são tratados outros acusados e talvez o senhor então aprenda umas coisas mais. Vou mandar entrar Block; destranque a porta e sente-se aqui ao lado da mesa de cabeceira.
– Com todo o prazer – respondeu K., cumprindo as instruções recebidas, pois estava sempre pronto a aprender.

Como precaução, no entanto, perguntou uma vez mais:
– Já se deu conta de que dispenso os seus serviços?
– Sim – disse o advogado –, mas o senhor ainda pode mudar de ideia.

Recostou-se novamente na cama, puxou o edredom até ao queixo e voltou-se para a parede. Então, tocou a campainha.

Leni entrou imediatamente, lançando rápidas olhadelas em volta, a fim de ver o que estava se passando. Parecia ser para ela tranquilizador o fato de K. se encontrar sentado e calado ao lado da cama do advogado. Ela fez-lhe um sinal com a cabeça, sorrindo, mas ele fitou-a com um olhar perturbado.

– Vai buscar Block – ordenou o advogado.

Em vez de ir buscá-lo, contudo, apenas chegou à porta e chamou:

– Block! O senhor doutor o chama!

E em seguida, provavelmente porque o advogado estava voltado para a parede e não lhe prestava atenção, colocou-se atrás de K., perturbando-o durante o resto do tempo, quer encostando-se às costas da cadeira, quer percorrendo suave e carinhosamente os dedos pelos cabelos e pelas faces de K. Por fim, este procurou impedi-la de continuar, tentando agarrar-lhe a mão, a qual, após uma certa resistência, ela acabou por retirar.

Block respondera imediatamente ao chamado, se bem que hesitasse à entrada da porta, aparentemente na dúvida se devia ou não entrar. Ergueu as sobrancelhas e levantou a cabeça, como que à espera de ouvir repetir a ordem. K. podia ter encorajado o homem a entrar, mas estava firmemente resolvido a cortar de vez, não só com o advogado, mas também com todas as pessoas da casa, por isso permaneceu calado. Leni também ficou calada. Block notou que ninguém o mandava embora e, nas pontas dos pés, entrou no quarto com um ar de expectativa, as mãos cruzadas atrás das costas e deixando a porta aberta para assegurar a sua retirada. Não olhou uma única vez para K., mas conservou o olhar fixo no edredom, sob o qual não se via o advogado por este ter se encostado à parede. Ouviu-se, no entanto, uma voz vinda da cama que perguntava:

– O Block já está aí?

Esta pergunta atuou como uma pancada sobre Block, que já tinha avançado um bom bocado; vacilou como se tivesse sido atingido no peito e em seguida nas costas, de modo que, dobrando-se muito, parou e respondeu:

– Ao seu dispor.

– Que é que o senhor quer? O senhor chegou na hora menos oportuna. – disse o advogado.

– Não me chamaram? – perguntou Block, mais para si próprio do que para o advogado, estendendo as mãos como a proteger-se e preparando-se para regressar.

– Chamaram, sim – respondeu o advogado – e, no entanto, chegou em hora imprópria.

Depois de uma pausa, continuou:

– Vem sempre na hora mais imprópria.

A partir do momento em que se ouviu a voz do advogado, Block desviou os olhos da cama e parou para escutar, fitando um canto distante, como se o olhar para o advogado lhe ferisse a vista. Todavia, custava-lhe ouvir a voz do advogado, visto que este falava muito perto da parede, num tom de voz baixo e rápido.

– O senhor doutor quer que eu me vá embora? – perguntou Block.

– Bem, já que aqui está, fique! – respondeu o advogado.

Uma pessoa pensaria que, em vez de satisfazer a vontade de Block, o advogado o ameaçava de ser espancado, pois o homem começou a tremer verdadeiramente.

– Ontem – começou o advogado –, estive com o terceiro juiz, que é meu amigo, e, pouco a pouco, conduzi a conversa para o seu caso. Quer saber o que ele me disse?

– Oh, por favor, diga! – pediu Block.

Como o advogado não começasse imediatamente a falar, Block implorou novamente, parecendo estar prestes a pôr-se de joelhos. K. interveio, porém, com um berro:

– Que é que o senhor está fazendo?

Leni tentou abafar o seu grito e, por isso, K. agarrou-lhe também a outra mão. Não tinha nada de amorosa a maneira como ele a agarrava; ela gemia de vez em quando a lutar para se desprender dele.

Foi, contudo, Block quem parou pelo grito de K.; o advogado lançou-lhe a pergunta:

– Quem é o seu advogado?

– O senhor doutor – respondeu Block.

– E além de mim? – inquiriu de novo o advogado.

– Não há mais ninguém – respondeu Block.

– Então, não preste atenção a mais ninguém – ordenou o advogado.

Block, escudando-se com estas palavras, dirigiu a K. um olhar furioso e abanou a cabeça violentamente para ele. Se aqueles gestos tivessem sido traduzidos por palavras, constituiriam um arrazoado insultuoso. E era este o homem com quem K. tinha querido discutir o seu próprio processo em termos amigáveis!

– Não voltarei a intrometer-me – disse K., encostando-se na sua cadeira. – Ajoelhe-se no chão ou rasteje como quiser, não me incomodarei.

Contudo, Block ainda tinha um pouco de respeito por si próprio, pelo menos no que concernia a K., pois avançou para ele de punhos no ar e gritou o mais alto que pôde, na presença do advogado:

— O senhor não tem nada que me falar nesse tom. Que tem o senhor que me insultar? E à frente do senhor doutor, que nos deixou entrar a ambos apenas por ter pena de nós! O senhor não é melhor do que eu, pois também é um acusado e está tão envolvido num processo como eu. Se, no entanto, o senhor é também um cavalheiro, deixe que lhe diga que o sou tanto como o senhor, senão mais. E é assim que o senhor terá de se dirigir a mim, sim, especialmente o senhor. Se pensa que tem vantagem sobre mim por lhe ser permitido sentar-se aí, confortavelmente, a ver-me rastejar, como o senhor disse, deixe-me recordar-lhe o velho ditado: gente suspeita é melhor a andar do que parada, visto que parada pode estar sobre um prato de balança sem o saber, sendo pesada com os seus pecados.

K. não disse uma palavra, apenas fixava com espanto aquele doido. Que mudança se operara naquele sujeito naquela última hora! Teria sido o seu processo que o perturbara a tal ponto que nem era capaz de distinguir um amigo de um adversário? Não via ele que o advogado estava deliberadamente o humilhando, sem qualquer outro propósito que não fosse, nessa ocasião, exibir o seu poder perante K. e assim, talvez, intimidar K. para que este se submetesse? Contudo, se Block era incapaz de perceber isso, ou se tinha tanto medo do advogado que não se podia notar, como é que tivera a coragem suficiente ou a astúcia para enganar o advogado e negar que recorrera a outros advogados? E como pôde ele ser atrevido ao ponto de atacar K., sabendo que K. podia denunciar o seu segredo? A sua imprudência foi ainda mais longe: aproximou-se da cama do advogado e apresentou uma queixa contra K.

— Dr. Huld — disse ele — ouviu o que este homem me disse? O processo dele tem apenas horas de existência comparado com o meu, no entanto, embora eu já esteja há cinco anos envolvido no meu processo, ele se acha com autoridade para me dar conselhos. E, ainda por cima, abusa de mim. Não sabe nada e abusa de mim, de mim, que estudei tão profundamente quanto as minhas faculdades mentais o permitem todos os preceitos de dever, piedade e tradição.

— Não preste atenção a ninguém — respondeu-lhe o advogado — e faça apenas o que achar correto.

— Com certeza — volveu Block, como que a dar confiança a si próprio e, em seguida, olhando rapidamente de lado, ajoelhou-se junto à cama.

— Estou de joelhos, senhor Huld — disse ele.

O advogado, contudo, nada respondeu. Block acariciou cuidadosamente o edredom com uma das mãos. No meio do silêncio que reinava agora, Leni disse, libertando-se de K.:

— Está me machucando. Largue-me! Quero ficar ao pé de Block.

Ela deu alguns passos e sentou-se na borda da cama. Block ficou muito satisfeito com a chegada dela; por meio de gestos, num espetáculo de mudos, implorava-lhe que intercedesse junto do advogado. Ele estava, sem dúvida, necessitadíssimo de qualquer informação que o advogado lhe pudesse dar, mas talvez ele apenas quisesse transmiti-la aos seus outros advogados, para fazerem uso dela. Leni, aparentemente, sabia exatamente qual a maneira de lisonjear o advogado. Ela apontou para a mão dele e estendeu os lábios como se fosse dar um beijo. Block imediatamente beijou a mão do advogado, o que repetiu mais duas vezes por instigação de Leni. O advogado, contudo, continuou persistentemente impassível. Então, Leni debruçou-se sobre o rosto do advogado e afagou-lhe os longos cabelos brancos, salientando nesta posição as delicadas linhas do seu esbelto corpo. Esta foi a maneira de, finalmente, o advogado ser levado a responder.

— Eu hesito em dizer-lhe – disse o advogado, e podia vê-lo a abanar a cabeça, possivelmente para melhor sentir o prazer que lhe dava a pressão exercida pelas mãos de Leni. Block escutava de olhos baixos, como se, pelo simples fato de escutar, estivesse a infringir a lei.

— Por que razão hesita? – perguntou Leni.

K. tinha a sensação de ouvir um diálogo bem ensaiado que tivesse sido repetido muitas vezes, que seria frequentemente repetido e que apenas para Block nunca perderia o sentido de novidade.

— Como se tem portado ele hoje? – perguntou o advogado em vez de responder.

Antes de responder, Leni olhou para Block e fitou-o por momentos, enquanto ele levantava as mãos para ela e as juntava de modo suplicante. Por fim, abanou gravemente a cabeça, voltou-se para o advogado e disse:

— Tem estado sossegado e laborioso.

Um velho comerciante, um homem de longas barbas, suplicando a uma moça que diga uma palavra a seu favor! Deixem-no ter as ideias que quiser, que aos olhos dos seus semelhantes não encontrará justificação para elas. K. não conseguia compreender como é que o advogado poderia alguma vez ter admitido que esta representação poderia impressioná-lo. Se o advogado não tivesse já conseguido indispô-lo, este espetáculo bastaria para acabar com a situação de uma vez por todas. Era humilhante mesmo para um espectador. Dessa forma, os métodos do advogado, aos quais K. felizmente não se tinha exposto por muito tempo, resumiam-se ao seguinte: o cliente, finalmente, alheava-se completamente do mundo e vivia apenas na esperança de, mourejando ao longo deste falso e difícil caminho, conseguir atingir o fim do seu processo. O cliente deixava de ser um cliente e transformava-se no cão do advogado. Se o advogado o mandasse rastejar para debaixo da cama como se fosse para um canil e ali ladrar, ele obedeceria àquela ordem com satisfação. K. presenciava tudo com um sentido crítico apurado, como se tivesse sido incumbido de examinar atentamente os procedimentos judiciais a fim de os relatar a uma entidade superior e os registar por escrito.

– Que esteve ele a fazer durante todo o dia? – continuou o advogado.

– Fechei-o no quarto da criada, para evitar que ele me perturbasse no meu trabalho; de qualquer modo, é onde ele normalmente está. Eu espreitava-o de vez em quando através do ventilador, para ver o que ele estava fazendo. Ele esteve durante todo o tempo ajoelhado na cama a ler os papéis que o senhor doutor lhe entregou e que estavam dispostos no parapeito da janela. Isto causou-me uma boa impressão, pois a janela dá apenas para uma chaminé ventiladora e não deixa passar muita luz. Assim, a maneira como Block se dedicou à leitura mostrou a fidelidade com que ele cumpre o que lhe é ordenado – contou Leni.

– Fico satisfeito por saber isso – disse o advogado. Mas teria ele entendido tudo o que leu?

Os lábios de Block estiveram durante todo aquele tempo a se mover fervorosamente. Ele estava sem dúvida a formular as respostas que desejava que Leni desse. E ela explicou:

– Disso é que eu não tenho a certeza. De qualquer maneira, posso afirmar que ele esteve concentrado na sua leitura. Não passou da primeira página durante todo o dia, tendo seguido as linhas com o dedo. De todas as vezes que olhava para ele, suspirava como se a leitura o obrigasse a fazer um grande esforço. Aparentemente, os papéis que lhe deu para ler eram difíceis de entender.

– Sim – respondeu o advogado – estes documentos são bastante difíceis. Não creio que ele os tenha realmente compreendido. Foi apenas para lhe dar um indício de como é duro o esforço que faço para levar a cabo a sua defesa. E por quem é que luto tão arduamente? Parece ridículo dizê-lo... faço-o por Block. Ele tem de compreender o que isto significa. Terá ele lido tudo sem parar?

— Quase sem parar – respondeu Leni – apenas uma vez me pediu um copo de água, que lhe passei através da janelinha. Por volta das oito horas, deixei-o, então, sair, e dei-lhe qualquer coisa de comer.

Block relanceou os olhos rapidamente por K., como se esperasse vê-lo impressionado por essa descrição tão virtuosa. As suas esperanças pareciam aumentar, os seus movimentos eram menos constrangidos e continuava a dobrar um pouco os joelhos. Era visível que as palavras que o advogado pronunciou a seguir o tinham chocado profundamente.

— Estás elogiando-o – observou o advogado – mas isso apenas me dificulta a tarefa de lhe dar as informações que tenho. É que as observações do juiz não foram de modo algum favoráveis nem para Block nem para o seu processo.

— Não foram favoráveis? – estranhou Leni. – Como é que isso é possível?

Block fitava-a insistentemente, como se a achasse capaz de transformar favoravelmente as palavras há muito pronunciadas pelo juiz.

— Não foram favoráveis – afirmou o advogado – Ele até ficou aborrecido quando mencionei o nome de Block. "Não me fale de Block"– disse ele. "Mas ele é meu cliente", disse eu. "Você está desperdiçando seu tempo com o homem", retrucou ele. "Não suponho que o seu caso seja um caso perdido", disse eu. "Bem, você está a perder o seu tempo com ele", repetiu ele. "Não creio, Block está sinceramente preocupado com este processo e dedica-lhe todo o seu tempo. Ele quase que vive em minha casa apenas para estar em contato com o processo. Não é comum encontrar-se tanto zelo. Sem dúvida que é pessoalmente bastante repulsivo, não tem boas maneiras e é porco, mas, como cliente, está acima de toda a censura..." eu disse, o que era um exagero deliberado. A isto ele respondeu: "Block é simplesmente manhoso. Adquiriu bastante experiência e aprendeu como adiar o processo. A sua ignorância, contudo, é ainda maior do que a manha. Que acha que ele diria se descobrisse que o seu processo ainda não tinha realmente começado, se lhe dissessem que a campainha que marca o início do processo ainda nem sequer tocou?"

— Esteja quieto, Block – ordenou o advogado, pois Block ia já levantar-se nas suas pernas a tremer, logicamente para implorar uma explicação.

Esta era a primeira vez que o advogado se dirigia diretamente a Block. Com os olhos sem brilho, olhou para baixo; o seu olhar era em parte vago e em parte dirigido a Block, que, subjugado por ele, caiu novamente de joelhos. O advogado disse para ele:

— Estas manifestações do juiz não têm para você importância alguma. Não se assuste, pois, a cada palavra que eu digo, porque se isto se repetir, não voltarei a informar mais nada. Não posso começar uma frase sem que me contemple com a expressão de quem espera, nesse preciso instante, a sentença. Envergonhe-se de seu procedimento diante de meu cliente. Desse modo anula a confiança que ele deposita em mim. Que quer? Porventura ainda não está vivo? Porventura não estás ainda sob a minha proteção? Seus temores são insensatos. Certamente leu em algum lugar que em muitos casos a sentença cai de maneira imprevista, em qualquer momento e pronunciada por qualquer boca. Com muitas reservas, isso acontece, mas é também certo que me repugnam seus temores e que neles vejo uma falta de confiança necessária. Por que, no fim das contas, que lhe disse? Pus-o a par das declarações de um juiz. Mas bem sabe que se reúnem diferentes opiniões ao redor de um julgamento, e a tal ponto que o conjunto se torna impenetrável. Esse juiz, por exemplo, dá por iniciado o procedimento em um momento que não é o mesmo que eu considero. Trata-se simplesmente de uma diferença de opiniões, nada mais. Ao chegar a uma determinada fase do processo, segundo um antigo costume, é preciso tocar uma campainha. De acordo com a opinião desse juiz, só então começa o processo. Não posso comunicar-lhe agora todas as razões que falam contra tal parecer; além do mais, não as compreenderia. Basta saber que muitas coisas se opõem a ele.

Inteiramente confuso, Block baixou as mãos e, com os dedos, pôs-se a acariciar a pele que servia de tapetinho da cama. O medo que as declarações do juiz despertaram nele fazia esquecer por momentos a submissão que devia ao seu advogado. Apenas pensava em si mesmo e não cessava de dar voltas às palavras do juiz, procurando desentranhar seu significado por todos os ângulos.

Nota do tradutor:
Este capítulo nunca foi finalizado.

9

Na catedral

 K. tinha recebido a incumbência de acompanhar, e mostrar alguns monumentos e obras de arte a um italiano que visitava pela primeira vez a cidade e que era um dos clientes mais importantes do banco. Era uma missão que, em outra época, K. consideraria honrosa, mas neste momento crítico, quando necessitava reunir todas as energias para conservar o seu prestígio no trabalho, aceitou com relutância.
 Todo o tempo que passava fora do banco era um sofrimento para ele. De forma alguma era capaz de tirar, como antigamente, o máximo rendimento das suas horas de trabalho. Ao contrário, perdia muito tempo fingindo que de fato trabalhava, mas isto só o preocupava mais quando não estava sentado à sua mesa. Às vezes, imaginava o subgerente, que sempre o espiara, entrando de vez em quando no seu gabinete, sentando-se à sua mesa, vasculhando os papéis. Recebia clientes que, com o decorrer dos anos, tinham se tornado quase amigos de K. e induzia-os a se afastarem dele, talvez mesmo descobrindo erros que ele tivesse feito, pois K. via-se agora continuamente ameaçado por erros que se insinuavam no seu trabalho vindos de todos os lados e que já não conseguia evitar. Consequentemente, se era incumbido de uma missão, se bem que honrosa, que o obrigava a ausentar-se do seu escritório, ou mesmo a fazer uma pequena viagem – e, ultimamente, missões dessa natureza tinham se tornado, por casualidade, muito frequentes –, não podia deixar de suspeitar que havia um complô para o afastar do escritório, de modo que o seu trabalho pu-

desse ser examinado, ou que, pelo menos, dispensavam os seus serviços. Facilmente poderia ter recusado a maioria dessas incumbências. Contudo, não se atrevera a fazê-lo, visto que, se houvesse o mais pequeno fundamento para as suas suspeitas, uma recusa seria tomada como medo. Por essa razão, aceitava todas as incumbências com uma calma aparente e, numa ocasião em que estava para fazer uma cansativa viagem de dois dias, nem se queixou de um grande resfriado que apanhara, apenas para não se arriscar a ver o úmido tempo outonal apontado como uma desculpa da sua recusa em ir. Quando regressou da viagem, com uma terrível dor de cabeça, descobriu que tinha sido escolhido para, no dia seguinte, acompanhar o visitante italiano.

Desta vez, sentiu uma enorme tentação de recusar a tarefa, tanto mais que não se tratava estritamente de um assunto de serviço; era, sim, um dever social para com um colega, sem dúvida bastante importante, mas que, simplesmente, não o era para ele, sabendo, como sabia, que nada o podia salvar a não ser um trabalho perfeito, na falta do qual não lhe seria da mínima utilidade o fato de o italiano o achar uma companhia encantadora. Ele evitava ausentar-se do serviço ainda que fosse por um único dia, visto que tinha um receio enorme de não ser autorizado a regressar, um medo que ele bem sabia ser exagerado, mas que, de qualquer maneira, o oprimia.

A dificuldade era arranjar uma desculpa aceitável. Seus conhecimentos de italiano não eram decerto muito grandes, mas eram, pelo menos, suficientes. Mas o argumento decisivo foi ele, em tempos, ter adquirido uma certa formação artística, conhecimentos esses que, dentro do banco, foram exageradamente apreciados por ele ter sido, durante certo tempo, simplesmente por uma questão de negócios, membro da Sociedade para a Conservação dos Monumentos de Arte. Constou que o italiano também era um conhecedor de arte e, por isso, pareceu muito natural que a escolha para o acompanhar recaísse sobre K.

A manhã apresentava-se muito úmida e com vento quando K. chegou às sete horas ao escritório, contrariadíssimo por causa do programa que tinha à sua frente, mas disposto a efetuar pelo menos algum trabalho antes de ser desviado dele pelo visitante. Estava esgotado por ter passado metade da noite estudando uma gramática italiana apenas para rever os seus conhecimentos. Sentia-se mais tentado pela janela onde ultimamente costumava passar mais tempo do que à sua mesa, mas resistiu à tentação e se sentou para trabalhar. Infelizmente, nesse mesmo momento, o contínuo apareceu, dizendo que o senhor diretor o tinha mandado ver se o senhor gerente já estava no seu gabinete e que, no caso de estar, lhe pedisse-lhe o favor de se dirigir à sala de visitas, porque o senhor vindo de Itália já tinha chegado.

– Muito bem – respondeu K., colocando no bolso um pequeno dicionário. Pôs debaixo do braço um guia para visitantes que tinha pronto para mostrar ao estranho e atravessou o gabinete do subgerente em direção ao do diretor. Estava satisfeito por ter se levantado bastante cedo a fim de se apresentar logo que fosse chamado. Ninguém esperaria que ele fizesse isso.

O gabinete do subgerente estava obviamente vazio. Muito provavelmente, o contínuo tinha recebido também ordem para o chamar, mas sem resultado. Quando K. entrou na sala de visitas, os dois homens ergueram-se do fundo das suas poltronas. O diretor sorriu simpaticamente para K. e estava, sem dúvida, satisfeito por vê-lo, fazendo imediatamente as apresentações. O italiano apertou cordialmente a mão de K. e disse, sorrindo, que alguém era um madrugador. K. não conseguiu entender a quem ele se referia, por esta frase não lhe ser muito familiar. Respondeu com algumas frases fluentes que o italiano recebeu com outro sorriso, enquanto afagava nervosamente o seu bigode acinzentado. O bigode estava com certeza perfumado e uma pessoa se sentiria quase tentada a aproximar-se dele e a cheirá-lo. Quando todos voltaram a se sentar, iniciaram uma conversa preliminar. K. ficou muito desapontado ao descobrir que compreendia apenas parte do que o italiano dizia. Conseguia entendê-lo quase completamente quando ele falava lenta e serenamente, mas isso raramente acontecia, pois as palavras brotavam-lhe em tropel, e ele movia animadamente a cabeça como que divertido com a rapidez da conversa. Além disso, quando isso acontecia, utilizava sempre um dialeto que K. reconhecia não ser italiano, mas que o diretor não só entendia, como até falava, o que não foi surpresa para K., dado que este italiano viera do Sul da Itália, onde o diretor havia passado vários anos. K. certificou-se de que tinha poucas probabilidades de se entender com o italiano, na medida em que o francês deste era difícil de compreender e não valia a pena olhar para os seus lábios para lhe adivinhar as palavras, visto que o bigode era muito espesso e lhes encobria o movimento. K. começou a prever contrariedades e, de momento, desistiu de tentar seguir a conversa – enquanto o diretor estivesse presente, era um esforço desnecessário –, entregando-se a uma morosa observação de como o italiano se recostava confortavelmente, embora com leveza, na sua poltrona, esticando de vez em quando as barras do casaco curto e erguendo uma vez os braços para, com o agitar das mãos, que pareciam soltas, explicar qualquer coisa que K. achou impossível de entender, embora estivesse inclinado para a frente, a fim de observar todos os gestos. Por último, como K. se sentara ali sem tomar parte na conversa, limitando-se a seguir mecanicamente com os olhos o vaivém do diálogo, começou a sentir que se apoderava novamente dele o mesmo cansaço e, para seu horror, apesar de felizmente dar por isso a tempo, deu por si a levantar-se distraidamente e a voltar-se para sair da sala.

Após muito tempo, o italiano olhou para o relógio e ficou em pé. Depois de se despedir do diretor, chegou-se tanto para junto de K. que este se viu obrigado a afastar a sua poltrona para trás, a fim de poder se mover livremente. O diretor que, sem dúvida, notara nos olhos de K. o esforço desesperado que ele fazia para entender o italiano, interveio tão inteligente e delicadamente que parecia estar simplesmente dando uns conselhos, quando, na realidade, estava a dar a K. justamente o significado de todas as observações com as quais o italiano se punha a interrompê-lo. K. soube dessa maneira que o italiano tinha uns assuntos a tratar logo a seguir, que, infelizmente, não dispunha de muito tempo, que não tencionava, por isso, ver tudo rapidamente e que preferia – apenas se K. concordasse, pois a decisão estaria inteiramente dependente dele – limitar-se a visitar a catedral, vendo-a toda, detalhadamente. Ele estava extremamente satisfeito por ter a oportunidade de o fazer na companhia de uma pessoa tão conhecedora de arte e tão amável – esta foi a maneira como ele se referiu a K., que tentava a todo o custo não ouvir o que ele dizia e captar o mais rapidamente possível as palavras do diretor – e pedia-lhe, caso fosse oportuno, para se encontrar ali com ele dentro de algumas horas, cerca das dez. Ele tinha esperança de poder chegar por volta dessa hora. K deu-lhe uma resposta adequada e o italiano apertou a mão do diretor, depois de K., novamente a do diretor e, seguido dos dois, agora apenas meio voltado para eles, mas mantendo a torrente de palavras, dirigiu-se para a porta. K. ficou uns instantes com o diretor, que não parecia sentir-se muito bem nesse dia. Via-se na obrigação de pedir desculpa a K. e disse – estavam perto um do outro, num ambiente de intimidade – que primeiro tinha pensado em acompanhar pessoalmente o italiano, mas que, ao voltar a pensar no assunto, tinha decidido que seria melhor ser K. a desempenhar essa incumbência. Para começar, se K. descobrisse que não conseguia entender o homem, não se devia deixar perturbar por isso, pois em breve começaria a apanhar o sentido do que ele dissesse, e, mesmo que esse sentido não se tornasse bastante claro, também não tinha grande importância, visto que o italiano não se preocupava com o fato de ser ou não compreendido. Além disso, achava que os conhecimentos de italiano que K. possuía eram surpreendentemente bons e ele certamente iria desempenhar bem a sua missão. Depois disso, K. despediu-se, indo direto ao seu gabinete.

Passou o tempo que ainda tinha livre procurando no dicionário e anotando palavras que precisaria usar para explicar detalhes da catedral. Não paravam de chegar funcionários que queriam consultá-lo sobre diferentes assuntos e que, vendo K. ocupado, permaneciam de pé junto à porta, sem sair enquanto não obtinham resposta.

O subgerente não perdia a oportunidade de importunar. Aparecia de vez em quando, tirava o dicionário das mãos de K. e, com óbvia indiferença, começava a folheá-lo. Eram vagamente visíveis alguns clientes na sala de espera, sempre que a porta se abria, a fazer suplicantes sinais para chamar a atenção sobre si, mas na incerteza de terem sido ou não vistos.

Toda esta atividade se desenrolava à volta de K., como se fosse o seu centro, enquanto ele se ocupava em reunir vocábulos de que podia vir a necessitar, procurando-os no dicionário, copiando-os, praticando a pronúncia deles e, finalmente, tentando decorá-los. A sua memória, outrora extraordinária, parecia tê-lo abandonado e de vez em quando ficava tão irritado com o italiano que tinha sido o causador deste trabalho todo que metia o dicionário debaixo de uma pilha de papéis, decidido a não se preocupar mais com o aumento dos seus conhecimentos. Mas via que não faria sentido andar com o italiano a mostrar-lhe os tesouros artísticos da catedral em completo silêncio, pelo que, mais enraivecido ainda, voltava a pegar no dicionário.

Eram exatamente nove horas e meia e preparava-se para se levantar e partir, quando o telefone tocou. Leni deu-lhe o bom-dia e perguntou-lhe como estava. K. agradeceu apressadamente e disse-lhe que não podia atendê-la porque tinha de ir à catedral.

– À catedral? – perguntou ela.

– Sim, à catedral.

– Mas por que razão tem de ir à catedral? – tornou Leni.

K. tentou explicar-lhe resumidamente, mas, mal tinha começado, ela disse:

– Eles estão perseguindo você.

A piedade, que era uma coisa que não tinha pedido e não esperava, era mais do que K. podia suportar. Preferiu umas palavras de despedida e, quando pousou o fone, murmurou, em parte para si mesmo, em parte para a moça que, já afastada, não podia ouvir:

– Sim, eles estão me perseguindo.

Entretanto já estava tarde e receava não chegar a tempo ao encontro. Apanhou um táxi; na última hora lembrou-se do guia que não tivera oportunidade de manusear mais cedo e, por isso, levou-o consigo. Colocou--o sobre os joelhos e, impacientemente, tamborilou nele durante toda a viagem. A chuva abrandara, mas o dia estava frio, úmido e sombrio, de modo que não deveria ser possível ver bem a catedral por dentro e não havia dúvida de que permanecer no meio daquelas lajes só iria piorar o resfriado de K.

A praça da catedral estava completamente deserta. K. recordou-se de como, quando era criança, ficava surpreso com o fato de as casas desta pequena praça terem quase todas as persianas sempre corridas. É claro que, num dia como este, até era compreensível. A catedral parecia deserta também. Não havia certamente justificativa para que alguém a visitasse naquela hora. K. encaminhou-se por entre as naves laterais e não viu ninguém a não ser uma velhinha, toda enrolada num xale, que estava ajoelhada à frente de uma imagem da Virgem Maria. Em seguida, viu à distância um bedel coxo desaparecer por uma porta na parede. K. tinha sido pontual, batiam exatamente dez horas quando ele entrou, mas o italiano ainda não tinha chegado. Voltou à porta principal, permaneceu ali indeciso por uns instantes e deu em seguida a volta ao edifício, à chuva, para se certificar de que o italiano não estava em qualquer das outras portas laterais. Não estava em nenhum lugar. Teria o diretor feito confusão com a hora? Como é que uma pessoa podia afirmar que estava seguro de ter visto aquele homem? Quaisquer que fossem as circunstâncias, K. teria, pelo menos, de esperar meia hora por ele. Como estava fatigado, sentiu vontade de se sentar, por isso entrou novamente na catedral, encontrou num degrau um bocado de qualquer coisa semelhante a um tapete, empurrou-o com o pé para junto de um banco, ajeitou bem o sobretudo, levantou a gola e se sentou. Para preencher o tempo, abriu o guia, folheou-o lentamente, mas teve que parar, visto que a escuridão aumentara tanto que ele mal conseguia distinguir um único pormenor na nave mais próxima.

Lá longe, no altar-mor, brilhava um grande triângulo de velas queimando. K. não se lembrava se as tinha visto antes ou não. Talvez tivessem acabado de ser acesas. Os sacristães são sorrateiros no seu andar e passam despercebidos. Aconteceu que K. se voltou e viu por detrás dele, e não muito longe, o clarão de outra vela acesa, uma vela alta e grossa sobre um pilar. Era maravilhoso contemplá-la, mas tornava-se absolutamente insuficiente para iluminar os painéis que, na sua maioria, permaneciam na escuridão dos altares laterais, aumentando mais ainda a escuridão. O italiano foi tão sensato como descortês em não ter aparecido, pois não teria visto nada. Iria se contentar em examinar uns fragmentos de imagens à luz da lanterna de bolso de K. Era curioso ver agora, que espécie de efeito isso faria, e, assim, K. subiu os degraus de um pequeno altar lateral até uma baixa balaustrada e, curvando-se sobre ela, focou a sua lanterna sobre o painel. A luz de uma lamparina pairava sobre ele como um intruso. A primeira coisa que K. divisou, em parte por suposição, foi um cavaleiro enorme de armadura pintado no extremo superior do painel. Estava apoiado na sua espada, que se encontrava enterrada no chão puro, com um ou outro tufo de relva. Parecia estar atento a qualquer acontecimento que se desenrolava diante dos seus olhos. Era incrível como ele permanecia tão quieto, sem se aproximar. Talvez tivesse de estar ali como guarda. K., que há muito não via quadros, estudou este cavaleiro durante longo tempo, se bem que a luz esverdeada da lamparina o confundisse um pouco. Quando focou a lanterna sobre a parte restante do painel, descobriu que era Cristo representado no túmulo, pintura num estilo convencional e relativamente recente. Guardou a lanterna no bolso e voltou para o seu lugar.

Muito provavelmente, já não era necessário esperar pelo italiano durante mais tempo, mas, como a chuva talvez ainda caísse lá fora e dentro da catedral não estava tanto frio como K. imaginara, decidiu ficar ali mais um pouco. Muito perto dele elevava-se o púlpito grande; no seu pequeno dossel abobadado estavam colocados dois crucifixos inclinados de tal modo que os seus eixos se cruzavam no topo.

A balaustrada exterior e a parte em alvenaria que ligava com a coluna eram lavradas com ramagens, aparecendo no meio delas pequenos anjos, uns alegres e outros serenos. K. subiu ao púlpito e estudou-os de todos os ângulos. O entalhe da pedra tinha sido feito com muito esmero, os espaços escuros por entre a folhagem formavam cavidades onde a ramagem parecia esconder-se. Pôs a mão dentro de uma delas e contornou levemente a pedra. Nunca tinha reparado na existência desse púlpito.

Casualmente, reparou num sacristão que estava atrás da fila de bancos mais próxima, olhando para ele. Era um homem envergando uma túnica preta, solta, segurando na mão esquerda uma caixa de rapé. "Que quererá comigo?", pensou K. "Parecerei eu uma pessoa suspeita? Quererá ele uma gorjeta?" Quando, contudo, notou que K. havia percebido a presença dele, o sacristão começou a apontar com a mão direita, que ainda tinha um bocadinho de rapé nos dedos, numa direção vaga. Os seus gestos não pareciam significar coisa alguma. K. hesitou por instantes, mas o sacristão não parava de apontar para qualquer coisa, dando ênfase aos seus gostos com movimentos de cabeça. "Que me quererá o homem?", disse K. em voz baixa, pois não ousava levantar a voz naquele lugar; então, puxou seu porta-moedas e dirigiu-se para ele por entre os bancos. O sacristão, contudo, imediatamente recusou com um gesto, encolheu os ombros e desapareceu mancando. Sua maneira de andar era muito parecida com a de um homem a cavalo, que K. costumava imitar quando criança. "É um velho infantilizado, apenas com a capacidade suficiente para desempenhar a profissão de sacristão", pensou.

Reparou que o homem parava quando ele parava e espreitava-o para ver se o seguia. Rindo para si próprio, K. continuou a seguir o homem através da nave lateral, quase na direção do altar-mor. O homem continuava a apontar para qualquer coisa, mas K. recusava-se decididamente a olhar à sua volta para ver para onde estava apontando, pois aquele gesto podia não ter outra finalidade a não ser despistar K. Por fim, desistiu da perseguição, não queria apavorar mais o velho. Além disso, no caso de o italiano aparecer, havia toda a vantagem em não amedrontar o sacristão.

Quando regressava à nave à procura do lugar onde tinha deixado o guia, K. reparou num pequeno púlpito lateral junto a um pilar, quase imediatamente a seguir ao coro, um púlpito sóbrio de pedra lisa e clara. Era tão pequeno que à distância parecia um nicho vazio destinado a qualquer imagem. Nem sequer havia espaço para o pregador dar um passo para trás a partir da balaustrada. A abóbada do dossel de pedra também começava muito embaixo e fazia de tal modo uma curva para a frente e para cima, embora sem a mínima ornamentação, que um homem de estatura mediana não poderia conservar-se direito atrás dela, mas teria de se inclinar sobre a balaustrada. Toda a estrutura parecia ter sido desenhada para torturar o pregador. Não parecia haver uma razão aceitável para que aquele púlpito ali existisse, tanto mais que havia outro tão grande e tão primorosamente decorado.

K. não teria certamente reparado nele se, por cima do mesmo, não tivesse acesa uma lâmpada, que é o sinal tradicional quando se vai começar a pregar um sermão. Será que iriam começar agora um sermão? E com a igreja vazia? K. olhou para baixo, para os degraus que conduziam ao púlpito, abraçando o pilar à medida que subiam e tão estreitos que pareciam mais adornos do pilar do que uma escada para seres humanos. Mas lá embaixo – sorriu surpreso – estava um padre pronto para subir, com a mão na balaustrada e os olhos fixos em K. O padre fez um pequeno aceno e K. parou e retribuiu o cumprimento, o que já devia ter feito antes. O padre deu um leve impulso para subir a escada em direção ao púlpito, com passos curtos e rápidos. Iria ele realmente pregar um sermão? Talvez o sacristão, afinal, não fosse tão imbecil como o julgara e estivesse apenas a apressar K. em direção ao padre, o que se tornava bastante necessário naquele edifício vazio. Contudo, aqui ou ali via-se uma velha perante uma imagem da Virgem. E se ia haver um sermão, por que razão não tocavam o órgão como introdução? Mas o órgão continuava silencioso, com os seus tubos brilhando vagamente na escuridão.

K. perguntou a si próprio se não seria a hora ideal para desaparecer dali rapidamente. Se não saísse agora, não poderia fazê-lo durante o sermão, pois teria de ali ficar durante todo o tempo que ele durasse. Já se atrasara no escritório e não tinha obrigação de esperar mais tempo pelo italiano. Olhou para o relógio: eram onze horas. Mas haveria de fato um sermão? Podia K. representar, só por si, a congregação? E se ele fosse um simples estranho que visitava a igreja? Esta era mais ou menos a situação. Era absurdo pensar que se ia pregar um sermão às onze horas da manhã, num dia de semana, com um tempo tão horrível. O padre – ele era sem dúvida um padre, um jovem de rosto liso e moreno – subia obviamente ao púlpito para apagar simplesmente a lâmpada que acendera por engano.

Porém, não foi nada disso que sucedeu. O padre, depois de inspecionar a lâmpada, alteou a mecha, em seguida voltou-se lentamente para a balaustrada e agarrou-se com ambas as mãos aos bordos da mesma. Ficou assim por momentos, olhando em redor, sem, contudo, mover a cabeça. K colocara-se a uma boa distância, com cotovelos apoiados no banco da frente. Sem saber exatamente onde o sacristão tinha se colocado, apercebeu-se vagamente da presença do velhote, de costas curvadas, descansando, como se o seu trabalho estivesse concluído. Que paz reinava agora na catedral! Contudo, K. ia violar aquele silêncio, pois não estava interessado em permanecer ali; se era dever do padre pregar o sermão a uma determinada hora, independentemente das circunstâncias, ele que o fizesse, pois iria consegui-lo sem o apoio de K., justamente porque a presença de K. não contribuiria certamente para a sua eficácia. Assim, começou a afastar-se lentamente, caminhando serenamente ao longo do banco, nas pontas dos pés, até alcançar a larga nave central, apenas perturbado pelo ressoante ruído que os seus passos leves faziam nas lajes e pelo eco produzido pelo teto abobadado, multiplicando-se fraca, mas continuamente. K. sentia-se um pouco desamparado à medida que avançava, uma figura solitária por entre as filas de bancos vazios, provavelmente com o olhar do padre a segui-lo; as proporções da catedral impressionavam-no, como se constituíssem o limite máximo que o ser humano pudesse suportar.

Quando chegou ao lugar onde tinha deixado o guia, agarrou nele sem parar e levou-o consigo. Já tinha quase passado a última fila de bancos e ia penetrar ele próprio no espaço livre entre a porta de saída, quando ouviu o padre levantar a voz. Era uma voz ressonante e bem treinada. O som ecoou através da expectante catedral. Mas não era aos fiéis que o padre se dirigia, as palavras eram claras e perceptíveis, ele chamava:

– Joseph K.!

K. parou e fixou o chão diante dele. De momento, era ainda um homem livre, podia continuar o seu caminho e desaparecer por uma das pequenas e escuras portas de madeira que havia à sua frente e relativamente perto dele. Isso significaria simplesmente que ele não tinha entendido o chamado ou que não se importava. Contudo, se se voltasse, seria apanhado, pois isso confirmaria que tinha ouvido muito bem, que ele era efetivamente a pessoa que chamavam e que estava pronto a obedecer. Se o padre o tivesse chamado pela segunda vez, K. teria certamente continuado o seu caminho, mas, como tudo se conservou silencioso, embora ele estivesse há muito tempo à espera, não conseguiu deixar de virar um pouco a cabeça, apenas para ver o que o padre estava fazendo. O padre estava de pé calmamente no púlpito, tal como o deixara, embora fosse óbvio que tinha visto K. voltar a cabeça. Teria sido como um jogo infantil de esconder se K. não se tivesse voltado imediatamente e não o tivesse encarado. K. fê-lo e o padre acenou-lhe para que se aproximasse. Já que não havia agora razão para fugir, K. apressou-se a voltar para trás. Estava tão curioso como desejoso de apressar a entrevista, dando largas passadas em direção ao púlpito.

K. parou nas primeiras fileiras dos bancos, mas o padre achou a distância ainda demasiadamente grande; estendeu um braço e apontou com o indicador esticado para um lugar mesmo em frente ao púlpito. K. seguiu também naquela direção. Quando chegou ao local indicado, teve de inclinar bastante a cabeça para trás a fim de conseguir ver o padre.

– Você é Joseph K! – afirmou o padre, levantando uma mão da balaustrada com um gesto indefinido.

– Sim, sou. – respondeu K., pensando na naturalidade com que costumava dizer o seu nome e no fardo que este se tinha tornado para ele ultimamente.

Agora até as pessoas que ele nunca vira antes pareciam saber o seu nome. Que agradável era uma pessoa poder apresentar-se antes de ser reconhecida!

– É um homem acusado – disse o padre num tom de voz muito baixo.

– Sim, sou – respondeu K. – fui informado disso.

— Então é o homem que procuro – disse o padre. Sou o capelão da prisão.
— Sem dúvida – respondeu K.
— Mandei vir aqui, para ter contigo uma conversa—disse o padre.
— Não sabia de nada – respondeu K. – Vim aqui para mostrar a catedral a um italiano.
— Isso está fora de questão – disse o padre. – Que é isso que trazes na mão? Um livro de orações?
— Não – volveu K. – é um guia dos monumentos da cidade dignos de serem vistos.
— Largue isso! – ordenou o padre.

K. atirou-o tão violentamente, que deslizou aberto pelo chão, com as folhas amarrotadas.

— Sabe que o seu processo vai mal? – inquiriu o padre.
— Eu próprio tenho essa opinião – respondeu K.
— Fiz tudo o que me foi possível, mas até agora em vão. É claro que a minha defesa ainda não acabou.
— Como acha que isto vai acabar? – perguntou o padre.
— A princípio, pensei que correria bem, mas agora tenho muitas vezes as minhas dúvidas. Não faço ideia de como tudo vai terminar. O senhor padre sabe? – disse K.
— Não, não sei – respondeu o padre, mas receio que termine mal. É considerado culpado. O seu processo nunca passará certamente do tribunal de primeira instância. A sua culpa de momento, pelo menos, está dada como provada.
— Mas eu não sou culpado – respondeu K. – é um erro. E, por falarmos nisso, como é que um homem pode ser considerado culpado? Somos todos homens, tanto uns como outros.
— Isso é verdade – disse o padre – mas essa é a maneira como falam todos os acusados.
— O senhor padre tem também um preconceito contra mim? – inquiriu K.
— Não tenho nenhum preconceito contra o senhor – respondeu o padre.
— Obrigado – disse K. –, mas todas as outras pessoas relacionadas com o meu caso estavam predispostas contra mim. E tentaram influenciar mesmo os estranhos. A minha posição está se tornando cada vez mais difícil.
— Está interpretando mal os fatos. Não se chega de repente à sentença, os processos jurídicos é que conduzem pouco a pouco a ela. – lembrou o padre.
— É exatamente assim – disse K., baixando a cabeça.

– Qual é o próximo passo que pensa em dar em relação a este assunto? – perguntou o padre.

– V ou ver se consigo arranjar mais apoio – respondeu K., olhando de novo para cima, a fim de ver como o padre recebera a sua afirmação. – Há algumas possibilidades que ainda não explorei.

– Procura demasiadamente ajuda de fora, especialmente da parte de mulheres. Não vê que não é o gênero de ajuda de que precisa? – disse o padre, reprovando.

– Em alguns casos, direi mesmo em muito deles, concordaria com o senhor – disse K. –, mas nem sempre. As mulheres exercem grandes influências. Se eu conseguisse mover algumas mulheres que conheço no sentido de se unirem, trabalhando juntas para mim, não poderia deixar de vencer. Especialmente perante este tribunal, que é composto quase completamente por homens doidos por saias. Deixe o juiz de instrução ver uma mulher à distância e ele põe abaixo não só a mesa, mas também o acusado, na sua pressa de ir atrás dela.

O padre debruçou-se sobre a balaustrada, aparentemente sentindo pela primeira vez a pressão do dossel sobre a sua cabeça. – Que tempo horrível deve estar lá fora! Já nem era mesmo um dia sombrio, mas autêntica noite. O vidro colorido da grande janela não conseguia iluminar a escuridão da parede com um único raio de luz que passava através dele. Neste preciso momento, o sacristão começou a apagar, uma após outra, as velas do altar-mor.

– Senhor padre, está zangado comigo? – perguntou K. ao padre. – Certamente que não conhece o gênero de tribunal que serve.

Não obteve resposta.

– Estas são apenas as minhas experiências pessoais – disse K.

Continuou sem obter resposta.

– Não queria ofendê-lo – disse K.

Foi então que o padre berrou do púlpito:

– Será que não consegue ver dois palmos à sua frente?

Tinha sido um grito de irritação, mas, ao mesmo tempo, de uma pessoa que se encontrava desprevenida, que vê uma outra cair e fica assustada.

Ambos ficaram silenciosos durante muito tempo. No meio da escuridão, o padre não conseguia certamente ver as feições de K., ao passo que K. o via nitidamente à luz da pequena lâmpada. Por que não desceria ele do púlpito? Não tinha estado a dizer um sermão, tinha estado apenas a dar alguns esclarecimentos a K., que, quando neles refletisse, talvez os achasse mais prejudiciais do que benéficos. No entanto, K. não duvidou das boas intenções do padre, tanto mais que admitiu a possibilidade de chegarem ambos a um bom entendimento, caso o homem descesse do púlpito e K. pudesse obter dele um conselho decisivo e aceitável que pudesse, por exemplo, indicar-lhe o caminho, não para influir a favor do processo, mas para evitá-lo e viver completamente fora da jurisdição do tribunal. Devia existir essa possibilidade. K tinha pelo menos pensado ultimamente muito nela.

E se o padre conhecesse tal possibilidade, era natural que transmitisse esse conhecimento se fosse rogado nesse sentido, apesar de ele próprio pertencer ao tribunal e, logo que ouviu o mesmo ser contestado, ter esquecido a sua natural brandura a ponto de gritar com K.

– Por que razão não desce até aqui, senhor padre? Não tem neste momento nenhum sermão a fazer. Venha aqui para junto de mim – sugeriu K.

– Posso realmente descer agora – respondeu o padre, decerto arrependido do seu ataque de fúria.

Enquanto tirava a lâmpada, foi dizendo:

– Tinha inicialmente de falar consigo à distância, porque, como sou muito facilmente influenciável, tenderia a esquecer o meu dever.

K. aguardou que ele chegasse ao fim da escada. O padre estendeu a mão a K. enquanto descia.

– Pode dispensar-me alguns momentos? – inquiriu K.

– Todo o tempo de que necessitares – respondeu o padre, entregando a lâmpada a K. para que ele a levasse.

Mesmo ao lado um do outro, o padre conservava um certo ar de solenidade.

– O senhor padre está muito amável comigo – disse K. Caminhavam lado a lado, para cima e para baixo, ao longo da escura nave.

– No entanto, o senhor padre constitui uma exceção entre todos os que pertencem ao tribunal. Tenho mais confiança em si do que nos outros, embora já conheça muitos deles. Com o senhor posso falar abertamente.

– Não se iluda – volveu o padre.

– Como é que poderei me iludir? – perguntou K.

– Já está a iludir a si próprio a respeito do tribunal – respondeu o padre. – Nos preâmbulos da lei, essa ilusão especial é descrita da seguinte maneira: em frente da Lei está um porteiro e junto deste chega um homem vindo do campo que lhe pede que o deixe entrar. O porteiro, todavia, diz que, de momento, não pode permitir a entrada. O homem, em seguida, pergunta se poderá entrar mais tarde. "É possível", responde o porteiro, "mas neste momento não". Como a porta que conduz à Lei está aberta, como de costume, e o porteiro se afasta para o lado, o homem inclina-se para espreitar através da entrada. Quando o porteiro se apercebe desta tentativa, ri-se e diz: "Se está tão tentado, experimente entrar sem a minha autorização. Mas repare que sou muito forte e, no entanto, sou apenas o porteiro mais baixo." De sala para sala encontrará um porteiro em cada porta, sendo cada um deles mais possante que o anterior. E o aspecto do terceiro homem é já, mesmo para mim, uma presença insuportável. Estas são dificuldades que o homem vindo do campo não esperava encontrar, devendo a Lei, segundo ele, ser acessível a todos em qualquer altura; contudo, ao olhar mais de perto para o porteiro, envolto na sua capa de peles, com o seu enorme nariz pontiagudo e uma barba comprida e fina à tártaro, decide que é melhor esperar até ter autorização para entrar. O porteiro dá-lhe um banco e deixa-o ficar sentado ao lado da porta. Ali se conserva à espera durante dias e anos. Faz muitas tentativas para que o deixem entrar e fatiga o porteiro de tanto o importunar. Este inicia frequentemente breves conversas com ele, fazendo-lhe perguntas acerca da sua casa e de outros assuntos, mas essas perguntas são postas num tom bastante impessoal, tal como fazem os grandes senhores, e acabam sempre com a afirmação de que a entrada ainda não lhe é permitida. O homem, que se fornecera de muitas coisas para a sua viagem, desfaz-se de tudo o que possui, ainda que valioso, na esperança de subornar o porteiro. Este aceita as ofertas, dizendo, no entanto, quando as guarda: "Aceito isto apenas para evitar que pense que deixou alguma coisa por acabar." Durante todos estes longos anos, o homem observa o porteiro quase incessantemente. Esquece-se dos outros porteiros e este parece-lhe a única barreira entre ele próprio e a Lei. Nos primeiros anos, amaldiçoa em voz alta a sua má sina; mais tarde, à medida que vai envelhecendo, apenas resmunga para consigo. Alcança a segunda meninice e, desde que no demorado estudo que fez do porteiro aprendeu a conhecer mesmo as pulgas que pousavam na sua gola de pele, pede às pulgas que o ajudem a persuadir o porteiro a mudar de ideia. Finalmente, os seus olhos já veem mal e não sabe se o mundo que o rodeia é realmente escuro ou se são os seus olhos que o enganam. Todavia, mesmo no meio da escuridão, consegue distinguir um fulgor que jorra indistintamente da porta da Lei. Mas a sua vida agora aproxima-se do fim. Antes de morrer, tudo o que suportou durante todo o tempo em que permaneceu à espera se condensou no seu espírito numa pergunta que jamais pusera ao porteiro. Chama este com um gesto, visto que já não pode erguer o seu corpo entorpecido. O porteiro tem de se curvar bastante para o ouvir, dado que a diferença de estatura entre eles se tinha acentuado muito em desfavor do homem. "Que é que deseja saber agora?", pergunta o porteiro. "Você é insaciável." "Todos procuram alcançar a Lei", responde o homem; "Como se explica, portanto, que, durante todos estes anos, ninguém a não ser eu tenha procurado o acesso a ela?" O porteiro sente que o homem está próximo do fim e que tem dificuldade em ouvir, pelo que lhe segreda ao ouvido: "Ninguém exceto você pode entrar por esta porta, pois esta porta foi--lhe destinada. Vou agora fechá-la."

– Assim, o porteiro enganou o homem – disse imediatamente K., fortemente atraído pela história.

– Não seja tão precipitado – respondeu o padre – não perfilhe a opinião de outrem sem refletir primeiro. Contei-lhe a história com as próprias palavras das escrituras. Não existe nela qualquer alusão a um engano.

– Mas acho que ela está suficientemente clara – continuou K. –, e considero a sua primeira interpretação bastante correta. O porteiro deu a mensagem de salvação ao homem apenas quando esta já não podia ajudá-lo.

– A pergunta nunca lhe fora posta – respondeu o padre, e tem também de tomar em consideração que ele era apenas um porteiro, tendo, como tal, cumprido o seu dever.

– O que o leva a pensar que o porteiro cumpriu o seu dever? – perguntou K.

– Ele não chegou a cumpri-lo. O seu dever devia ter se resumido a manter afastados todos os estranhos, mas este homem, a quem a porta tinha sido destinada, devia ter sido autorizado a entrada.

– Não respeita suficientemente a palavra escrita e está alterando completamente a história – observou o padre. – A história contém duas revelações importantes feitas pelo porteiro acerca da admissão à Lei, uma no início e a outra no fim. Diz a primeira que, naquele momento, ele não podia deixar entrar o homem e a outra que aquela porta era destinada apenas ao homem. Se existir uma contradição entre ambas, então terá razão, e o porteiro terá enganado o homem. No entanto, não há contradição. A primeira, pelo contrário, implica mesmo a segunda. Quase se podia dizer que, ao sugerir ao homem a possibilidade de uma futura admissão, o porteiro estava a exceder o seu dever. Nesse ponto, aparentemente, o seu dever é apenas recusar a entrada e é natural que muitos críticos se surpreendam com o fato de a sugestão ter chegado a ser feita, dado que o porteiro parece ser inflexível no seu respeito escrupuloso pelo dever. Ele não abandona o seu posto durante todos estes anos nem fecha a porta senão no último minuto; tem consciência da importância do seu papel, pois diz: "Eu sou poderoso"; é respeitador para com os seus superiores, pois diz: "Sou apenas o porteiro mais baixo"; não é falador, visto que durante todos estes anos apenas faz aquilo a que se chama "perguntas impessoais"; não é pessoa subornável, pois diz, ao aceitar uma renda: "Aceito isto apenas para evitar que pense que deixou alguma coisa por acabar"; relativamente ao cumprimento do seu dever, não se deixa mover nem por piedade nem por raiva, pois dizem-nos que o homem fatigou o porteiro de tanto o importunar"; e, finalmente, até mesmo o seu aspecto exterior sugere um carácter pedante... o longo e pontiagudo nariz e a comprida e fina barba preta à tártaro. Dá para imaginar um porteiro mais fiel? No entanto, o porteiro possui outras características que podem favorecer alguém que procure admissão e que tornam bastante compreensível que ele excedesse, até certo ponto, o seu dever ao sugerir a possibilidade de uma futura admissão. Porque é inegável que ele é um simplório e, consequentemente, um pouco presumido. Vejam-se as afirmações que ele faz acerca do seu próprio poder e do poder dos outros porteiros, bem como da sua aparência terrível, que até para ele se torna insuportável... sustento que estas afirmações podem ser suficientemente verídicas, mas que o modo como ele as patenteia mostra que as suas ideias são confusas por simplicidade de espírito e presunção. A este respeito, os comentadores afirmam: "A ideia exata de qualquer assunto e a não compreensão do mesmo assunto não se excluem completamente uma à outra." Deve-se, de qualquer modo, admitir que tal simplicidade e presunção, embora pouco evidentes, possam enfraquecer a sua defesa da porta; são como brechas no carácter do porteiro. A isto se deve acrescentar que o porteiro parece ser uma criatura afável por natureza e não está a fazer permanentemente alarde da dignidade do seu cargo. Nos primeiros momentos, permite-se convidar o homem a entrar, apesar do veto escrupulosamente mantido contra a entrada; em seguida, por exemplo, não manda o homem embora, mas dá-lhe, tal como nos é relatado, um banco para se sentar ao lado da porta. A paciência com que suporta os rogos do homem durante todos estes anos, as conversas breves, a aceitação de prendas, a polidez com que permite ao homem blasfemar alto, na sua presença, contra o destino pelo qual ele próprio se havia tornado responsável, tudo isto nos permite pressupor a existência de certos sentimentos piedosos. Nem todos os porteiros teriam atuado deste modo. E, finalmente, em resposta a um gesto do homem, baixa-se para lhe dar a possibilidade de ele lhe fazer a sua última pergunta. Nada, exceto uma leve impaciência, o porteiro sabe que isto é o fim de tudo, é discernível nas palavras: 'Você é insaciável.' Alguns levam esta maneira de interpretar ainda mais longe e afirmam que estas palavras expressam uma espécie de cordial admiração, se bem que não desprovidas de um certo ar de condescendência. De qualquer modo, pode-se dizer que a figura do porteiro surge de uma forma muito diferente daquela que imaginou.

– O senhor padre teve oportunidade de estudar a história mais pormenorizadamente e durante mais tempo do que eu – disse K.

Ficaram ambos em silêncio por uns momentos. Então, K. perguntou:

– O senhor acha então que o homem não foi enganado?

– Não me interprete mal – respondeu o padre – estou apenas mostrando as diversas opiniões relativamente a este ponto. Não lhe deve atribuir muita importância. As escrituras são inalteráveis e os comentários, na maioria das vezes, expressam simplesmente o desespero dos comentadores. Neste caso, existe mesmo uma interpretação que afirma que a pessoa enganada é realmente o porteiro.

– Isso é uma interpretação forçada – respondeu K. – Em que se baseou ela?

– Baseou-se na simplicidade de espírito do porteiro. O argumento é que ele desconhece a Lei por dentro, conhece somente o caminho que leva até lá e que ele patrulha para cima e para baixo. Admite-se que as suas ideias acerca do interior sejam infantis e mesmo que ele próprio receie os outros guardas, que apresenta como demônios perante o homem. Na realidade, ele os teme mais ainda do que o homem, visto que este está resolvido a entrar mesmo depois de ter ouvido falar acerca dos horrendos guardas do interior, enquanto o porteiro não tem vontade de entrar, como, aliás, nos é dito. Outros dizem ainda que ele já deve ter estado no interior, dado que, apesar de tudo, trabalha ao serviço da Lei e só pode ter sido designado do interior. Isto é rebatido com o argumento de que ele deve ter sido designado por uma voz vinda do interior e que, de qualquer modo, não pode ter estado muito no interior, já que a aparência do terceiro guarda lhe é insuportável. Além disso, não é mencionado que durante todos estes anos ele tenha feito qualquer observação que deixe transparecer qualquer reconhecimento do interior, a não ser os seus comentários à aparência dos guardas.

– Pode ter sido proibido de o fazer, mas também não há menção a esse fato. Nesta base, a conclusão que se tira é que ele desconhece completamente o aspecto e o significado do interior, encontrando-se, portanto, num estado de ilusão. Mas ele está também enganado acerca da sua relação com o homem vindo do campo, pois ele é inferior ao homem e não o sabe. Assim, trata-o como seu subordinado, como se pode observar através de muitos pormenores que ainda devem estar frescos na sua memória. Contudo, de acordo com esta interpretação da história, está também claramente indicado que ele é, efetivamente, subordinado do homem. Em primeiro lugar, um servo está sempre subordinado a um homem livre. Agora o homem do campo é realmente livre, pode ir para onde quiser, somente a Lei lhe é vedada e o acesso a ela lhe é proibido apenas por um indivíduo: o porteiro.

– Quando se senta no banco, ao lado da porta, e aí permanece durante o resto da sua vida, faz de sua livre vontade; na história, não se faz alusão a qualquer ato compulsivo. O porteiro, todavia, está vinculado ao seu posto pelo seu próprio cargo, não se atreve a sair para o campo nem, aparentemente, pode entrar no interior da Lei, mesmo que o queira fazer. Além disso, conquanto esteja ao serviço da Lei, a sua atividade limita-se a esta entrada, ou seja, serve apenas este homem, para quem a entrada é unicamente destinada. Também neste campo ele é inferior ao homem. Temos de admitir que, durante muitos anos, tantos quantos um homem leva a atingir a força da vida, o seu serviço foi, num certo sentido, uma formalidade vazia, visto que teve de aguardar a chegada de um homem, isto é, de alguém na força da vida, tendo sido assim obrigado a esperar muito tempo antes de poder cumprir a missão que o seu serviço lhe impunha, e, mais ainda, teve de se sujeitar à disposição do homem, visto que este veio de sua livre vontade. Mas seu fim também depende do fim da vida do homem, de tal modo que está subordinado a este mesmo até ao fim. E está sempre salientado através de toda a história que o porteiro, aparentemente, não compreende nada disto, o que, só por si, não é importante, visto que, de harmonia com esta interpretação, o porteiro afinal se engana muito mais profundamente, o que afeta o seu próprio emprego. No fim, por exemplo, ele diz, olhando para a entrada da Lei: "Vou agora fechá-la", mas, no início da história, é dito que a porta da Lei se conserva sempre aberta e, se se conserva sempre aberta, isto é, permanentemente, independentemente da vida ou da morte do homem, então o porteiro não pode fechá-la. Existe uma certa divergência de opiniões quanto ao motivo para lá da declaração do porteiro, quer ele dissesse que ia fechar a porta apenas para dar uma resposta, quer para realçar a sua devoção pelo dever, quer ainda para levar o homem a um estado de aflição e de desgosto nos seus últimos momentos de vida.

– Não há, no entanto, falta de unanimidade quando se afirma que o porteiro não será capaz de fechar a porta. Muitos, sem dúvida, professam a opinião de que ele está subordinado ao homem até mesmo em conhecimentos, pelo menos no fim, visto que o homem vê o esplendor que provém da porta da Lei, enquanto o porteiro, que, na sua posição oficial, deve permanecer de costas para a porta, nada diz que mostre ter vislumbrado a modificação.

— Esse argumento está correto — disse K. — depois de ter repetido para si próprio, em voz baixa, várias passagens da exposição do padre. Está bem observado e inclino-me a concordar que o porteiro está enganado. Contudo, isso não me leva a abandonar a minha primeira opinião, dado que ambas as conclusões são, em certa medida, compatíveis. Quer o porteiro veja claramente, quer esteja enganado, não interessa para o caso. Eu disse que o homem está enganado. Se o porteiro vê claramente, podem se ter dúvidas a esse respeito, mas, se o próprio porteiro se enganou, então o seu engano deve, necessariamente, ser transmitido ao homem. Esse fato torna o porteiro não verdadeiramente um impostor, mas uma criatura tão ingênua que deve ser destituída do seu cargo o quanto antes. Não se deve esquecer de que os enganos do porteiro não causam a ele próprio mal algum, ao passo que prejudicam infinitamente o homem.

— Há objeções contra isso — disse o padre. Muitos afirmam que a história não confere a ninguém o direito de julgar o porteiro. Pareça o que parecer, ele é ainda um servo da Lei; quer dizer que pertence à Lei e, como tal, está para além do julgamento humano. Neste caso, não se deve acreditar que o porteiro esteja subordinado ao homem. Limitado como está pelo seu serviço, ainda que apenas à porta da Lei, ele é incomparavelmente maior do que qualquer criatura em liberdade no mundo. O homem apenas procura a Lei, ao passo que o porteiro está já ligado a ela. Foi a Lei que o colocou no seu posto; duvidar da sua dignidade é duvidar da própria Lei.

— Não concordo com esse ponto de vista — disse K., abanando a cabeça — porque, se uma pessoa aceita isso, então deve aceitar como verdadeiro tudo o que o porteiro disser. Mas você próprio, senhor padre, mostrou já suficientemente o quanto isso é impossível.

— Não — retorquiu o padre — não é necessário que se aceite tudo como verdadeiro; tem apenas de se aceitar como necessário.

— É uma triste conclusão — volveu K. Isso é tornar a mentira um princípio universal.

K. disse isto com a ideia de terminar, mas não foi esta a sua última opinião. Sentia-se demasiado fatigado para examinar todas as conclusões que a história sugeria, e a cadeia de pensamentos a que ela o conduzia lhe era pouco familiar, dizendo respeito a sutilezas mais apropriadas a um tema para discussão entre os membros do tribunal do que para ele. A simples história tinha perdido o seu contorno nítido, desejava expulsá-la da sua memória e o padre, que demonstrava agora grande delicadeza de sentimentos, tolerava a sua atitude e aceitava as suas observações em silêncio, embora, sem dúvida, não concordasse com elas.

Durante algum tempo passearam silenciosamente para trás e para a frente, K. caminhando ao lado do padre e ignorando o que o rodeava. A lâmpada na sua mão há muito que se apagara. A imagem de prata de qualquer santo brilhou repentinamente à sua frente, devido ao seu próprio resplendor, mas instantaneamente o reflexo se perdeu de novo na escuridão.

A fim de não continuar totalmente dependente do padre, K. perguntou:

– Não estamos ainda próximos da porta principal?

– Não – respondeu o padre – estamos muito longe dela. Já quer sair?

Embora, nessa altura, K. não tivesse pensado em partir, respondeu imediatamente:

– Com certeza, tenho de ir. Sou o gerente do banco e esperam por mim, pois apenas vim aqui para mostrar a catedral a um amigo de negócios vindo do estrangeiro.

Disse o padre, estendendo a mão a K.:

– Então, vá.

– Mas não consigo descobrir o caminho sozinho, no meio desta escuridão – volveu K.

– Vire à esquerda até a parede, depois siga ao longo da parede e encontrará uma porta – disse o padre.

O padre já tinha dado um ou dois passos, afastando-se, mas K. gritou, em voz alta:

– Um momento, por favor.

– Estou à espera – respondeu o padre.

– Não deseja nada mais de mim? – inquiriu K.

– Não – respondeu o padre.

– O senhor padre foi tão compreensivo para comigo – disse K. – e deu-me explicações tão concisas, e agora deixa-me partir como se não se preocupasse absolutamente nada comigo.

– Mas é você que tem de ir embora agora – disse o padre.

– É verdade – concordou K. – tem de compreender que nada mais posso fazer.

– Deve saber primeiro quem eu sou – retorquiu o padre.

– O senhor é o capelão da prisão – disse K., tateando o seu caminho para de novo se aproximar do padre; o seu regresso imediato ao banco não era tão imperioso como ele acabara de afirmar, pois poderia muito bem ficar ainda mais algum tempo.

– Isso significa que pertenço ao tribunal – disse o padre. – Deste modo, por que razão havia eu de querer alguma coisa de você? O tribunal nada quer de você. Recebe-o quando chega e despede-se de você quando parte.

10

O fim

Na véspera do trigésimo primeiro aniversário de K., por volta de nove horas da noite, hora em que o silêncio enche as ruas, dois homens dirigiram-se à sua casa. Pálidos e gordos, vestiam sobretudos e traziam chapéus altos, que eram aparentemente irremovíveis. Ao chegar à entrada da casa, cada um deles, querendo deixar a passagem ao outro, trocou pequenos cumprimentos de cortesia que repetiram com maior extensão quando se acharam frente à porta do quarto de K. Embora não tivessem anunciado a visita, K. estava de todos os modos também vestido de preto, sentado em uma cadeira perto da porta, com a atitude de quem espera um hóspede, enquanto introduzia as mãos em um par de luvas novas que iam tomando lentamente a forma dos dedos. K. pôs-se imediatamente de pé e olhou com curiosidade os senhores.

– É a mim que procuram? – perguntou.

Os senhores confirmaram com um movimento de cabeça enquanto com o chapéu de copa alta na mão se mostrava reciprocamente. K. confessou a si mesmo que na realidade tinha esperado outra visita. Chegou então até a janela e olhou ainda uma vez para a rua que estava às escuras. Também quase todas as janelas que davam para o outro lado da rua estavam já escuras, e, em muitas delas, as cortinas estavam baixas. Por uma das janelas iluminadas de um pavimento viam-se crianças que brincavam atrás de um cercadinho, que com suas mãozinhas ainda inábeis e estendidas procuravam em vão mover-se de seus lugares.

– Em que teatro estão encenando? – perguntou.

— Teatro? — perguntou um deles, com os cantos da boca contraídos, olhando, como que a pedir conselho, para o outro, que agia como se fosse um mudo esforçando-se por vencer uma teimosa incapacidade.

"Eles não estão preparados para responder a perguntas", murmurou K. para consigo próprio, dirigindo-se ao lugar onde estava o seu chapéu.

Enquanto estavam ainda nas escadas, os dois homens tentaram segurar K. pelos braços, mas ele falou:

— Esperem até chegarmos à rua, pois não sou nenhum inválido.

No entanto, justamente quando se encontravam já à saída da porta, grudaram nele de uma maneira que nunca experimentara antes. Mantinham os ombros bem junto aos dele e, em vez de dobrarem os cotovelos, enlaçavam os braços à volta dos seus, em todo o comprimento, segurando-lhe as mãos num aperto irresistível, profissional, metódico.

K. caminhava rigidamente entre eles, todos três interligados numa unidade que atiraria todos conjuntamente abaixo se um deles fosse derrubado. Era uma massa tal que dificilmente podia ser formada a não ser por matéria inerte.

Sob a luz dos candeeiros, K. esforçou-se uma ou outra vez, embora fosse difícil em virtude de os três se deslocarem muito apertados uns contra os outros, por observar os seus companheiros melhor do que lhe tinha sido possível na penumbra do seu quarto. Talvez sejam tenores, pensou ele à medida que estudava os seus flácidos duplos queixos. Sentiu repulsa pela limpeza excessiva daqueles rostos. Facilmente se verificava que a mão que procedera à limpeza tinha estado bastante ativa a lavar os cantos dos olhos e a esfregar o lábio superior, assim como as pregas do queixo.

Quando tal ocorreu a K., este parou e, consequentemente, os outros pararam também; encontravam-se na periferia de uma praça deserta e ampla, adornada com canteiros de flores.

— Por que enviaram exatamente vocês? — disse ele; era mais um grito do que uma pergunta.

Os cavalheiros, como era óbvio, não tinham resposta a dar, deixando-se ficar à espera, com os braços livres caídos, como vigilantes de enfermaria esperando enquanto o seu doente descansa.

— Não irei mais adiante, disse K. para testá-los.

Não foi necessária qualquer resposta, pois foi suficiente para que os dois homens não aliviassem o seu aperto e tentassem arrastar K. do lugar. Mas ele resistiu.

"Não necessitarei da minha resistência por muito mais tempo, gastarei toda a que tenho.", pensou ele.

Veio-lhe então à mente a lembrança de moscas tentando fugir de uma tira de papel caça-moscas até as suas pequenas pernas serem arrancadas. "Os cavalheiros não vão achar a tarefa fácil."

Foi então que à frente deles apareceu a Srta. Burstner, subindo um pequeno lance de degraus que conduzia à praça, vindo de uma rua lateral situada num plano mais baixo. Não havia a certeza absoluta de que fosse ela, mas a semelhança era bastante. Contudo, quer fosse realmente Srta. Burstner quer não, isso não interessava a K.; o importante foi que de repente se deu conta da futilidade da resistência. Não haveria nada de heroico nela se ele tivesse de resistir para criar dificuldades aos seus companheiros, para procurar agarrar, lutando, a última centelha de vida. Pôs-se em movimento e o alívio que os seus guardas sentiram transmitiu-se, de certo modo, a ele próprio. Permitiam-lhe, agora, que caminhasse à sua frente e ele seguia na direção tomada pela moça que o precedia, não porque a quisesse ultrapassar ou manter sob a sua vista tanto quanto possível, mas apenas para que ele não esquecesse a lição que ela lhe recordara.

"A única coisa que neste momento posso fazer", disse para consigo próprio, e a sua correspondência regular entre os seus passos e os passos dos outros dois confirmavam o seu pensamento. "A única coisa que tenho de continuar a fazer é manter a minha inteligência calma e analítica até o fim. Quis sempre agarrar o mundo com as palmas das mãos e nunca sequer por um motivo muito louvável. Então estava errado e agora terei de mostrar que nem mesmo um processo que durou um ano me ensinou, fosse o que fosse? Terei eu de deixar este mundo como um homem desprovido de senso comum? Irão as pessoas dizer de mim, depois de eu ter desaparecido, que no início do meu processo eu queria encerrá-lo e que no fim dele eu o desejava recomeçá-lo? Não quero que digam tal coisa. Estou grato pelo fato de estas criaturas meio mudas, insensíveis, me terem sido enviadas para me acompanharem nesta viagem e de eu poder dizer a mim próprio tudo o que é necessário."

Entretanto, Srta. Burstner desaparecera, virando a esquina de uma rua lateral, mas nesta altura K. já podia ir sozinho, submetendo-se à direção imposta pela sua escolta. Numa harmonia completa, à luz do luar, os três atravessaram agora uma ponte; os dois homens seguiam atentos ao mínimo movimento de K. e, quando ele se virou ligeiramente na direção do parapeito, eles viraram-se também numa frente sólida. A água, resplandecente e trêmula sob o luar, banhava ambos os lados de uma pequena ilha, na qual a folhagem das árvores e dos arbustos brotava em espessas massas, como se fossem amarradas juntas.

Por baixo das árvores corriam veredas de cascalho, agora invisíveis, com cômodos bancos nos quais K. se tinha estiraçado a descansar durante muitos verões.

— Eu não queria parar — disse ele aos seus companheiros, envergonhado pela sua amável complacência.

Por detrás de K., um deles parecia estar a censurar cortesmente o outro pela errada paragem que haviam feito e, em seguida, os três retomaram a marcha. Passaram por diversas ruas que subiam e nas quais se viam policiais parados ou a patrulhar de espaço a espaço; algumas vezes muito longe, outras vezes muito perto. Um deles, com um espesso bigode, a mão no punho do sabre, surgiu como que de propósito perto do grupo de aparência não completamente inofensiva. Os dois cavalheiros pararam e o policial parecia estar já a abrir a boca, mas K. puxou à força os seus companheiros para a frente. Ele continuou a olhar à sua volta para ver se o policial os seguia e, logo que uma esquina se interpôs entre eles e o policial começou a correr. Seus companheiros, mesmo com o pouco fôlego com que estavam, tiveram de correr ao lado dele.

Assim, saíram apressadamente da cidade, que, neste ponto, se fundia quase sem transição com os campos abertos. Uma pequena pedreira, deserta e abandonada, ficava muito perto de uma moradia ainda totalmente urbana. Aqui os dois homens fizeram uma parada, ou porque este local fosse o seu objetivo desde o início ou porque se sentiam cansados para prosseguir. Então, afrouxaram o seu aperto a K., que permaneceu silenciosamente à espera, tiraram os chapéus altos e limparam o suor da testa com os seus lenços, enquanto examinavam a pedreira. O luar brilhava sobre tudo com aquela simplicidade e serenidade que nenhuma outra luz possui.

Após uma troca de amáveis formalidades acerca de qual deles seria o primeiro na execução da próxima tarefa, um deles dirigiu-se a K. e despiu-lhe o casaco, o colete e, finalmente, a camisa. K. tremeu involuntariamente, pelo que o homem lhe deu uma ligeira palmada tranquilizadora nas costas. Em seguida, dobrou cuidadosamente as roupas e juntou-as como se tivessem de ser usadas outra vez em outra ocasião, se bem que não imediatamente. Para não deixar K. de pé, imóvel, exposto à brisa noturna, que estava mais do que gelada, pegou-lhe no braço e fê-lo andar para trás e para a frente durante um tempo, enquanto o seu colega procurava encontrar na pedreira um local apropriado.

Quando o encontrou, fez sinal e o companheiro conduziu K. até lá. Era um lugar próximo do lado escarpado, onde havia um monte de pedras soltas. Os dois sentaram K. no chão, apoiaram-no contra o monte de pedras e colocaram a cabeça sobre ele. Todavia, apesar de todo o trabalho que haviam tido e de toda a boa vontade de K., a sua posição continuava forçada e pouco natural. Assim, um deles pediu ao outro que o deixasse ser ele a dispor K., se bem que, mesmo assim, nada resultasse. Finalmente, deixaram K. numa posição que não era de maneira alguma a melhor, mesmo entre as posições que já haviam experimentado. Então, um deles abriu seu sobretudo e, de uma bainha pendurada num cinto em torno do colete, retirou uma faca de cortador, de dois gumes, fina e comprida, levantou-a e verificou os gumes à luz da Lua. Uma vez mais, a odiosa cerimônia começou, o primeiro entregando a faca ao segundo, por sobre a cabeça de K., e o segundo devolvendo-a ao primeiro, também por sobre a cabeça dele. K. percebia agora claramente que se esperava que ele próprio agarrasse a faca, já que esta passava de uma mão para a outra por cima da sua cabeça, e a espetasse no seu próprio peito. Mas não procedeu assim, limitando-se a voltar a cabeça, que ainda se conservava livre, e a olhar em redor de si. Ele não podia mostrar-se à altura da situação, não podia aliviar os funcionários de todas as suas tarefas; a responsabilidade deste seu último fracasso pertencia-lhe inteiramente, dado que não conseguira poupar a energia necessária para cumprir a tarefa. O seu olhar incidiu sobre o andar superior da casa situada junto à pedreira. Com o bruxulear de uma luz aumentando, os batentes de uma janela abriram-se de repente. Uma figura humana, vaga e imaterial àquela distância e àquela altura, inclinou-se abruptamente para a frente e estendeu ambos os braços ainda mais. Quem seria? Um amigo? Um bom homem? Seria alguém que dele se compadecia? Alguém que queria ajudá-lo? Seria apenas uma pessoa? Ou seria a humanidade? Estaria a ajuda à mão? Haveria argumentos a seu favor que tivessem sido negligenciados? Com certeza havia. A lógica é sem dúvida inabalável, mas não pode opor-se a um homem que queria continuar a viver. Onde estaria o juiz que ele nunca chegou a conhecer? Onde estava o Supremo Tribunal, onde nunca tinha penetrado? Levantou as mãos e estendeu todos os seus dedos.

Mas as mãos de um dos homens estavam já colocadas na garganta de K. enquanto o outro enterrava a faca bem fundo no seu coração e a fazia rodar duas vezes. Com a vista falhando, K. ainda pôde ver os dois homens, mesmo à frente dele, face contra face, contemplando o ato final.

– Tal como um cão! – disse ele, como se a vergonha disso sobrevivesse a ele.

Franz Kafka